ANTES DA TEMPESTADE

Obras da Blizzard Entertainment publicadas pela Galera Record:

World of WarCraft – Jaina Proudmore: Marés da guerra
World of WarCraft – A ruptura: Prelúdio de Cataclismo
World of WarCraft – Vol'Jin: Sombras da horda
World of WarCraft – Alvorada dos aspectos
World of WarCraft – Crimes de Guerra
World of WarCraft – Thrall: Crepúsculo dos aspectos
WarCraft: Durotan
WarCraft
World of WarCraft – Illidan
World of WarCraft – Antes da tempestade

Diablo III – A ordem
Diablo III – Livro de Cain
Diablo III – Livro de Tyrael
Diablo III – Tempestade de luz

StarCraft II – Ponto crítico
StarCraft II – Demônios do paraíso
StarCraft II – Evolução

CHRISTIE GOLDEN

ANTES DA TEMPESTADE

Tradução
Ivanir Alves Calado

1ª edição

— **Galera** —

RIO DE JANEIRO

2019

CIP-BRASIL. CATALOGAÇÃO NA PUBLICAÇÃO
SINDICATO NACIONAL DOS EDITORES DE LIVROS, RJ

G566a
Golden, Christie
    Antes da tempestade / Christie Golden; tradução Ivanir Alves Calado. –
1ª ed. – Rio de Janeiro: Galera Record, 2019.
    (World of warcraft)

    Tradução de: Before the storm
    ISBN 978-85-01-11612-3

    1. Ficção americana. I. Calado, Ivanir Alves. II. Título. III. Série.

                  CDD: 813
18-53063   CDU: 82-3(73)

Vanessa Mafra Xavier Salgado – Bibliotecária – CRB-7/6644

Título original:
World of Warcraft: Before the storm

Copyright © 2018 Blizzard Entertainment, Inc.

Tradução publicada mediante acordo com Del Rey, selo pertencente à RandomHouse,
uma divisão da PenguinRandomHouse LLC, Nova York.

Warcraft, World of Warcraft e Blizzard Entertainment são marcas registradas de
Blizzard Entertainment, Inc. nos Estados Unidos e/ou em outros países. Outras
referências a marcas pertencem a seus respectivos proprietários.

Texto revisado segundo o novo Acordo Ortográfico da Língua Portuguesa.

Todos os direitos reservados. Proibida a reprodução, no todo ou em parte, através de
quaisquer meios. Os direitos morais do autor foram assegurados.

Direitos exclusivos de publicação em língua portuguesa somente para o Brasil
adquiridos pela
EDITORA RECORD LTDA.
Rua Argentina, 171 – Rio de Janeiro, RJ – 20921-380 – Tel.: 2585-2000,
que se reserva a propriedade literária desta tradução.

Impresso no Brasil

ISBN 978-85-01-11612-3

Seja um leitor preferencial Record.
Cadastre-se no site www.record.com.br e receba informações
sobre nossos lançamentos e nossas promoções.

Atendimento e venda direta ao leitor:
sac@record.com.br

Este livro é dedicado a três pessoas que
o defenderam e batalharam para torná-lo ainda melhor:

Tom Hoeler, meu editor na Del Rey;
Cate Gary, minha editora a poucos passos
de mim aqui na Blizzard;
Alex Afrasiabi, diretor criativo
do World of Warcraft.

Muito obrigada a todos vocês
pelo amor aos personagens e a este universo,
pela atenção aos pequenos detalhes
e ao quadro geral,
por explorar esse caminho comigo
e por querer tornar *Antes da tempestade*
o melhor livro que ele poderia ser.

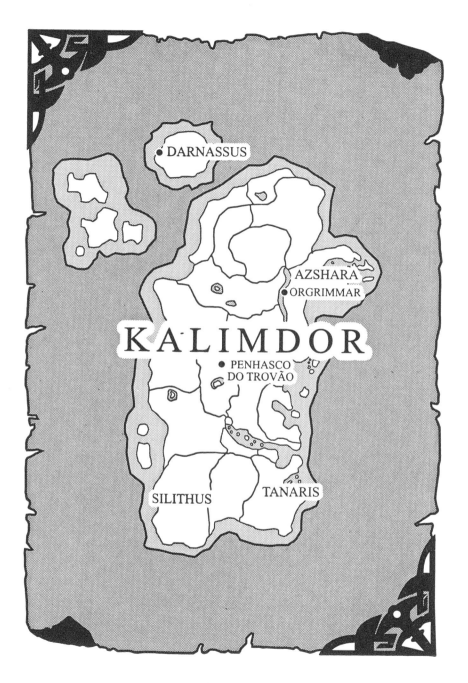

PRÓLOGO

SILITHUS

Kezzig Estalapito ficou de pé — estivera ajoelhado pelo que lhe pareceu pelo menos uma década —, apoiando as grandes mãos verdes na altura do quadril e fazendo uma careta em resposta aos muitos estalos de seus ossos. Lambeu os lábios secos, espiou em volta e, semicerrando os olhos diante do sol ofuscante, enxugou a careca com um lenço endurecido de suor. Aqui e ali havia enxames de insetos agrupados em redemoinhos. E, claro, areia por todo lado, a maior parte indo parar dentro da roupa íntima de Kezzig. Como tinha acontecido no dia anterior. E no que viera antes daquele.

Caramba, Silithus era um lugar feio.

E a espada gigantesca que um titã furioso havia cravado no chão não ajudara em nada.

Era um negócio gigantesco. Enormíssimo. Colossal. Todas as palavras grandiosas, chiques e multissilábicas que goblins mais inteligentes do que ele poderiam cogitar usar. Fora mergulhada no coração do mundo, bem ali, no pitoresco Silithus. O lado positivo, claro, era que o artefato enorme fornecia, na mesma proporção, um bocado do que ele e outros cem goblins estavam procurando naquele exato momento.

— Jixil? — Kezzig chamou um dos companheiros, que analisava uma rocha que pairava no ar com o Espectromático 4.000.

— Que foi? — O outro goblin olhou para o mostrador, balançou a cabeça e tentou de novo.

— Odeio esse lugar.

— Odeia, é? Hum. Isso revela algo de bom sobre você. — Olhando irritado para o equipamento, o goblin menor e mais atarracado deu um tapa forte no aparelho.

— Rá, rá, muito engraçado — resmungou Kezzig. — Não, estou falando sério.

Jixil suspirou, foi até outra pedra e começou a examiná-la.

— *Todos* nós odiamos esse lugar, Kezzig.

— Mas estou falando sério mesmo. Não sou feito para esse ambiente. Eu trabalhava em Hibérnia. Sou um goblin que gosta de neve, de ficar perto do fogo, um cara animado.

Jixil lançou-lhe um olhar irritado.

— E o que aconteceu para você vir parar aqui, em vez de ficar lá, onde não me perturbava?

Kezzig fez uma careta e coçou a nuca.

— O que aconteceu foi a pequena senhorita Lunnix Falharroda. Eu estava trabalhando na loja de material de mineração dela, entende? Saía como guia para algum visitante ocasional no nosso pequeno povoado aconchegante de Visteterna. Lunny e eu meio que... é. — Ele sorriu com nostalgia por um momento, depois fez uma carranca. — E então ela ficou meio irritada quando me pegou com a Gogo.

— Gogo — repetiu Jixil com uma voz estranha. — Nossa. Eu me pergunto por que Lunnix ficaria chateada por você andar com uma garota chamada *Gogo*.

— Eu sei! Dá uma folga. Lá é *frio*. Um cara precisa ficar perto de uma fogueira de vez em quando para não congelar, não é verdade? De todo modo, de repente aquele lugar ficou mais quente do que aqui ao meio-dia.

— Não temos nada aqui — disse Jixil. Obviamente tinha parado de prestar atenção à descrição de Kezzig sobre a enrascada em que se metera em Hibérnia.

Suspirando, Kezzig pegou a gigantesca mochila de equipamentos, pendurou-a com facilidade nos ombros e a carregou até onde ainda esperava conseguir resultados positivos. O goblin largou a sacola, provocando um som de equipamentos delicados batendo perigosamente uns contra os outros.

— Odeio areia — continuou ele. — Odeio o sol. E, ah, rapaz, eu realmente, *realmente* odeio insetos. Odeio os insetos pequenos porque eles gostam de entrar nos meus ouvidos e nariz. Odeio os grandes porque... bom, são insetos grandes. Quero dizer, quem não odeia? É uma espécie de ódio universal. Mas meu ódio particular arde com a luz de mil sóis.

— Achei que você odiava sóis.

— Odeio, mas...

Jixil parou de repente. Seus olhos magenta se arregalaram enquanto encarava o Espectromático.

— O que eu queria dizer era...

— Cala a boca, idiota! — interrompeu Jixil rispidamente. Agora Kezzig também olhava para o instrumento.

Que estava ficando maluco.

A pequena agulha pulava para trás e para a frente. A luzinha no topo piscava num vermelho ansioso e agitado.

Os dois goblins se entreolharam.

— Sabe o que isso significa? — disse Jixil numa voz trêmula.

Os lábios de Kezzig se curvaram num esgar que revelava quase todos os dentes amarelos serrilhados. Ele fechou uma das mãos e a bateu com firmeza na palma da outra.

— Quer dizer que é hora de eliminar a concorrência.

1

VENTOBRAVO

A chuva caía sobre a multidão melancólica que seguia para Repouso do Leão, como se até o céu chorasse pelos que tinham se sacrificado para derrotar a Legião Ardente. Anduin Wrynn, rei de Ventobravo, estava alguns passos atrás do pódio onde logo iria se dirigir aos enlutados de todas as raças da Aliança. Observava sua chegada em silêncio, comovido ao vê-los, detestando ter que falar com eles. Suspeitava que o serviço em homenagem aos mortos seria o mais difícil que já presidira em sua vida relativamente curta, não só pelos outros enlutados, mas por si mesmo — a cerimônia se daria à sombra do túmulo vazio de seu pai.

Anduin tinha comparecido a muitas, muitíssimas cerimônias em homenagem às baixas de guerra. Como fazia todas as vezes — como, segundo acreditava, todo bom líder fazia —, esperava e rezava para que fosse a última.

Mas nunca era.

De algum modo, sempre surgia outro inimigo. Às vezes o inimigo era novo, um grupo que parecia brotar de lugar nenhum. Ou alguma coisa antiga, acorrentada ou enterrada há muito e supostamente neutralizada, erguendo-se depois de eras de silêncio para aterrorizar e destruir inocentes. Em outras ocasiões, o inimigo era sombriamente familiar, mas a intimidade do conhecimento não o tornava menos ameaçador.

Como seu pai havia enfrentado de novo e de novo esses desafios?, Anduin ficou pensando. Como seu avô o fizera? Agora era um tempo de calma relativa, mas o próximo inimigo, o próximo desafio, sem dúvida chegaria em breve.

Não fazia tanto tempo assim desde a morte de Varian Wrynn, mas, para o filho do grande homem, era como se tivesse se passado uma vida inteira. Varian tinha tombado no primeiro embate verdadeiro da última guerra contra a Legião, aparentemente morto tanto devido à traição de uma suposta aliada, Sylvana Correventos, quanto pelas monstruosas criaturas alimentadas por vileza vomitadas pela Espiral Etérea. Outro relato de alguém de confiança contestava tal versão, sugerindo que Sylvana não tivera outra escolha. Anduin não sabia direito em que acreditar. Os pensamentos sobre a esperta e traiçoeira líder da Horda o deixavam com raiva, como sempre. E, como sempre, ele pedia calma à Luz Sagrada. Não era bom abrigar o ódio no coração, nem mesmo por um inimigo que fizera por merecer. E raiva não traria seu pai de volta. Anduin se reconfortava em saber que o guerreiro lendário tinha morrido lutando, que seu sacrifício salvara muitas vidas.

E, nessa fração de segundo, o príncipe Anduin Wrynn tornara-se rei.

Em muitos sentidos, Anduin viera se preparando para o posto durante toda a vida. Mesmo assim, tinha uma percepção aguda de que em outros sentidos, muito importantes, não estivera de fato preparado. Talvez ainda não estivesse. Seu pai era muito grande, não somente aos olhos do jovem filho, mas também aos do povo — até mesmo aos olhos dos inimigos.

Chamado de Lo'Gosh, ou "lobo fantasma", devido à ferocidade em batalha, Varian tinha sido mais do que um guerreiro poderoso com habilidades soberbas em combate. Tinha sido um líder extraordinário. Nas primeiras semanas depois da morte chocante do pai, Anduin se esforçara ao máximo para reconfortar um povo sofrido, atordoado, que tentava lidar com a perda, negando-se ao mesmo tempo uma chance adequada para absorver o luto.

Eles choravam pelo Lobo. Anduin chorava pelo homem.

E quando ficava acordado à noite, incapaz de dormir, pensava em quantos demônios, no final, tinham sido necessários para assassinar o rei Varian Wrynn.

Certa vez chegara a verbalizar esse pensamento a Genn Greymane, soberano do reino derrotado de Guilnéas, que tinha vindo aconselhar o jovem monarca. O velho sorriu, apesar da tristeza que assombrava seus olhos.

— Só posso dizer, meu rapaz, que antes de pegarem o seu pai, ele matou sozinho o maior aníquilus que eu já vi para salvar uma nave cheia de soldados em retirada. Tenho certeza de que Varian Wrynn fez a Legião pagar caro por matá-lo.

Anduin não duvidava disso. Não era suficiente, mas teria de servir.

Ainda que houvesse um grande número de guardas armados presentes, Anduin não tinha colocado armadura nesse dia em que os mortos eram lembrados. Vestia uma camisa de seda branca, luvas de pele de cordeiro, calça azul justa e um casaco formal, mais pesado, com acabamento em ouro. Sua única arma era um instrumento tanto de paz quanto de guerra: a maça Quebramedos, que levava à cintura. Quando a entregou ao jovem príncipe, o ex-rei anão Magni Barbabronze tinha dito que Quebramedos era uma arma que já provara sangue em algumas mãos e estancara sangue em outras.

Anduin queria conhecer e agradecer ao maior número possível dos enlutados daquele dia. Gostaria de poder consolar todo mundo, mas a dura verdade é que isso era impossível. Sentia conforto com a certeza de que a Luz brilhava sobre todos... até sobre um jovem rei cansado.

Levantou o rosto, sabendo que o sol estava atrás das nuvens, e deixou as gotas suaves caírem como uma bênção. Lembrou-se de que também havia chovido alguns anos antes, numa cerimônia semelhante em homenagem aos que tinham feito o último e maior sacrifício na campanha para impedir o poderoso Lich Rei.

Duas pessoas que Anduin amava tinham estado presentes naquela ocasião e não se encontravam ali aquela noite. Uma, claro, era o pai dele. A segunda era a mulher que chamava, com carinho, de tia Jaina: Grã-senhora Jaina Proudmore. Certa vez, em uma época passada, a senhora de Theramore e o príncipe de Ventobravo tinham concordado com relação ao desejo de paz entre a Aliança e a Horda.

E certa vez, em uma época passada, *existia* uma Theramore.

Mas a cidade de Jaina fora destruída pela Horda do modo mais horrendo possível, e sua senhora sofrida jamais pôde aliviar por completo a dor desse momento terrível. Anduin a viu tentar de novo e de novo, e sempre algum tormento novo reabria o coração ferido. Por fim, incapaz de suportar a ideia de trabalhar ao lado da Horda, mesmo contra um inimigo tão temível quando a Legião demoníaca, Jaina abandonou o Kirin Tor, que ela comandava; o dragão azul Kalecgos, que ela amava; e Anduin, que ela havia inspirado durante toda a vida.

— Posso? — A voz era calorosa e gentil, assim como a mulher que fazia a pergunta.

Anduin sorriu para a Alta-sacerdotisa Laurena. Ela estava perguntando se o rapaz desejava sua bênção. Ele confirmou, inclinou a cabeça e sentiu o aperto no peito se aliviar e a alma se acalmar. Depois se pôs respeitosamente de lado, esperando sua vez, enquanto ela falava com a multidão.

Ele não conseguira se dirigir formalmente ao público no serviço memorial para o pai. O sofrimento era recente demais, avassalador demais. Com o tempo, ele mudou de forma em seu coração, tornando-se menos imediato, porém não menor, e por isso tinha concordado em dizer algumas palavras naquele dia.

Anduin parou ao lado do túmulo do pai. Estava vazio; o que quer que a Legião tenha feito com Varian, garantiu que seu corpo não pudesse ser recuperado. Ele olhou o rosto de pedra no túmulo. Era bem semelhante, e dava conforto olhá-lo. Mas nem mesmo os hábeis artesãos em pedra conseguiram captar o fogo de Varian, seu temperamento rápido, seu riso fácil, seu *movimento*. De certa forma, Anduin preferia que aquele túmulo estivesse vazio; no coração, sempre veria o pai vivo e vibrante.

Sua mente rememorou a ocasião em que tinha se aventurado pela primeira vez a visitar o local da morte de seu pai. O local onde Shalamayne, dada de presente a Varian pela senhora Jaina, havia tombado, adormecida sem o toque de Varian. Esperando o toque de outro a quem ela reagiria.

O toque do filho do grande guerreiro.

Ao segurá-la, ele quase sentira a presença de Varian. Foi então, quando Anduin aceitou de fato os deveres de rei, que a luz começou de novo a criar redemoinhos na espada — não o tom vermelho-alaranjado do guerreiro, mas sim o brilho quente e dourado do sacerdote. Naquele momento, Anduin começou a se curar.

Genn Greymane seria a última pessoa a se considerar eloquente, mas Anduin jamais esqueceria as palavras ditas pelo velho: *As ações do seu pai foram mesmo heroicas. Foram o desafio dele para que nós, seu povo, jamais deixássemos que o medo prevalecesse... nem mesmo diante dos próprios portões do inferno.*

Sensato, Genn não tinha dito que jamais deveriam ter medo. Só não deveriam deixar que o medo vencesse.

Não deixarei, pai. E Shalamayne sabe disso.

Anduin se obrigou a voltar ao presente. Assentiu para Laurena, depois se virou para a multidão. A chuva estava diminuindo, mas não tinha parado, e ninguém parecia inclinado a ir embora. O olhar de Anduin passeou pelas viúvas e pelos viúvos, pelos pais sem filhos, pelos órfãos e pelos veteranos. Sentia orgulho dos soldados que tinham morrido no campo de batalha. Esperava que os espíritos deles descansassem em paz, sabendo que seus entes queridos também eram heróis.

Porque naquele momento, no Repouso do Leão, não havia ninguém que tivesse deixado o medo prevalecer.

Viu Greymane, recuado atrás de um poste de luz. Os olhares dos dois se encontraram, e o mais velho assentiu brevemente. Anduin permitiu que seu olhar passasse pelos rostos, os que conhecia e os que não conhecia. Uma menina pandaren estava lutando para não chorar; ele lhe deu um sorriso tranquilizador. Ela engoliu em seco e sorriu de volta, trêmula.

— Como muitos de vocês, eu conheço em primeira mão a dor da perda. — Sua voz ressoou clara e forte, chegando até os que estavam nas últimas fileiras. — Todos vocês sabem que meu pai...

Ele fez uma pausa, pigarreando, e continuou:

— O rei Varian Wrynn... tombou durante a primeira grande batalha nas Ilhas Partidas, quando a Legião invadiu Azeroth outra vez. Ele morreu para salvar seus soldados, os homens e mulheres corajosos que enfrentaram horrores indescritíveis para nos proteger, proteger nossas terras, nosso mundo. Ele sabia que ninguém, nem mesmo um rei, é mais importante do que a Aliança. Cada um de vocês perdeu seu rei ou sua rainha. Seu pai ou sua mãe, irmão ou irmã, filho ou filha.

Anduin olhou de rosto em rosto — viu como eles estavam necessitados de consolo.

— E como ele e tantos outros tiveram a coragem para fazer esse sacrifício, nós fizemos o impossível. *Derrotamos* a Legião Ardente. E agora homenageamos os que sacrificaram tudo. Nós os homenageamos não morrendo... e sim vivendo. Curando as feridas e ajudando os outros a se curar. Rindo e sentindo o sol no rosto. Abraçando nossos entes queridos e deixando claro que a cada hora, cada minuto de cada dia, *eles importam.*

A chuva havia parado. As nuvens começaram a se dissipar e pedaços de azul luminoso se insinuavam por meio delas.

— Nem nós nem nosso mundo escapamos incólumes — continuou Anduin. — Temos cicatrizes. Um titã derrotado cortou nosso amado Azeroth com uma espada terrível feita de ódio manifesto, e ainda não sabemos que preço ela vai cobrar. Há espaços em nosso coração que permanecerão vazios. Mas se vocês estiverem dispostos a servir a um rei que sofre com vocês hoje, se homenagearem a memória de outro rei que morreu por vocês, insisto: vivam. Porque nossa vida, nossa alegria, nosso mundo, são os presentes dos que tombaram. E devemos valorizá-los. Pela Aliança!

A multidão aplaudiu, algumas pessoas chorando. Era a vez de outros falarem. Anduin ficou de lado, permitindo que se dirigissem à multidão. Quando fez isso, seu olhar se voltou para Greymane e seu coração se encolheu.

Mathias Shaw, mestre dos espiões e chefe do serviço de informações de Ventobravo, a AVIN, estava ao lado do rei deposto de Guilnéas. E os dois pareciam numa seriedade tal que Anduin nunca tinha visto.

Ele não gostava muito de Shaw, apesar de o mestre espião ter servido a Varian, e agora a Anduin, com lealdade e competência. O rei era inteligente o bastante para entender e valorizar o serviço que os agentes da AVIN realizavam pelo reino. Aliás, ele jamais saberia exatamente quantos agentes tinham perdido a vida na última guerra. Diferentemente dos guerreiros, os que atuavam nas sombras viviam, serviam e morriam com poucas pessoas sabendo dos seus feitos. Não, não era do mestre espião que Anduin desgostava. Ele lamentava a necessidade de haver homens e mulheres assim.

Laurena tinha acompanhado seu olhar e se aproximou sem dizer nada enquanto Anduin assentia para Genn e Shaw, movendo a cabeça para indicar que deveriam conversar longe da multidão de enlutados que demorariam algum tempo para ir embora. Alguns continuavam por perto, rezando de joelhos. Alguns iriam para casa e continuariam o luto em particular. Outros iriam para tavernas se lembrar de que ainda estavam entre os vivos e ainda podiam desfrutar de comida, bebida e risos. Celebrar a vida, como Anduin pedira.

Mas as tarefas de um rei jamais terminavam.

Os três entraram em silêncio atrás do memorial. As nuvens tinham praticamente sumido, e os raios do sol poente reluziam na água do porto que se espalhava lá embaixo.

Anduin foi até a parede de pedra esculpida e pôs as mãos nela, respirando fundo o ar marinho e ouvindo os pios das gaivotas. Demorando um momento para se firmar antes de ouvir quaisquer palavras sinistras que Shaw tinha a dizer.

Assim que ficara sabendo da grande espada em Silithus, Anduin tinha ordenado que Shaw investigasse. Precisava de homens no local, não dos boatos loucos que vinham circulando. Parecia uma coisa impossível e aterrorizante. E o pior: era tudo verdade. O último ato de um ser corrupto, o golpe final e mais devastador dado na guerra contra a Legião tinha praticamente obliterado boa parte de Silithus. A única coisa que havia mitigado o alcance do desastre fora que, misericordiosamente, em seu golpe raivoso e aleatório, Sargeras não cravara a espada num local mais povoado do mundo, e sim no deserto quase vazio. Se tivesse golpeado ali nos Reinos do Leste, a um continente de distância de Silithus... Anduin não podia seguir essa linha de pensamento. Agradeceria por cada mísera coisa.

Até agora Shaw tinha mandado missivas com informações. Anduin não havia esperado que voltasse tão cedo.

— Fale — foi tudo que o rei disse.

— Goblins, senhor. Um bando inteiro daquelas criaturas desagradáveis. Parece que começaram a chegar um dia depois do...

Ele parou. Ninguém tinha inventado um vocabulário confortável para descrever a espada.

— Do golpe da espada — continuou Mathias.

— Rápido assim? — Anduin ficou espantado. Manteve a expressão neutra enquanto continuava a olhar para a água. *Os navios e suas tripulações parecem tão pequenos vistos daqui*, pensou. *Como brinquedos. Tão fáceis de quebrar!*

— Rápido assim — confirmou Shaw.

— Os goblins não são as criaturas mais encantadoras, mas são inteligentes. E não fazem nada sem motivo — refletiu Anduin.

— E em geral esses motivos implicam dinheiro.

Só um grupo poderia se reunir e financiar tantos goblins tão depressa: o Cartel Borraquilha, apoiado pela Horda. Isso parecia coisa do untuoso e moralmente deficiente Jastor Gallywix.

Anduin comprimiu os lábios por um momento antes de falar.

— Bom. A Horda encontrou alguma coisa valiosa em Silithus. O que é dessa vez? Outra cidade antiga para escavar e roubar?

— Não, majestade. Eles encontraram... isso.

O rei se virou. Na palma da mão de Shaw estava um lenço branco e sujo. Sem dizer nada, o mestre espião o desdobrou.

No centro havia uma pedrinha feita de uma substância dourada. Parecia mel e gelo, quente e convidativa, mas ao mesmo tempo fria e reconfortante. E... reluzia. Anduin olhou para aquilo com ceticismo. Era atraente, sim, mas não mais do que outras pedras preciosas. Não parecia algo que merecesse a chegada de um enorme grupo de goblins.

Anduin, confuso, olhou para Genn, uma sobrancelha erguida em indagação. Sabia pouco sobre espionagem, e Shaw, apesar de benquisto por todos, ainda era um enigma que Anduin só estava começando a decifrar.

Genn assentiu, reconhecendo que o gesto era estranho e que o objeto era mais estranho ainda, mas dando a entender que Anduin deveria confiar em Shaw, independentemente de como ele quisesse prosseguir. O rei tirou a luva e estendeu a mão.

A pedra caiu suavemente nela.

E Anduin perdeu o ar.

O peso do sofrimento desapareceu, como se uma armadura física fosse arrancada. O cansaço se foi, substituído por uma energia e uma perspicácia vibrantes, quase crepitantes. Estratégias dispararam em sua cabeça, cada uma delas boa e bem-sucedida, cada uma engendrando uma mudança de compreensão e garantindo uma paz duradoura que beneficiava cada criatura de Azeroth.

Não apenas a mente, mas também o corpo do rei pareceu ascender de modo abrupto e chocante, disparando de imediato a níveis inteiramente novos de força, destreza e controle. Anduin sentiu que podia não apenas escalar montanhas... podia *movê-las*. Terminaria com a guerra, canalizaria a Luz para cada canto escuro. Estava exultante e, ao mesmo tempo, sereno e confiante em canalizar esse rio veloz — não, esse tsunami — de energia e poder. Nem mesmo a Luz o afetava como... *aquilo*. A sensação era semelhante, porém menos espiritual, mais física.

Mais alarmante.

Durante um longo momento, Anduin ficou sem palavras, capaz apenas de olhar maravilhado para a pedra infinitamente preciosa em sua mão. Por fim, encontrou a voz.

— O que... o que *é* isso? — conseguiu dizer.

— Não sabemos. — A voz de Shaw saiu brusca.

O que poderia ser feito com uma coisa dessas!, pensou Anduin. *Quantos poderia curar? Quantos poderia reforçar, aliviar, revigorar, inspirar?*

Quantos poderia matar?

O pensamento o atingiu como um soco na barriga, e ele sentiu a empolgação inspirada pela pedra recuar.

Quando falou de novo, sua voz saiu forte e decidida:

— Parece que a Horda *sabe*... e nós precisamos descobrir mais.

Aquilo não poderia cair nas mãos erradas.

Nas mãos de Sylvana...

Tanto poder...

Anduin fechou os dedos com cuidado sobre a pequena pepita de potencial ilimitado e se virou de novo para o oeste.

— Concordo — respondeu Shaw. — Estamos de olho.

Ficaram parados um momento enquanto o rei ponderava o que dizer em seguida. Sabia que Shaw e Greymane — este último num silêncio pouco característico, mas olhando com aprovação — estavam à espera de ordens, e agradeceu por ter indivíduos tão firmes a seu serviço. Um homem menos digno que Shaw teria embolsado a amostra.

— Coloque seu melhor pessoal nisso, Shaw. Tire de outras tarefas, se for preciso. Precisamos saber mais sobre esse material. Convocarei uma reunião com meus conselheiros logo. — Anduin estendeu a mão para o lenço de Shaw e, com cuidado, embrulhou de novo o pequeno pedaço daquele material desconhecido, inacreditável. Enfiou-o no bolso. A sensação era menos intensa, mas ainda era perceptível.

Anduin já tinha pensado em viajar, visitar as terras dos aliados de Ventobravo. Agradecer e ajudá-los a se recuperar das devastações da guerra.

Seus planos tinham acabado de acelerar drasticamente.

2

ORGRIMMAR

Sylvana Correventos, ex-general patrulheira de Luaprata, Dama Sombria dos Renegados e atual Chefe Guerreira da poderosa Horda, tinha se ressentindo da ordem de ir a Orgrimmar como um cachorro que precisa exibir todos os truques que conhece. Quisera mesmo era voltar à Cidade Baixa. Sentia falta das sombras, da umidade, do silêncio tranquilizante. *Descanse em paz*, pensou, mal-humorada, e sentiu o puxão de um sorriso divertido. Que sumiu quase que de imediato assim que ela continuou a andar com impaciência pela pequena câmara atrás do trono de Chefe Guerreira no Castelo Grommash.

Parou, os ouvidos afiados captando o som de passos familiares. A cortina de couro curtido que servia como sinal de privacidade foi puxada e o recém-chegado entrou.

— Você se atrasou. Mais quinze minutos e eu seria obrigada a cavalgar sem meu campeão ao lado.

Ele fez uma reverência.

— Perdão, minha rainha. Estive cuidando do que a senhora pediu, e demorou mais do que o esperado.

Ela estava desarmada, mas ele carregava um arco e uma aljava cheia de flechas. Ele, o único humano a se tornar patrulheiro, era um exímio atirador. Esse era um motivo para ser o melhor guarda-costas que Sylvana poderia ter. Havia outros motivos também, motivos com raízes no passado distante, quando os dois haviam se ligado sob um sol lindo e luminoso e lutado por coisas lindas e luminosas.

A morte havia reivindicado ambos, humano e elfa. Agora pouca coisa era linda e luminosa, e boa parte do passado que os dois tinham compartilhado ficara escuro e nevoento.

Mas nem tudo.

Apesar de Sylvana ter deixado para trás a maioria das emoções mais calorosas no momento em que se erguera dos mortos como uma *banshee*, de algum modo a raiva mantivera o calor. Até ela, no entanto, agora tinha se reduzido a brasas. Raramente Sylvana passava muito tempo com raiva de Nathanos Marris, conhecido agora como Arauto da Peste. E ele estivera mesmo cuidado dos negócios dela, visitando a Cidade Baixa enquanto a elfa continuava sobrecarregada de deveres que a mantinham ali em Orgrimmar.

Embora quisesse pegar a mão do rapaz, contentou-se com um sorriso benevolente.

— Considere-se perdoado — disse. — Agora, fale sobre nosso lar.

Sylvana esperava uma breve narração de preocupações modestas, uma reafirmação da lealdade dos Renegados à sua Dama Sombria. Em vez disso, Nathanos franziu a testa.

— A situação... está complicada, minha rainha.

O sorriso sumiu. O que poderia haver de "complicado"? A Cidade Baixa pertencia aos Renegados, o povo dela.

— Sua ausência anda sendo muito sentida — disse ele. — Ainda que muitos se orgulhem de a Horda ter uma Renegada como Chefe Guerreira, alguns acham que a senhora pode ter se esquecido daqueles que foram mais leais a você do que qualquer outro.

Ela deu um riso brusco e sem humor.

— Baine, Saurfang e os outros dizem que eu não lhes dou atenção suficiente. Meu povo diz que dou atenção *demais*. Não importando o que eu faça, alguém se ofende. Como é possível governar assim? — Ela balançou a cabeça pálida. — Malditos sejam Vol'jin e seu loa. Eu deveria ter ficado nas sombras, onde poderia ser eficaz sem ser interrogada.

Onde eu poderia ser o que eu de fato desejava.

Ela jamais pedira por isso. Honestamente. Como tinha dito antes ao troll Vol'jin, durante o julgamento do falecido e pouquíssimo lamentado Grito Infernal, ela gostava de exercer o poder e o controle com sutileza. No entanto, literalmente em seu último suspiro, Vol'jin, o líder da Horda, havia ordenado que ela fizesse o oposto. Tinha dito que recebera uma visão do loa que ele honrava.

Você deve sair das sombras e comandar.

Você deve ser Chefe Guerreira.

Vol'jin tinha sido uma pessoa que ela respeitava, ainda que às vezes os dois entrassem em confronto. Ele não tinha a abrasividade que costumava caracterizar a liderança dos orcs. E Sylvana havia lamentado genuinamente sua morte — e não somente por causa da responsabilidade que ele lhe legara.

Tinha aberto a boca para pedir que Nathanos continuasse quando ouviu a batida seca de um cabo de lança no piso de pedra do lado de fora da saleta. Sylvana fechou os olhos, tentando juntar paciência.

— Entre — rosnou.

Um dos Kor'kron, os guardas de elite da fortaleza, obedeceu e ficou em posição de sentido, com o rosto verde inescrutável.

— Chefe Guerreira — disse —, chegou a hora. Seu povo a espera.

Seu povo. Não. O povo dela estava na Cidade Baixa, sentindo sua falta e sentindo-se relegado, sem saber que ela adoraria voltar e estar entre eles outra vez.

— Já vou sair — disse Sylvana, acrescentando, para o caso de o guarda não entender o que estava por trás das palavras: — Deixe-nos.

O orc fez uma saudação e se retirou, deixando a cortina de couro cair de volta.

— Continuemos a conversa no caminho — disse a Nathanos. — Também tenho outros assuntos a discutir com você.

— Como minha rainha desejar.

Alguns anos antes, Garrosh Grito Infernal instigara uma enorme celebração em Orgrimmar para comemorar o fim da campanha de Nortúndria. Ele ainda não era um Chefe Guerreiro na época. Houve um desfile de todos os veteranos que quiseram participar, com o caminho coberto por ramos de pinheiro importados e uma festa gigantesca os esperando no fim.

Foi extravagante e caro, e Sylvana não tinha intenção de seguir os passos de Grito Infernal, não somente nessa situação, mas em nenhuma outra. Ele tinha sido arrogante, brutal, impulsivo. Sua decisão de atacar Theramore com uma devastadora bomba de mana provocou uma crise de consciência nas raças mais pacíficas, embora a única coisa que realmente perturbara Sylvana na decisão fora o péssimo momento que o orc escolhera. Sylvana o havia desprezado e conspirado em segredo — lamentavelmente sem sucesso — para matá-lo mesmo depois de ele ser preso e acusado de crimes de guerra. Quando, inevitavelmente, Garrosh *foi* morto, Sylvana ficara imensamente satisfeita.

Embora Varok Saurfang, líder dos orcs, e Baine Casco Sangrento, chefe dos tauren, também não sentissem nenhum apreço por Garrosh, ambos tinham pressionado Sylvana a aparecer publicamente em Orgrimmar e pelo menos fazer alguma coisa para indicar o fim da guerra. *Membros valentes dessa Horda que você comanda lutaram e morreram para garantir que a Legião não destruísse este mundo, assim como os demônios fizeram com tantos outros*, tinha entoado o jovem touro. Ele estivera a apenas um passo de censurá-la abertamente.

Sylvana se lembrou do latente... alerta? Ameaça?... de Saurfang. *Você é a líder de* toda *a horda: orcs, tauren, trolls, elfos sangrentos, pandaren, goblins — além dos Renegados. Jamais deve se esquecer disso. Caso contrário, eles* podem *esquecer.*

O que não vou esquecer, orc, pensou Sylvana, com a ira voltando a se inflamar dentro dela, *é dessas palavras.*

De modo que agora, em vez de voltar para casa e cuidar das preocupações dos Renegados, ela montou em um dos seus ossudos cavalos esqueléticos, acenando para a multidão que comemorava, apinhando as ruas de Orgrimmar. A marcha — ela havia tomado cuidado para ninguém chamar aquilo de "desfile" — começava oficialmente na entrada da capital da Horda. De um lado dos portões gigantescos havia grupos de elfos sangrentos e de Renegados que moravam na cidade.

Todos os elfos sangrentos estavam vestidos esplendidamente em suas cores previsíveis, vermelho e dourado. À frente deles estava

Lor'themar Theron. Montado em um falcostruz com plumas vermelhas, ele a encarou.

Os dois outrora foram amigos. Theron havia servido sob o comando de Sylvana enquanto ela era viva e general patrulheira dos elfos superiores. Tinham sido companheiros de armas, como o que cavalgava ao seu lado, seu campeão. Só que embora Nathanos — um humano mortal no passado, agora um Renegado — tivesse mantido a lealdade inabalável com relação a ela, Sylvana sabia que a de Theron estava com o povo dele.

Povo que um dia tinha sido igual a ela.

Porém não mais.

Theron inclinou a cabeça. Ele obedeceria, pelo menos por enquanto. Não sendo dada a falar muito, Sylvana meramente assentiu de volta e se virou para o grupo de Renegados.

Eles estavam parados com paciência, como sempre, e ela sentiu orgulho. No entanto, não podia demonstrar favoritismo, principalmente ali. Por isso cumprimentou-os como havia feito com Lor'themar e os sin'dorei, depois virou a montaria para passar pelo portão. Os elfos sangrentos e os Renegados entraram em fila, cavalgando mais atrás, para não se aglomerar junto a ela. Essa tinha sido a exigência de Sylvana, que se mantivera irredutível. Queria ter pelo menos alguns instantes de privacidade. Havia coisas que se destinavam apenas aos ouvidos de seu campeão.

— Fale mais do que pensa meu povo — ordenou.

— Segundo a perspectiva deles — retomou o patrulheiro sombrio —, a senhora era um elemento perene na Cidade Baixa. A senhora os criou, trabalhou para prolongar a existência dos seus, era tudo para eles. Sua ascensão a Chefe Guerreira foi tão súbita, a ameaça foi tão grande e imediata que a senhora não deixou ninguém para trás, para cuidar do seu povo.

Sylvana assentiu. Achava que conseguia entender isso.

— A senhora deixou um vazio enorme. E os vazios de poder tendem a ser preenchidos.

Os olhos vermelhos de Sylvana se arregalaram. Será que ele estava falando num golpe? Sua mente recuou alguns anos, até a traição de

Varimathras, um demônio que ela achou que iria lhe obedecer. Ele se juntara ao desgraçado e ingrato Putriss, um boticário Renegado que havia criado uma peste contra os vivos e os mortos-vivos e quase matado a própria Sylvana. Retomar a Cidade Baixa fora um trabalho sangrento. Mas não. Ao mesmo tempo em que o pensamento lhe vinha, ela soube que seu campeão leal não estaria falando de modo tão despreocupado se algo terrível assim tivesse acontecido.

Lendo sua expressão com clareza, como de costume, Nathanos se apressou em tranquilizá-la.

— Tudo está calmo por lá, minha rainha. Mas na ausência de um líder poderoso, os habitantes da cidade formaram um governo para cuidar das necessidades da população.

— Ah, sei. Uma organização interina. Isso... não é absurdo.

O caminho da Chefe Guerreira pela cidade iria levá-la primeiro por uma alameda com lojas dos dois lados, chamada de Bazar, e depois ao Vale da Honra. Bazar tinha sido um nome adequado para a área, que ficava junto à parede de um cânion numa parte pouco agradável da cidade antes do Cataclismo. Com aquele acontecimento terrível, o Bazar, como tantas partes da sofrida Azeroth, mudara em aspecto. Como a própria Sylvana Correventos, o local emergira das sombras. Agora a luz do sol iluminava as ruas sinuosas, de terra batida. Estabelecimentos de melhor reputação, como lojas de roupas e de suprimentos para escrita, também pareciam estar brotando.

— Eles estão se chamando de Conselho Desolado — continuou Nathanos.

— Um nome cheio de autopiedade — murmurou Sylvana.

— Talvez. Mas é uma indicação clara dos sentimentos deles. — Nathanos olhou para ela enquanto cavalgavam. — Minha rainha, correm boatos sobre coisas que a senhora fez nesta guerra. Alguns desses boatos até são verdadeiros.

— Que tipo de boatos? — perguntou ela, talvez depressa demais. Sylvana tinha planos em cima de planos, e se perguntou quais deles teriam escorrido para o reino dos boatos entre seu povo.

— Eles ficaram sabendo de alguns dos seus esforços mais extremos para garantir a continuidade da existência deles.

Ah. Aquilo.

— Presumo que também tenham sabido que Genn Greymane destruiu tal esperança — retrucou Sylvana com amargura.

Ela havia levado sua nau capitânia, a *Correventos*, até Trommheim, nas Ilhas Partidas, em busca de mais Val'kyr para ressuscitar os mortos. Até agora, era o único modo que Sylvana havia encontrado para criar mais Renegados.

— Eu quase consegui escravizar a grande Eyir. Ela teria me dado as Val'kyr por toda a eternidade. Ninguém do meu povo jamais voltaria a morrer. — Ela fez uma pausa. — Eu os teria salvado.

— Essa... é a preocupação.

— Não fique evitando o assunto, Nathanos. Seja direto.

— Nem todos desejam o que a senhora deseja para eles, minha rainha. Muitos membros do Conselho Desolado abrigam ressalvas profundas. — O rosto dele, ainda o de um homem morto, porém mais bem preservado graças a um elaborado ritual que ela ordenara, se retorceu num sorriso. — Esse é o perigo que a senhora criou ao dar-lhes livre-arbítrio. Agora eles são livres para discordar.

As sobrancelhas pálidas de Sylvana se juntaram numa carranca terrível.

— Eles *querem* ser extintos, então? — sibilou ela, com a raiva chamejando brilhante por dentro. — Eles querem *apodrecer* na terra?

— Não sei o que eles querem — respondeu Nathanos com calma. — Querem falar com a senhora, não comigo.

Sylvana rosnou baixinho. Nathanos, sempre paciente, esperou. Ela sabia que ele obedeceria em tudo. Nesse momento, ela poderia ordenar que um grupo de guerreiros formado por qualquer combinação de não Renegados marchasse até a Cidade Baixa e prendesse os membros desse conselho ingrato. No entanto, no mesmo momento em que lhe ocorreu esse pensamento satisfatório, ela soube que não seria recomendável. Precisava descobrir mais — muito mais — antes de agir. Era preferível dissuadir um Renegado — qualquer Renegado — a destruí-lo.

— Eu... vou pensar no pedido. Mas por enquanto quero discutir outra coisa. Precisamos aumentar o conteúdo dos cofres da Horda —

murmurou baixinho ao seu campeão. — Vamos precisar dos recursos...
e vamos precisar *deles*.

Ela acenou para uma família de orcs. O macho e a fêmea tinham cicatrizes de batalha, mas sorriam, e a criança que eles levantaram acima das cabeças para ver a Chefe Guerreira era gorducha e parecia saudável. Sem dúvida alguns membros da Horda amavam sua líder.

— Não sei bem se entendo, minha rainha — disse Nathanos. — Claro, a Horda precisa de recursos e de seus membros.

— Não são os membros que me preocupam. É o exército. Decidi que não vou dissolvê-lo.

Ele se virou para encará-la.

— Eles acham que voltaram para casa — disse. — Não é verdade?

— É, por enquanto. É preciso dar tempo ao tempo para sarar as feridas. Para semear os campos. Mas logo vou convocar os bravos guerreiros da Horda para outra batalha. A que você e eu desejamos há muito tempo.

Nathanos ficou em silêncio. Ela não recebeu isso como discordância ou desaprovação. Ele costumava ficar em silêncio. O fato de não pressionar por mais detalhes significava que entendia o que ela desejava.

Ventobravo.

3

ORGRIMMAR

O jovem rei Anduin Wrynn, faminto por paz, tinha perdido o pai e, segundo todos os relatos, recebera mal a novidade. Segundo boatos, ele havia recuperado Shalamayne e agora lutava tanto com aço frio quanto com a Luz. Sylvana tinha suas dúvidas. Achava difícil imaginar aquela criança sensível fazendo esse tipo de coisa. Ela respeitara Varian. Chegara até a gostar dele. E o espectro da Legião fora tão pavoroso que ela estivera disposta a pôr de lado o ódio que a alimentava agora, assim como a comida e a bebida a haviam alimentado em vida.

Mas o Lobo estava morto, e o jovem leão ainda era um filhote. E os humanos tinham sofrido perdas terríveis. Estavam fracos.

Vulneráveis. Eram *presas*.

A Horda era resiliente. Forte. Endurecida pelas batalhas. Seus membros se recuperariam muito mais depressa do que as raças da Aliança. Precisariam de menos tempo para as coisas que ela havia citado: plantações, cura, uma chance para dar um tempo e se recuperar. Muito em breve sentiriam sede de sangue, e ela ofereceria o vermelho fluido vital dos humanos de Ventobravo, os inimigos mais antigos da Horda, para aplacar a sede.

E em troca aumentaria a população de Renegados, pois todos os humanos que morressem na cidade renasceriam para servir a ela. Será que isso seria mesmo tão terrível? Ficariam com seus entes queridos pela eternidade. Não sofreriam mais com as adagas da paixão nem da perda. Não precisariam dormir. Poderiam prosseguir com seus interesses tão bem quanto em vida. Finalmente haveria união.

Se os humanos ao menos entendessem as coisas terríveis que a vida e todo o sofrimento que a acompanha fazem com eles, pensou Sylvana, *abraçariam a oportunidade de imediato.* Os Renegados entendiam... pelo menos ela achava que entendiam, até, inexplicavelmente, o Conselho Desolado ter agido em contrário.

Baine Casco Sangrento, Varok Saurfang, Lor'themar Theron e Jastor Gallywix, sem dúvidas, considerariam que Sylvana tinha um certo interesse em criar cadáveres humanos. Afinal de contas, eles não tinham se tornado líderes de seus povos sendo idiotas. No entanto, também estariam lutando contra os odiados humanos e reivindicando para si a cidade branca e luminosa, com as florestas próximas e os campos fartos. Não relutariam em dar-lhe os corpos, principalmente quando ela lhes entregava uma vitória tão grande: uma vitória ao mesmo tempo prática e tremendamente simbólica.

Não havia mais um herói humano para ficar de pé e unir a Aliança contra eles. Nenhum Anduin Lothar, morto por Orgrim Martelo da Perdição, nem Llane ou Varian Wrynn. O único que tinha esses nomes era Anduin Wrynn, que não era nada.

Sylvana, Nathanos e seu séquito de veteranos tinham percorrido todo o Vale da Honra e voltado na direção do Vale da Sabedoria. Ali, Baine a aguardava. Ostentava todas as insígnias tauren tradicionais, com apenas as orelhas e a cauda se mexendo para espantar as moscas que zumbiam no ar de verão. Muitos de seus guerreiros estavam reunidos ao redor. Montada, Sylvana tinha altura suficiente para olhar nos olhos até mesmo dos machos, o que fez com firmeza. Baine a encarou de volta com calma.

A não ser pelos pandaren que haviam optado por se aliar à Horda, Sylvana era quem menos tinha em comum com os tauren. Eles eram um povo profundamente espiritual, calmo e firme. Ansiavam pela tranquilidade da natureza e honravam o estilo de vida antigo. Sylvana costumava entender esses sentimentos, mas não conseguia mais se identificar com eles.

O que mais a incomodava com relação a Baine era que, apesar do assassinato do pai e de uma infinidade de coisas ruins terem sido despejadas sobre sua cabeça chifruda, o jovem touro ainda desejava a paz acima de tudo: a paz entre as raças e no coração de cada indivíduo.

A honra de Baine o obrigava a servi-la — uma honra que ele não se permitiria manchar. Pelo menos até ser pressionado a limites aos quais Sylvana ainda não tinha chegado.

Ele pôs a mão no peito amplo, acima do coração, e bateu o casco na versão taurina de uma saudação. Os bravos o acompanharam, e o chão de Orgrimmar tremeu de leve. Então Sylvana foi adiante e os taurens se enfileiraram atrás dos grupos de Renegados e dos elfos sangrentos de Theron.

Nathanos continuou em silêncio. Eles seguiram pela estrada sinuosa em direção ao Vale dos Espíritos, o antigo local dos trolls. Essas poucas "primeiras" raças eram muito orgulhosas. Sylvana acreditava que eles jamais aceitaram de fato as raças posteriores — os elfos sangrentos, os goblins e o povo dela — como "verdadeiros" membros da Horda. Ela se divertia pensando que, desde que tinham se juntado à Horda, os goblins haviam penetrado no Vale dos Espíritos e praticamente arruinado a área designada para eles.

Como os taurens, os trolls estavam entre os primeiros amigos dos orcs. O líder orc Thrall tinha batizado Durotar em homenagem a seu pai, Durotan. Orgrimmar recebeu esse nome em honra a um antigo Chefe Guerreiro da Horda, Orgrim Martelo da Perdição. Na verdade, até a ascensão de Vol'jin, *todos* os chefes guerreiros tinham sido orcs. E até a chegada de Sylvana, todos tinham sido membros das raças fundadoras originais. E machos.

Sylvana tinha mudado tudo e se orgulhava disso.

Como ela, Vol'jin havia deixado o próprio povo sem líder depois da ascensão ao posto de Chefe Guerreiro. Hoje os trolls não tinham um rosto público para defendê-los, a não ser, potencialmente, por Rokhan; pelo menos os Renegados tinham Sylvana no papel de Chefe Guerreira. Ela se lembrou de que deveria nomear alguém como chefe dos trolls o mais depressa possível. Alguém com quem ela pudesse trabalhar. Que pudesse controlar. A última coisa de que precisava era que os trolls escolhessem alguém que quisesse desfiá-la.

Ainda que muitos a tivessem recebido com aplausos e sorrisos naquele dia, Sylvana não se iludia achando que era amada por todos. Tinha comandado a Horda até uma vitória aparentemente impossível, e por enquanto, pelo menos, parecia que os membros estavam firmes na lealdade a ela.

Ótimo.

Assentiu para os trolls com cortesia, depois se preparou para encontrar o próximo grupo.

Não gostava muito de goblins. Ainda que seu senso de honra fosse um tanto fluido, era capaz de apreciar a honra nos outros. Como muitas coisas, isso era um eco de algo que ouvira um dia. Só que, para ela, os goblins quase que não passavam de parasitas atarracados, feios e loucos por dinheiro. Eram inteligentes, isso era preciso admitir. Às vezes até de um modo perigoso — para eles e para os outros. Não havia dúvida de que eram criativos e inventivos. Sylvana, porém, preferia os dias em que o relacionamento com eles era puramente financeiro. Agora eram membros integrais da Horda e ela precisava fingir que eles importavam.

Os goblins, claro, não deixavam de ter seu líder: o poço de cobiça com papadas múltiplas, barrigudo e verde que era o Príncipe Mercador Jastor Gallywix. Ele estava parado à frente de seu bando heterogêneo de goblins, todos rindo e mostrando os dentes amarelos afiados. Suas pernas finas já pareciam cansadas demais para suportar o corpo, e ele usava sua cartola e sua bengala prediletas. Quando Sylvana se aproximou, ele fez a reverência mais profunda que a cintura permitia.

— Chefe Guerreira — disse, naquela voz untuosa. — Espero que arranje algum tempo para mim mais tarde. Tenho algo que pode lhe interessar bastante.

Ninguém mais ousara discutir os próprios problemas com ela naquele dia. Era típico de um goblin. Ela franziu a testa e abriu a boca para falar. Depois observou atentamente a expressão do goblin.

Sylvana tivera uma vida longa antes de ser morta por Arthas Menethil. E agora, de certa forma, vivia de novo. Tinha passado uma grande parte desse tempo olhando rostos, avaliando o caráter por trás deles e as palavras que eram ditas.

Gallywix costumava exibir aquela espécie de alegria artificial que ela tanto desprezava, mas não naquele dia. Não havia um impulso desesperado por parte dele. Estava... calmo. Parecia um jogador que sabia estar prestes a ganhar. O fato de se dirigir a ela de modo tão ousado naquele lugar e naquele momento significava que levava a sério a necessidade de lhe falar. Mas sua linguagem corporal — ele não estava se encolhendo obsequioso, portando-se ereto talvez pela primeira vez — dizia com ainda mais clareza que esta era uma pessoa disposta a se afastar da mesa de negociações sem desapontamento indevido.

Dessa vez ele falava sério.

— Fale comigo no festim — disse ela.

— Como minha Chefe Guerreira ordenar — respondeu o goblin, tirando a cartola em saudação.

Sylvana se virou para completar a rota.

— Não confio naquele goblin — resmungou Nathanos, que tinha permanecido em silêncio por tanto tempo, com aversão.

— Nem eu. Mas os goblins entendem de lucro. Posso ouvir sem prometer nada.

Nathanos assentiu.

— Claro, Chefe Guerreira.

Os goblins e os trolls tinham entrado em fila atrás dela. Gallywix seguia numa liteira atrás dos guardas de Sylvana. Como ele havia conseguido a posição, ela não sabia. Ele a encarou e riu, fazendo sinal de positivo com os polegares e dando uma piscadela. Sylvana se esforçou para impedir que seus lábios se retorcessem com nojo. Como já estava se arrependendo da decisão de conversar com Gallywix mais tarde, resolveu se concentrar em outra coisa.

— Ainda estamos de acordo, não é? — perguntou a Nathanos. — Ventobravo deve cair, com as vítimas da batalha se tornando Renegados.

— Tudo como a senhora desejaria, minha rainha. Mas não creio que deva se preocupar com minha opinião. A senhora já abordou isso com os outros líderes? Eles podem ter algo a dizer. Não creio que tenhamos visto uma paz comprada a preço mais caro nem mais apreciada. Talvez eles não queiram virar a mesa por enquanto.

— Enquanto restarem inimigos nossos, a paz não é vitória.

Principalmente quando ainda permaneciam presas vulneráveis para serem caçadas. E quando a continuidade da existência de seus Renegados era tão incerta.

— Para a Chefe Guerreira! — gritou um tauren, com os pulmões enormes permitindo que o grito chegasse longe.

— *Chefe Guerreira! Chefe Guerreira! Chefe Guerreira!*

A longa "marcha da vitória" estava chegando ao fim. Sylvana se aproximava do Castelo Grommash. Apenas mais um líder a esperava: um líder por quem ela sentia um respeito relutante.

Varok Saurfang era inteligente, forte, feroz, e, tal como Baine, leal. No entanto, havia algo nos olhos do orc que sempre a deixava alerta. O conhecimento de que, se Sylvana cometesse um erro grande demais, ele poderia desafiá-la, até mesmo se opor diretamente.

Essa expressão estava nos olhos do orc quando ele se aproximou. Saurfang devolveu o olhar de Sylvana, sem romper o contato ao executar uma reverência breve e se colocar de lado para deixá-la passar. Por fim, entrou na fila, atrás.

Como todos os outros fariam.

A Chefe Guerreira Sylvana apeou e entrou de cabeça erguida no Castelo Grommash.

Nathanos estava preocupado com a possibilidade de os outros líderes não apoiarem seu plano.

Vou lhes dizer o que fazer... quando chegar a hora certa.

Uma mesa de madeira rústica e pesada, com bancos, tinha sido levada para o Castelo Grommash. Um festim comemorativo seria servido para os líderes de cada grupo e alguns seletos guardas ou companheiros. A própria Sylvana ficaria sentada à cabeceira da mesa, como era adequado para sua posição.

Agora, enquanto olhava seus companheiros à mesa, ela refletiu que nenhum deles tinha nenhum tipo de família. Seu campeão era o que havia de mais próximo de um consorte formal ou mesmo de um companheiro ali. E o relacionamento entre os dois era complicado, até para eles próprios.

Cada uma das raças fora encorajada a apresentar um ritual comemorando a vitória ou honrando os próprios veteranos. Sylvana estava disposta a ceder a esse pedido; isso acalmaria muitos deles, e a verba para esse evento não viria dos cofres da Horda, e sim dos de cada raça. A ideia fora sugerida por Baine, claro, cujo povo praticava esses rituais como parte de sua cultura desde... bom, desde que existiam taurens, presumiu Sylvana.

Os trolls também tinham concordado em participar, assim como os pandarens da Horda. Eles tinham uma posição especial, no sentido de serem um conjunto de indivíduos que sentiam uma conexão com os ideais da Horda. O líder e a terra deles ficavam longe, mas cada um tinha provado seu valor. Tinham assentido com as cabeças redondas e peludas diante da perspectiva de apresentar um ritual, prometendo beleza e espetáculo para elevar o humor geral. Sylvana respondera com um sorriso agradável e dissera que isso seria bem-vindo.

Ela se lembrou de que outrora Quel'Thalas costumava ser palco de cerimônias magníficas, luminosas e brilhantes com representações de batalhas, pompa e ostentação. Já em tempos mais recentes, contudo, os antigos elfos superiores, enfrentando traições e vícios, tinham ficado muito mais sérios. Quel'Thalas estava se recuperando, e os elfos sangrentos ainda amavam seus luxos e confortos, mas agora consideravam de mau gosto essas demonstrações ostentatórias, diante de tantas tragédias implacáveis sofridas por seu povo. Segundo Theron, a contribuição deles seria breve e objetiva. Agora se sentiam amargurados. Amargurados como os Renegados ainda estavam; Sylvana se recusara peremptoriamente a participar do que considerava um desperdício de tempo e de ouro.

Nesse sentido, os goblins estavam do seu lado. Era um pensamento sinistramente divertido.

Sylvana esperou vários xamãs de todas as raças abrirem as cerimônias com um ritual. Os taurens ofereceram uma recriação de uma das grandes batalhas da guerra. E, por fim, os pandarens entraram no centro do Castelo Grommash. Usavam roupas de seda — túnicas, calções e vestidos — em tons de verde jade, azul-celeste e um rosa nauseante. Sylvana precisou admitir que, apesar de parecerem grandes, moles e rotundos, os pandarens eram espantosamente graciosos ao dançar, dar cambalhotas e representar batalhas.

Baine se levantou para encerrar os eventos. Seu olhar percorreu devagar o salão, vendo não apenas os líderes à mesa, mas também outros sentados em tapetes e peles no chão de terra batida.

— É com dor e orgulho que nos reunimos aqui hoje — trovejou. — Com dor porque muitos heróis corajosos da Horda tombaram em batalhas honrosas e terríveis. Vol'jin, Chefe Guerreiro, comandou a vanguarda contra a Legião. Lutou com coragem. Lutou pela Horda.

— Pela Horda — foi o murmúrio solene.

Baine se virou para olhar alguma coisa. Sylvana acompanhou seu olhar e viu as armas e a máscara ritual de Vol'jin penduradas num local de honra. Outros também baixaram a cabeça. Sylvana inclinou a dela.

— Mas não nos esquecemos do orgulho que temos por essas batalhas. E por seu resultado. Já que, contra todas as probabilidades, derrotamos a Legião. Nossa vitória foi comprada com sangue, mas *foi* comprada. Nós sangramos. Agora estamos nos curando. Sofremos o luto. Agora comemoramos! Pela Horda!

A reação não foi silenciosa e respeitosa, mas sim um grito de garganta plena e coração aberto que praticamente sacudiu os caibros do castelo.

— *Pela Horda!*

Javali assado e raízes foram servidos com cerveja, vinho ou bebida mais forte para ajudar a descer. Sylvana assistiu aos outros comerem. Pouco depois da retirada do primeiro prato, ela notou uma cartola vermelha e roxa, salpicada de estrelas, vindo na direção da ponta da mesa.

— Ah, Chefe Guerreira? Um momento do seu tempo.

— *Um* momento — disse Sylvana ao goblin risonho. Ele parou ao lado da sua cadeira. — Você tem minha atenção. Não a desperdice.

— Estou certo de que a senhora concordará que não estou desperdiçando, Chefe Guerreira — disse ele de novo com aquele ar de completa confiança. — Mas primeiro um pouco de informação básica. Tenho certeza de que a senhora sabe das tragédias e desafios que o

Cartel Borraquilha enfrentou antes de sermos convidados a participar da Horda.

— Sim. Sua ilha foi destruída por um vulcão em erupção.

A tristeza de Gallywix não pareceu lá muito convincente. Ele levou um dedo enluvado ao olho para enxugar uma lágrima inexistente.

— Tantos foram perdidos! — suspirou. — Tanta jakamita *desaparecida* de uma hora para a outra!

Sylvana corrigiu o pensamento. Talvez as lágrimas *fossem* genuínas.

— Jaka'Cola. — O goblin fungou, nostálgico. — Isso dá ideias.

— É, sei que não existe mais jakamita — disse Sylvana em tom seco. — Vá logo ao ponto, presumindo que exista algum. — Aquela conversa com o goblin estava atraindo a atenção indevida de Baine e Saurfang, dentre outros.

— Ah, sim, de fato, certamente existe. A senhora sabe — disse ele, rindo um pouco — é meio engraçado. Há uma possibilidade nítida de que aquele vulcão... *não* tenha sido causado por Asa da Morte ou pelo Cataclismo.

Os olhos reluzentes de Sylvana se arregalaram um pouquinho. Ele estava mesmo dizendo o que ela pensava que estava? Esperou com uma impaciência que em geral não era associada aos mortos.

— Veja bem, hmm... como dizer? — Ele tamborilou os dedos no queixo à frente das papadas. — Nós estávamos minerando muito fundo em Kezan. Precisávamos manter nossos clientes felizes, não é? Já que a Kaja'Cola é a deliciosa bebida que estimula o cérebro e...

— Não force a barra, goblin.

— Entendi. Bom. De volta à minha história. Nós estávamos cavando fundo. Bem fundo. E encontramos uma coisa inesperada. Uma substância até então desconhecida. Uma coisa fenomenal, de verdade. Única! Apenas um pequeno veio de líquido que ficava sólido e mudava de cor quando exposto ao ar. Um dos meus mineiros mais inteligentes, ah... *recuperou* um pedaço daquilo discretamente e levou para mim, como sinal de estima.

— Em outras palavras, ele roubou e tentou suborná-lo com aquilo.

— É um modo de ver a coisa. Mas esse não é o ponto. O ponto é que, ainda que aquele medonho Asa da Morte certamente tenha muito a ver com a erupção do vulcão, cavar tão fundo assim pode... *pode*, repito, não tenho certeza total... ter contribuído.

Sylvana olhou o Príncipe Mercador com um espanto recém-encontrado diante das dimensões daquela avareza, daquele egoísmo. Se Gallywix tivesse razão, então ele havia destruído animadamente sua própria ilha e um bom número de goblins inocentes — bom, comparativamente inocentes — junto. Tudo isso em troca de algum tipo de minério maravilhoso.

— Eu não sabia que você tinha estofo para isso — disse quase com admiração.

Ele pareceu a ponto de agradecer, mas pensou melhor.

— Bom. Devo dizer que era um minério muito *especial*.

— E imagino que você o mantenha trancado num local muito seguro.

Gallywix abriu a boca, depois franziu os olhos e se virou com desconfiança para Nathanos. Sylvana quase gargalhou.

— Meu campeão Nathanos é um sujeito azedo. Praticamente não fala, nem mesmo comigo. Qualquer segredo que você queria me contar está mais do que seguro com ele.

— Assim diz minha Chefe Guerreira — respondeu Gallywix lentamente, sem dúvida sem se convencer, mas não vendo outra opção. — A senhora está incorreta, Dama Sombria. Não o mantenho escondido. Mantenho-o em plena vista, literalmente à mão.

Ele usou a ponta dourada de sua bengala para empurrar para trás a cartola horrorosa, num gesto casual. Sylvana esperou uma resposta. Quando um momento se passou e ela não recebeu nenhuma, começou a franzir a testa. Os olhos minúsculos do goblin se moveram, virando-se para o topo da bengala e depois de volta para Sylvana.

A bengala? Ela olhou de novo, dessa vez mais de perto. Nunca tinha prestado muita atenção. Nunca prestava muita atenção a qualquer coisa que Gallywix usava, carregava ou dizia. Mas algo a estava incomodando.

Então soube o que era.

— Ela era vermelha.

— *Era* — concordou ele. — Agora não é.

Sylvana percebeu que o pequeno globo, mais ou menos do tamanho de uma maçã, não era feito de ouro. Era feito de algo que parecia... que parecia...

Âmbar. Seiva de árvore que no correr dos séculos endurecera até virar uma coisa da qual joias podiam ser feitas. Algumas vezes insetos antigos eram aprisionados no líquido que escorria, encasulados nele pela eternidade. Esta pedra tinha o mesmo tipo de calor. Era bonita. Mas Sylvana não acreditava que esse enfeite de aparência inofensiva fosse tão poderoso quanto Gallywix queria que ela acreditasse.

— Deixe-me ver — exigiu.

— Terei o maior prazer em fazer isso, mas não na frente de olhos curiosos. Podemos ir a algum lugar menos público? — Diante do olhar irritado que recebeu em resposta, ele prosseguiu na voz mais sincera que Sylvana já o ouvira usar: — Veja bem. A senhora vai querer manter essa informação em segredo. Acredite em mim.

Estranhamente, ela acreditou.

— Se você estiver exagerando, vai sofrer.

— Ah, eu sei. E também sei que a senhora vai gostar do que descobrir.

Sylvana se inclinou e murmurou para Nathanos:

— Volto num instante. É melhor que ele esteja certo.

Consciente dos olhares fixos nela, levantou-se e indicou que Gallywix deveria segui-la até a sala atrás do trono. Ele fez isso, e assim que a cortina de couro se fechou, disse:

— Hã. Eu não sabia que esse lugar existia.

Sylvana não respondeu. Só se limitou a estender a mão para a bengala. Com uma pequena reverência, ele a entregou. Sua mão se fechou em volta.

Nada.

O enfeite era espalhafatoso, mas agora Sylvana podia ver que era um belo trabalho. Depressa ia se cansando do jogo do goblin. Franziu a testa de leve e escorregou uma das mãos pela bengala até a pedra presa na parte de cima.

Seus olhos se arregalaram e ela sugou o ar em um suspiro atônito.

Outrora ela lamentara pela vida que lhe fora negada. Tinha se contentado com os presentes de sua condição de morta-viva: seu devastador grito de *banshee*, a liberdade da fome e da exaustão e as outras algemas que prendiam os mortais. Mas essa sensação era muitíssimo maior.

Sentiu-se não somente forte, mas *poderosa*. Como se o aperto de sua mão fosse capaz de esmagar um crânio, como se um único passo pudesse cobrir uma légua ou mais. A energia se enovelava dentro de cada músculo, como uma fera de pura precisão e poder fazendo força contra uma coleira. Pensamentos corriam acelerados no cérebro, não simplesmente seus pensamentos calculistas, espertos e inteligentes de sempre, mas outros luminosos, assustadoramente brilhantes. Inovadores. Criativos.

Não era mais uma dama sombria ou mesmo uma rainha. Era uma deusa da destruição e da criação, pasma por jamais ter entendido com que profundidade as duas coisas eram entrelaçadas. Exércitos, cidades, culturas inteiras — ela poderia erguê-los.

E derrubá-los. Ventobravo seria um dos primeiros, entregando seu povo para fazer crescer o número do dela.

Ela poderia distribuir a morte numa escala que...

Sylvana soltou o globo como se ele a tivesse queimado.

— Isso... vai mudar *tudo*. — Sua voz estava trêmula. Retomou a calma gelada. — Por que você ainda não usou isso?

— Veja bem, era dourado quando estava líquido, e era *incrível*. Depois ficou sólido e vermelho, e era bonito, mas comum. Sempre tive esperança de um dia descobrir mais dessa coisa. E um dia... *bum*, o topo da bengala ficou dourado e incrível de novo. Quem iria saber?

Sylvana precisava retornar ao festim. Sem dúvida os outros líderes já estariam fofocando. Não pretendia lhes dar mais assunto demorando-se ali.

— A senhora enxerga as possibilidades — disse o goblin enquanto voltavam para o salão. Como se estivesse falando alguma coisa comum e pragmática, e não algo que havia abalado Sylvana Correventos até o âmago, com um gosto de poder até então inimaginável.

— Enxergo — disse ela com a voz de novo controlada, apesar de ainda estar tremendo por dentro. — Assim que esse festim terminar, nós dois conversaremos longamente. Isso vai servir bem à Horda.

Só à Horda.

— A Aliança não sabe de nada disso?

— Não se preocupe, Chefe Guerreira — disse ele, de novo cheio de lisonjas. — Tenho gente trabalhando nisso.

4

VENTOBRAVO

Anduin convocou seus conselheiros para se juntar a ele na sala de mapas da Bastilha Ventobravo. Todos inclinaram a cabeça quando o rei entrou; muito antes, ele tinha pedido que não se curvassem.

Greymane e Shaw estavam ali, claro. Assim como o Profeta Velen, o antigo draenei que ensinara os segredos da Luz a Anduin. De todos, podia ser dito que talvez o profeta draenei era quem mais havia perdido na guerra. Genn havia perdido o filho de modo violento havia muito tempo, e, claro, essa guerra tinha levado Varian Wrynn. Velen, porém, tinha testemunhado a morte não somente do próprio filho, mas também do próprio *mundo* — literalmente.

E, no entanto, pensou Anduin, olhando aquele ser cor de lavanda, *apesar de eu sentir sua tristeza, ele permanece o mais sereno de todos nós.*

A Almirante do Céu Catherine Rogers também estava presente. Anduin nutria por ela algo parecido com o que sentia pelo mestre espião Shaw. Anduin respeitava os dois, mas seu relacionamento com eles não era confortável. Rogers era sedenta demais por sangue da Horda para seu gosto. Anduin tinha censurado ela e Greymane enfaticamente por levarem uma tarefa recente muito além do que havia ordenado. Só que a Aliança precisara da astúcia de Rogers na guerra, e Mathias, a seu modo, protegia os inocentes.

— Foi um dia difícil — disse Anduin. — Mas foi mais difícil para aqueles a quem nos dirigimos. No fim, a guerra terminou, a Legião foi derrotada e podemos enterrar os mortos sabendo que o dia de amanhã não vai colaborar para o número dos que caíram em batalha. E agradeço por isso.

Ele fez uma pequena pausa e continuou:

— Mas isso não quer dizer que possamos cessar os esforços para tornar este mundo melhor. Em vez de matar nossos inimigos, devemos curar e revigorar nosso povo num mundo terrivelmente ferido. E devemos proteger e estudar um recurso precioso que chegou apenas hoje à minha atenção. Todas essas coisas determinam um novo conjunto de desafios.

Anduin podia sentir a pequena pedra azul-dourada no bolso, aninhada de modo silencioso e benevolente. Ainda sabia muito pouco sobre ela, mas de uma coisa tinha certeza: ela não era maligna, ainda que ele entendesse muitíssimo bem que certamente poderia ser usada com propósitos sinistros. Até os naaru podiam.

Pegou o lenço.

— Hoje de manhã, o mestre espião Shaw me informou sobre o que observou em Silithus. Não apenas surgiram grandes fissuras espalhando-se a partir de onde a Espada de Sargeras empalou o mundo, mas essas fissuras revelaram uma substância até então desconhecida. Ela é... especial. É mais fácil mostrar do que dizer.

Entregou o lenço a Velen, que reagiu como tinha acontecido com Anduin. O draenei respirou fundo, espantado. Quase diante dos olhos de Anduin, anos — décadas — de sofrimento pareceram desaparecer. Tão profundo como tinha sido com ele, foi quase mais comovente testemunhar o efeito da substância sobre outra pessoa.

— Por um momento achei que fosse um pedaço de um naaru — ofegou Velen. — Não é, mas a sensação me parece... semelhante.

Os naaru eram seres benevolentes feitos de energia sagrada. Não havia nada mais próximo da Luz do que eles. Quando Anduin tinha estudado com os draenei no *Exodar*, passara muito tempo na presença do naaru O'ros. Esse ser lindo e benevolente havia sido outra baixa da guerra, e a lembrança daquela época estava tingida de dor. Mesmo assim, Anduin, que se lembrava das emoções engendradas por O'ros, concordou com a avaliação de Velen.

— Mas — acrescentou Velen — aqui há potencial para um grande mal, não só para um grande bem.

Greymane pegou a substância em seguida. Pareceu pasmo pelo que experimentou, quase confuso, como se alguma crença profunda e firmemente estabelecida fosse despedaçada. Então franziu a testa, as rugas em volta dos olhos se aprofundando, e estendeu a pedra cor de mel para Shaw.

— Admito — disse em voz áspera, direcionando as palavras para o rei e para o mestre espião — que achei que talvez o senhor estivesse exagerando. Não estava. Essa coisa é poderosa. E perigosa.

Shaw descartou a pedra; não parecia ter vontade de segurá-la por mais tempo do que o necessário. Anduin respeitou a decisão. Rogers a pegou em seguida. Ela cambaleou, estendendo a mão para se equilibrar na lateral da grande mesa de mapas, olhando com fascínio para a pedrinha. Então sua expressão se transformou numa mescla de raiva e esperança.

— Existe mais disso?

Shaw deu a Velen e Rogers uma versão resumida do que tinha contado a Genn e Anduin. Os dois ouviram com atenção. Quando ele terminou, Rogers disse:

— Se pudermos descobrir um modo de usar isso... poderíamos esmagar a Horda.

— Pensar em Sylvana com isso me deixa nauseado — disse Genn, sem poupar palavras.

Por que precisamos voltar tudo para a violência?, pensou Anduin com sua própria insinuação de raiva. Em vez disso, respondeu à primeira pergunta de Roger:

— Eu disse ao mestre espião Shaw que precisamos obter mais disso e estudar. Acredito que há coisas muito melhores que podemos fazer com essa substância do que criar métodos de matar com mais eficiência.

— Sylvana não pensaria assim, e nós também não devemos pensar.

Anduin virou seus olhos azuis na direção de Greymane.

— Eu diria que o que nos torna melhores do que ela é *pensarmos* assim. — Enquanto Genn começava a protestar, Anduin levantou uma das mãos. — Mas eu *jamais* deixaria a Aliança vulnerável. Com informações suficientes, podemos aplicar nossas capacidades em mais de uma tarefa. — Ele ajeitou os ombros e virou a atenção para o mapa de Azeroth aberto à frente, os olhos azuis examinando a imagem de um mundo que tinha se tornado ainda mais precioso para ele. Seu olhar se demorou no lar do aliado mais próximo de Ventobravo, as terras dos anões e sua capital, Altaforja.

— Os humanos não lutaram sozinhos contra a Legião — lembrou Anduin. — Conosco na luta estavam os draenei e os pandaren que escolheram a Aliança. O seu povo também, Genn: refugiados worgen e humanos que mais do que mereceram seu lugar na Aliança, ficando ombro a ombro primeiro com meu pai, depois comigo diante daquele perigo medonho. Os anões e os gnomos também estiveram conosco.

— Ainda que não *exatamente* ombro a ombro — disse Genn.

Anduin tinha descoberto que as emoções mais suaves costumavam deixar o rei carrancudo pouco à vontade. A raiva e a teimosia lhe caíam melhor do que o calor ou a gratidão. Assim também fora Varian, por muitos anos.

— Talvez não. — Anduin abriu um sorriso breve; essa era uma piada da qual os próprios anões ririam. Visualizou o antigo rei deles, Magni Barbabronze, retrucando com algo do tipo: *Pode deixar, rapaz, a gente corta o seu tamanho.*

— Mas eles sempre estiveram ao nosso lado, firmes e invencíveis como pedras. — O afeto por aquele povo forte e obstinado, responsável por fazer com que ele começasse a percorrer o caminho para o sacerdócio e também para a técnica de luta adequada, inundou Anduin. — Deveríamos levar isto para a Liga dos Exploradores. Eles podem ter alguma ideia que nos escape. Além disso, estão espalhados por todo o mundo. São muitos olhos e ouvidos extras para você, Shaw.

Shaw assentiu com a cabeça de cabelos castanho-avermelhados. Anduin continuou:

— Os elfos noturnos também podem ajudar. Uma raça tão antiga talvez já tenha encontrado algo assim. Eles também perderam muitos nessa guerra, e acredito que um pedido de ajuda e apoio seria bem recebido. E os draenei... — Anduin tocou o braço de seu velho amigo Velen. — Vocês perderam mais do que qualquer um de nós pode compreender. E, como você disse, este... material... evoca os naaru. Talvez haja algum tipo de ligação.

O rei voltou a atenção para o grupo.

— Todos vieram quando chamamos. E agora os veteranos retornaram aos campos, negligenciados por tempo demais, para suprimentos perigosamente reduzidos. Nós nos lembramos do que aconteceu depois da batalha de Nortúndria. Quando os recursos são reduzidos, fagulhas de ressentimento podem se transformar em conflagração, até mesmo entre raças que estão do mesmo lado. Vamos garantir que nenhum dos nossos aliados lamente por ter oferecido ajuda a Ventobravo.

Todos se entreolhavam e assentiam.

— Pretendo viajar às terras de nossos amigos mais leais — informou Anduin. — Para agradecer pessoalmente pelos sacrifícios, oferecer o que pudermos para que a recuperação econômica deles seja rápida e também para pedir ajuda.

Ele havia esperado que Greymane protestasse, e o velho não o desapontou.

— Seu povo está em Ventobravo — lembrou desnecessariamente ao rei. — Ele precisa do senhor aqui. E Guilnéas, pelo menos, não precisa de nenhuma visita real.

Verdade. Guilnéas não precisava. Nunca havia precisado. Em anos anteriores, por ordem do próprio Greymane, Guilnéas tinha cortado todo o contato com qualquer coisa que estivesse fora de suas enormes muralhas de pedra. O reino não tinha ajudado os outros quando eles precisaram, e esse isolamento havia provocado raiva e ressentimento com relação aos gilneanos, pelo menos no início, quando foram obrigados a abandonar a reclusão autoimposta. Mas agora não restava nada do reino antes grandioso, a não ser ruínas, sombras e tristeza.

— Você ficou com raiva de mim, pelo que recordo, quando me aventurei até as Ilhas Partidas para ver o lugar onde meu pai tombou — respondeu Anduin em tom afável.

— Claro que fiquei. O senhor partiu de Ventobravo e não contou a ninguém. Nem nomeou um sucessor. *Ainda* não nomeou, por sinal. O que aconteceria se o senhor fosse morto?

— Mas não fui. E minha ida foi a coisa certa a fazer. — Mais gentilmente, Anduin continuou: — Genn, você disse que eu não precisava ver aquele lugar. Mas precisava. Para mim, o sacrifício do meu pai tornou aquele lugar sagrado. Foi onde encontrei Shalamayne. Ou, talvez, devo dizer, onde ela me encontrou. Foi onde eu...

Ele parou. Ainda não estava pronto para contar a ninguém o que havia experimentado, nem a Velen, o Profeta, que entenderia.

— Onde aceitei de fato o fardo do reinado — disse em vez disso. Em seguida pigarreou; sua voz estava embargada demais. — Onde pude comandar a Aliança até uma vitória difícil. Sim. O povo de Ventobravo precisa de mim. Mas o de Altaforja e Darnassus também precisa. É assim que usamos a paz. Para preparar o terreno para a unidade e a prosperidade, de modo que talvez um dia a guerra seja relegada aos livros de história.

Era um objetivo nobre, mas talvez inalcançável. A maioria dos que estavam ao redor da mesa parecia achar que era a segunda hipótese. Mas Anduin estava decidido a tentar.

"Velha Emma" era como a maioria das pessoas de Ventobravo a conhecia. Ela não tinha problemas com o apelido; *era* velha, afinal de contas, e em geral isso era dito em tom amistoso. Mas tinha um sobrenome de verdade — Pedravil — e um passado, assim como todo mundo. Tinha amado e sido amada, e se às vezes se perdia no passado... bom, era lá que todo mundo estava, então que assim fosse.

Primeiro foi seu marido, Jem, quem morreu na Primeira Guerra. Mas pessoas morriam nas guerras, não é? E eram homenageadas e lembradas em cerimônias como a que fora comandada pelo jovem rei.

Anduin Wrynn a fazia se lembrar demais dos próprios filhos. Tinham sido três: o Pequeno Jem, que recebera esse nome por causa do pai; Jack, que recebera o nome de seu tio John; e Jake. Eles também tinham morrido na guerra, bem como a irmã dela, Janice. Só que aquela guerra fora pior do que a que havia acabado recentemente. Seus filhos tinham perecido por causa de Arthas Menethil e sua guerra contra os vivos. Eles haviam sido guerreiros de Lordaeron, com postos como guardas do rei Terenas. Tinham tombado junto com o rei e o reino.

Mas ninguém homenageara seus nomes com uma cerimônia formal. Ninguém pensava neles como heróis de guerra. Tinham sido transformados em monstruosidades insensatas. Ainda estavam naquela condição brutalmente cruel, mortos ou transformados em Renegados da Rainha Banshee.

Qualquer que fosse o destino de seus lindos filhos, eles estavam perdidos para ela, e o mundo vivo dos humanos só falava desses horrores em sussurros.

Emma apertou a alça do balde que segurava e se concentrou na tarefa: pegar água no poço. Pensar em Jem, Jack e Jake nunca era uma coisa boa. Os lugares para onde isso levava a mente e o coração...

Apertou mais ainda a alça do balde enquanto se aproximava do poço. *Concentre-se na necessidade dos vivos*, disse a si mesma. *Não dos mortos.*

Ou dos mortos-vivos.

5

VENTOBRAVO

— Ouvi dizer que o senhor falou com muita eloquência no serviço fúnebre de hoje, majestade.

Anduin sorriu cansado para o serviçal idoso. Era totalmente capaz de se arrumar sozinho para dormir, mas Wyll Bento tinha cuidado dele desde que era um menininho e ficaria ofendido se o serviço fosse recusado.

— Os príncipes e reis têm muito com que se preocupar — havia dito uma vez, na primeira em que Anduin tentara diminuir seus deveres. — A última coisa de que precisariam é se incomodar com coisas como aparar pavios de velas e pendurar as roupas direito.

Era alto e corpulento, mas Anduin notou que ele havia perdido um pouco de peso nos últimos tempos. Seu temperamento afável, um tanto distante, escondia uma dedicação teimosa e feroz à casa de Wrynn. *Muita coisa mudou, a maior parte não para melhor,* pensou Anduin. *Mas pelo menos Wyll é constante.*

— Se fui mesmo eloquente, era a Luz falando através de mim para reconfortar os que precisam — respondeu Anduin.

— Está se subestimando, majestade. O senhor sempre teve jeito com as palavras.

Wyll tirou o cinto de Anduin, pendurando a maça Quebramedos com reverência num gancho de parede perto da cama do rei. O próprio serviçal havia instalado o gancho ali, de modo que Anduin pudesse pegar a arma a qualquer momento. *Só para garantir*, tinha dito. Na ocasião, o príncipe Anduin revirara os olhos, mas o homem que ele havia se tornado sentia o coração aquecido diante da expressão preocupada de alguém que era mais do que um serviçal. Wyll era um velho amigo.

— Você é muito gentil — disse Anduin.

— Ah, senhor — Wyll suspirou. — *Jamais* sou isso, como o senhor sabe muito bem.

Anduin comprimiu os lábios para não sorrir escancaradamente. Seu ânimo melhorou, e ele não pôde resistir a provocar Wyll.

— Você ficaria satisfeito em saber que vamos voltar logo a Altaforja. A não ser que prefira não ir.

— Ora, majestade, por que eu preferiria uma coisa dessas? Não há nada como o calor constante e o clangor de uma forja gigantesca funcionando sem parar para garantir que a gente descanse bem. Além disso, certamente nada de mau jamais acontece em Altaforja. Ninguém é transformado em diamante nem é enterrado embaixo de entulho, feito refém ou obrigado a fugir para se salvar — continuou o velho serviçal numa voz que beirava o sarcasmo.

Wyll tinha acompanhado Anduin na última visita a Altaforja, pouco antes de o Cataclismo alterar para sempre a face de Azeroth. Todas as coisas que o serviçal tinha acabado de mencionar, além de muitas outras, haviam acontecido naquela viagem turbulenta, duas delas inclusive com o próprio Anduin.

As palavras, ditas em tom de brincadeira — pelo menos no tom máximo de brincadeira que Wyll conseguia — fizeram com que outra onda de tristeza varresse o jovem rei. Mas essa era diferente; a perda era mais antiga. O tempo havia suavizado a dor, mas ela jamais iria abandoná-lo por completo. Diante do silêncio do rei, Wyll o encarou enquanto pendurava o casaco.

— Perdão, majestade — disse com a voz pesada de remorso. — Não pretendia fazer pouco caso da sua perda.

— Da perda de Khaz Modan — contrapôs Anduin. O terremoto em Dun Morogh, cujos tremores foram sentidos até em Altaforja, tinham sido a primeira indicação de que o mundo infeliz estava correndo perigo verdadeiro. Anduin tinha ido a Dun Morogh ajudar com o resgate. Ainda não havia abraçado o caminho do sacerdócio, mas conhecia primeiros socorros e queria desesperadamente ajudar. As réplicas dos terremotos tiraram a vida de Aerin Manopedra, a jovem anã que tinha sido designada para treiná-lo.

Era a primeira vez que Anduin tinha perdido alguém quase da sua idade. E, se fosse honesto consigo mesmo, tinha começado a sentir mais do que simples amizade pela guerreira animada e de olhos brilhantes.

— Tudo bem — disse a Wyll, tranquilizando-o. — Agora as coisas estão melhores. Magni acordou de sua... ah, comunhão com a terra, eu estou bem e os Três Martelos estão trabalhando juntos como uma máquina de gnomos bem lubrificada.

Magni Barbabronze, que na ocasião era rei de Altaforja, tinha participado de um ritual que iria "torná-lo uno com a terra". Todos esperavam que o rito desse alguma ideia sobre o mundo perturbado, mas foi uma coisa literal, e não metafórica. Transformara Magni em diamante. Na ocasião a cidade já sitiada sofreu tremendamente. Graças à Luz, foi descoberto que Magni não tinha sido morto... e sim transformado. Agora haviam dito a Anduin que o ex-rei falava com a própria Azeroth — e falava por ela. Ninguém tinha certeza de como encontrá-lo; ele vagueava pelo mundo e vinha quando precisavam dele.

Anduin imaginou se voltaria a vê-lo. Esperava que sim.

— De qualquer modo — disse Wyll. — Claro que vou com o senhor.

Claro que iria. Pelo que Anduin sabia, o serviçal não tinha família e havia servido aos Wrynn pela maior parte da vida. O rei não precisava dos cuidados dele — era perfeitamente capaz de pendurar um casaco sozinho e tirar as próprias botas —, mas, assim como a idade impediu Wyll de fazer muitas coisas, Anduin sabia que seu serviçal da infância ainda queria se sentir útil. Ele gostava de Wyll não pelo que ele fazia, mas pelo que era.

— Vai ser bom ter sua companhia — disse Anduin, e era verdade. — Mas por enquanto é só. Boa noite, Wyll.

O velho fez uma reverência.

— Boa noite, majestade.

Anduin o observou fechar a porta, sorrindo afetuoso em sua direção. Quando a porta foi trancada, ele voltou a se virar para a penteadeira. A pedra em tom de âmbar, ainda enrolada no lenço, fora disposta ao lado de dois itens que tinham grande significado pessoal para Anduin. Um deles era uma pequena caixa esculpida que continha os anéis de noivado e casamento da rainha Tiffin. A outra era a bússola que Anduin dera ao pai.

Olhou por um momento para o tecido branco, mas foi a bússola que ele pegou. A mesma que fora recuperada e devolvida por um aventureiro que o ajudara a se recuperar do luto.

Abriu a bússola e fitou o retrato de um menino pintado dentro, as bochechas ainda redondas com a suavidade da infância. Depois de tudo que tinha presenciado e experimentado nos últimos meses, Anduin se perguntou se um dia fora mesmo jovem como o artista o representara.

Uma bússola. Algo para manter a pessoa no caminho certo.

Houvera uma bússola clara na luta contra a Legião Ardente. Clara, boa, verdadeira e poderosa. Anduin sabia qual era o próximo passo imediato em seu caminho. Encontrar os aliados, ajudá-los e ajudar seus povos, demonstrar como considerava valiosos esses laços. Pedir a ajuda deles para aprender mais sobre esse estranho mineral — e impedir que ele fosse empregado para fins malignos. Depois disso...

Fechou os olhos. *Luz*, rezou, *você me deu conselheiros bons e fiéis que me ajudaram a liderar bem até agora. Confio em você para me mostrar os próximos passos na hora devida. Sempre ansiei pela paz, e agora uma espécie de paz chegou. E esse material... poderia ser usado para incrementar essa paz de maneiras que nem consigo começar a imaginar.*

Dê-me a orientação para liderar bem agora, também.

Pousou a bússola com gentileza, soprou a vela que Wyll tinha deixado acesa na mesinha de cabeceira e dormiu sem sonhar.

De manhã, Anduin convocou uma reunião menos formal na sala de recepção do lado de fora de seus aposentos particulares. Tinha passado muitas noites ali, jantando sozinho com o pai. Ainda sentia dificuldade em pensar que a sala era sua.

— Eu quase me esqueci de que estamos entrando no verão — disse Greymane servindo-se de um pêssego de cheiro adocicado, perfeitamente maduro. Pãezinhos de semente de âmbar, queijo de Stromgarde, ovos com ervas, presunto, bacon, frutassol fresca e bolinhos também estavam servidos, além de leite, café, chá e vários sucos para ajudar a descer.

Como um worgen, Greymane tinha caçado para obter comida de um modo que o resto da Aliança não era capaz e podia se alimentar de coisas que os outros não conseguiriam comer. Em muitos sentidos, os worgens eram os mais fortes e mais adequados para a guerra, já que o ditado de que um exército marcha sobre o estômago era verdadeiro. Mas sem dúvida o rei de Guilnéas ainda gostava do sabor dos primeiros frutos do verão.

Parecia que a maior parte deles tinha dormido bem, assim como o jovem rei. Ele se perguntou se seria um efeito da pedra. Depois de algumas amenidades sobre a refeição, Anduin levou a conversa para questões práticas.

— Genn — disse, servindo-se de uma segunda porção de ovos. — Gostaria de pedir que você cuidasse do meu reino enquanto eu estiver fora. Não consigo pensar em ninguém melhor para isso do que alguém já familiarizado com a questão. Não se preocupe — acrescentou — prometo que desta vez vou formalizar o pedido antes de partir.

Genn pousou seu garfo lentamente.

— Majestade — disse. — Fico honrado. Servirei a Ventobravo como servi a dois dos seus reis. Mas estou velho. Seria bom o senhor começar a procurar um modo de ter alguém mais jovem para governar, caso algo lhe aconteça.

Anduin suspirou por dentro. Não era a primeira vez que o assunto de um herdeiro surgia. Optou por ignorá-lo, mas tinha quase certeza de que Genn iria falar sobre isso ao menos mais uma vez antes da partida para Altaforja, apesar de Anduin ter deixado clara a própria opinião. *Não* iria se casar com uma mulher que ele não amasse.

— Que bom que você aceitou — disse Anduin, desviando-se do assunto e se virando para Velen antes que Genn pudesse continuar. — Profeta, espero que me acompanhe na viagem a Altaforja e aos outros lugares. Não me esqueci dos draenei que ainda guardam o *Exodar*. Eu gostaria de vê-los e agradecer.

O draenei de barba branca inclinou a cabeça, comovido.

— É uma honra acompanhá-lo, majestade. Isso vai significar muito para o meu povo.

— Vai significar muito para mim também — retrucou Anduin, passando manteiga numa torrada. *Manteiga*, pensou. Algo que considerava comum quando tantas pessoas não tinham sequer uma fatia de pão. — O que Ventobravo pode oferecer aos draenei para demonstrar nosso profundo apreço pela ajuda contra nosso inimigo mútuo?

— O fato de sua majestade se importar a ponto de sequer perguntar, depois de tudo que suportou, certamente vai aquecer os corações deles.

O jovem rei pousou a faca de manteiga e olhou para o velho amigo.

— Vocês sabem mais sobre resistência do que qualquer um de nós — disse, baixinho. — Sobre sofrimento, perda.

Liam Greymane não era o único filho que tinha deixado um pai amoroso para trás. Maior até do que essa perda profundamente pessoal era a que o povo de Velen tinha sofrido. Argus, seu mundo amado, não somente tinha sido dominado por eredars corruptos como também fora torturado durante eras por Sargeras, o titã decaído. A própria alma daquele mundo partido se erguera para atacar tudo e todos, até os que o haviam libertado e queriam ajudá-lo. Agora mesmo Anduin mal conseguia pensar nisso, e rezava à Luz para que seu mundo, seu lindo Azeroth, que havia sustentado formas de vida tão variadas e maravilhosas, não sofresse o mesmo destino.

O rosto de Velen se suavizou com uma tristeza que nunca, *jamais*, poderia ser aplacada, mas sua voz saiu calorosa quando disse:

— É exatamente porque conhecemos tanto sobre a escuridão desse universo que nos concentramos no que é bom, gentil e verdadeiro. Digo de novo: sua presença nos salões violetas da nossa cidade irá consolar nossos espíritos mais do que o senhor pode entender.

Não há como discutir com um draenei, pensou Anduin. Um sorriso repuxou seus lábios.

— Como quiser, velho amigo. Mas peço que você pense em alguma coisa mais tangível que também possamos levar.

Os lábios daquele ser ancestral também se curvaram num sorriso eternamente juvenil.

— Verei no que posso pensar.

— Bom. Mais premente é o que precisamos levar a Altaforja, já que é a primeira cidade que pretendo visitar. O que podemos oferecer aos anões como um presente que eles apreciariam?

Por um momento testas se franziram, pensando. E então, como se fossem um só, todos, até o grande profeta Velen, começaram a rir.

6

TANARIS

Grizzek Chave-frouxa saiu de sua cabana decrépita rumo ao calor preguiçoso do fim da tarde, que aos poucos se esvaía. Sorriu ao ouvir o som familiar do oceano batendo na praia, o farfalhar das palmeiras. As narinas de seu nariz grande e comprido se abriram e seu peito estreito se expandiu conforme ele inalava o ar salgado.

— Outro lindo dia só para mim — disse em voz alta, estalando o pescoço e os dedos das mãos e dos pés num espreguiçar maravilhosamente longo. Então, com um riso de expectativa, mergulhou nas ondas.

Ele já fora um goblin comum. Como todos os outros, vivera em cortiços e favelas apinhadas, pouco higiênicas, realizando feitos desagradáveis para gente mais desagradável ainda. Isso era bom quando ele estava em Kezan, mas quando a ilha... bom, *explodiu* — o que ilhas não deveriam fazer — e os refugiados do Cartel Borraquilha se transferiram para Azshara, as coisas mudaram.

Grizzek não gostou de Azshara, para começo de conversa. Era outonal demais para seu espírito de verão. Todos aqueles tons de laranja, vermelho e marrom... Ele gostava era do céu e do mar azuis, daquela areia de um amarelo vivo e do ondular suave das palmeiras com folhas verdes. Então, quando os retalhadores começaram a devastar a terra, deixando-a feia, ele passou a gostar ainda menos de Azshara. A ideia de perder tempo e dinheiro — que era praticamente a mesma coisa — reformando uma parte de Azshara para criar um símbolo da Horda parecia o pior puxa-saquismo que Grizzek já vira — e ele tinha visto muitos.

E todas aquelas outras raças na Horda... elas simplesmente não pareciam entender a mentalidade goblin. Os "morridos", como ele pensava nos Renegados, lhe causavam arrepios, e a única coisa com que eles pareciam gostar de mexer eram os venenos. Os orcs se achavam melhores do que todo mundo. "Horda Original" e toda aquela baboseira. Os taurens também amavam demais a terra para deixar à vontade qualquer pessoa razoável, e a coisa toda dos trolls com o loa quase o fazia se cagar de medo. Os pandarens eram muito... bom... legais. Ele havia conhecido um ou dois elfos sangrentos com quem podia tomar uma cerveja, mas a raça como um todo era bonita *demais* — eles gostavam de coisas bonitas, e os goblins e sua cultura com certeza não se qualificavam.

Mas a pior parte de se juntar à Horda era que a união tinha elevado Jastor Gallywix de simples príncipe mercador gosmento a poderoso líder gosmento de toda uma facção da Horda. Até que um dia, de repente, como se um interruptor tivesse sido virado, Grizzek ficou farto.

Pegou tudo que possuía — todos os bricabraques de seu laboratório, livros com anos de anotações meticulosamente detalhadas sobre as experiências e um pequeno armazém cheio de suprimentos — e se mudou para aquela praia deserta em Tanaris.

Trabalhando sozinho no sol de rachar que transformou sua pele pálida, verde-amarelada, num intenso tom esmeralda-floresta, construiu um domicílio pequeno e modesto e um laboratório não tão pequeno nem tão modesto. Grizzek descobriu que prosperava na solidão e ao sol. Levantava-se no fim da tarde, ia nadar e tomava o desjejum, depois trabalhava no frescor do crepúsculo e noite adentro. No correr dos anos tinha construído um eriçado sistema de defesa composto de robôs, alarmes, apitos e outros instrumentos de alerta.

O preferido entre esses instrumentos era Penas, o papagaio robótico de nome pouco criativo que lhe fornecia algo parecido com companhia. Penas voava fazendo reconhecimento várias vezes por dia, usando seus olhos mecânicos para examinar qualquer coisa fora do comum. Alertava Grizzek de imediato caso houvesse algum problema. E então...

bom, dependendo de quem fosse, o intruso seria mandado embora com um aviso carrancudo ou então um tiro da arma Dragão Goblin II que ele sempre mantinha por perto.

Era uma vida linda. E ele tinha feito muitas coisas lindas. Bom, lindas talvez não fosse a palavra certa. Tinha feito coisas que explodiam outras de modo espetacular e geringonças práticas que tornavam possível não se preocupar em fazer comida, limpar a casa ou, na verdade, qualquer outra coisa que não fosse criar mais bricabraques e instrumentos explosivos.

E assim, claro, quando Penas apareceu de repente enquanto ele estava de costas, boiando preguiçosamente, e grasnou alto "Alerta de intruso, entrada oeste!", isso significava que sua linda vida devia estar prestes a implodir.

Grizzek fez uma careta, ouvindo o relato de Penas. Mas quando o papagaio chegou a certo nome, seus olhos se abriram de repente.

Soltou um xingamento alto, longo e pitoresco e nadou de volta para a praia.

— Príncipe Mercador — disse Grizzek alguns instantes depois, parado junto ao portão principal, pingando e usando apenas uma toalha. — Achei que tínhamos feito um trato. Você ficava com todas as minhas invenções, eu podia abandonar o cartel trazendo suprimentos e paz de espírito.

O Príncipe Mercador Jastor Gallywix, vestido espalhafatosamente como sempre, a barriga rotunda precedendo-o por quase dois passos inteiros, limitou-se a sorrir. Tinha trazido vários bordoeiros, inclusive o musculoso Druz, seu principal capanga.

— Ei, Druz — acrescentou Grizzek.

— E aí, Grizzek — respondeu Druz.

— É assim que você cumprimenta um velho amigo? — trovejou Gallywix. Grizzek o encarou. — A etiqueta goblin tradicional exige que você convide um príncipe mercador para entrar.

— Na verdade, não — disparou de volta Grizzek. — Não exige. E, de qualquer modo, nunca fui muito ligado em etiqueta.

A ideia de ser golpeado por uma faca coberta com o que havia por baixo das unhas de Druz era horripilante.

O sorriso de Gallywix não se abalou.

— Doze goblins extremamente fortes, muitos deles com armas apontadas para você, exigem que você convide o príncipe mercador a entrar.

Grizzek afrouxou o corpo. Deu um suspiro pesado.

— Certo, certo. O que você quer, Gallywix? — perguntou, sem se incomodar com o título do líder da Horda.

— O que eu sempre quero?

— Expressão criativa, estímulo intelectual e um sono tranquilo? — sugeriu Grizzek.

— Claro que não! Estamos falando de negócios. Uma... digamos, oportunidade de *ouro*. — Gallywix sinalizou com sua bengala.

Os olhos de Grizzek se viraram automaticamente para o globo no topo da bengala. Tinha visto aquilo mil vezes, aquela pedra vermelha...

Piscou.

— É ouro — disse.

— Não é ouro *ouro*, mas sim.

— Ah. Então esse é o trocadilho.

O sorriso de Gallywix desbotou um pouco, e Grizzek se deleitou no fato de estar irritando o príncipe mercador.

— É — disse. — Esse é o trocadilho.

— Antes era vermelha.

Gallywix franziu a testa e suas papadas balançaram com irritação.

— Era. O mesmo adorno, cor diferente. Qual é, Grizzy, você deve estar intrigado pelo menos com *isso*!

Goblin maldito. Grizzek *estava* intrigado. A curiosidade, como sempre, era mais forte do que ele. Além disso, ele bem que poderia reabastecer seus suprimentos.

Vou me arrepender disso, pensou, depois abriu o portão para que Gallywix entrasse.

— Só o príncipe — disse quando Druz tentou entrar também. — Só tenho uma cadeira.

— Tudo bem. Eu fico de pé — respondeu o capanga.

O espaço que servia como cozinha ficou apinhado com três goblins dentro, e de fato só havia uma cadeira. Enquanto Gallywix tentava manobrar o corpanzil para ocupá-la, Grizzek pediu licença para vestir uma calça e uma camisa de linho, depois se postou ali perto, ouvindo. Gallywix contou sobre o mergulho fundo demais no coração de Kezan, sobre o glorioso veio dourado que tinham encontrado e esgotado, como o poder daquela substância havia brotado, depois, ao que tudo parecia, morrido à medida que o tempo passava, deixando o tom quente de mel para um vermelho como o do sangue humano.

Inicialmente seus olhos estavam voltados para o príncipe mercador, mas depois se viraram para a bengala, à medida que a história ficava cada vez mais fantástica.

— E então — dizia Gallywix — apareceu uma espada gigante, titânica, cravada bem em Silithus. A terra se abriu, e havia veios e mais veios dessa coisa, fluindo feito um lindo rio de mel puro. Claro, *eu*, e somente eu, entendia de verdade o que era aquilo, por isso parti com tudo. Nesse momento temos um monte de gente minerando a coisa e garantindo que só as pessoas *certas* peguem.

— Estou muito cético com relação a essa coisa ser a maravilha que você acha que é, Príncipe Mercador.

Grizzek olhou para Druz, pedindo confirmação da história. Por mais estranho que fosse, ele e o principal capanga de Gallywix sempre haviam se dado muito bem. Druz encolheu seus ombros enormes.

O sorriso feio de Gallywix cresceu, os olhos pequenos brilhando.

— Para tirar a prova, tem que provar.

Grizzek piscou.

— Como assim?

— Não entendo também, mas parece um bom ditado. Olha, vou fazer um trato com você. Pegue a bengala, toque a parte de cima e veja o que acontece. Se não quiser se envolver, é só dizer. Eu largo do seu pé.

— Você não está segurando o meu pé.

— É só uma expressão.

— Certo, mas que tal darmos um passo mais adiante? Se quiser minha ajuda, eu vou determinar o que faço e como vai ser usado.

Isso não caiu bem para o príncipe mercador. O sorriso congelou como se Gallywix tivesse ficado com a raiva de um furioso mago do gelo.

— Você não é o único engenheiro do mundo, sabe?

— Verdade. Mas sei que você não teria vindo a mim depois de tanto tempo se não precisasse da minha ajuda.

— Grizzek — suspirou Gallywix. — Você é esperto demais para seu próprio bem.

Grizzek esperou com os braços cruzados.

— Está bem, está bem — disse o líder dos goblins, com irritação. — Mas você só vai receber uma pequena percentagem.

— Vamos negociar o preço da minha hora e os benefícios depois que eu decidir.

Gallywix estendeu a bengala novamente. Grizzek segurou. Fechou a outra mão sobre a parte de cima.

De repente tudo no cômodo entrou em hiperfoco. A cor se amplificou. As linhas eram nítidas, limpas. Ele ouviu camadas no som do oceano, quase podia escutar as vibrações do canto dos pássaros.

E sua mente...

Disparou, deu cambalhotas, analisando e calculando que percentagem da sua mão estava em contato com o globo, em que grau um calo ou a camada de suor na palma subitamente úmida inibia o contato, que utilidade isso poderia ter...

Grizzek afastou a mão como se tivesse sido queimado. Era glorioso — quase demais.

— Santa cavalinha — murmurou.

— Viu só?

O corpo do engenheiro ainda estava vibrando com a experiência, o coração a toda, as mãos trêmulas. Sabia que tinha uma mente brilhante. Sabia que era um gênio. Por isso Gallywix o havia procurado. E o príncipe mercador fizera bem, porque as coisas que podiam ser criadas com aquilo...

— Eu, ah... Está bem. Vou trabalhar nisso. Fazer experiências, projetar alguns protótipos.

Agora o sorriso de Gallywix era de uma felicidade cruel.

— Bem que achei que você fosse aceitar.

— Minha exigência continua de pé — insistiu Grizzek. — Quero total autonomia com relação a isso. — Sabia que se traíra antes com sua reação, mas não era tarde demais para recuperar alguma coisa. Ficara espantado, só isso, e agora se esforçava ao máximo para parecer impassível.

— Você está doido para pôr as mãos nisso, e sabe.

Grizzek deu de ombros, tentando imitar a absoluta falta de interesse de Druz.

— Ah, está bem — bufou Gallywix. — Mas a partir de agora vou colocar algumas pessoas minhas aqui.

— Vá em frente. — Grizzek sabia muito bem que não iria se afastar muito daquela coisa, de qualquer modo. — Só que, antes de começarmos, vou fazer uma lista de suprimentos. E o principal item da lista — ele apontou para a bengala — é uma amostra disso aí.

— Você vai ter um monte. Desde que um monte de itens criados a partir desse material comece a sair daqui a intervalos regulares.

— Claro, claro. E... — Ah, como ele odiava dizer isso! — Tenho mais um pedido. Vou precisar que minha antiga parceira de laboratório trabalhe comigo nisso.

— Claro, claro. — Gallywix tinha conseguido o que queria e sem dúvida estava se sentindo generoso. — Me dê um nome e eu trago a pessoa logo.

Grizzek disse.

Gallywix quase explodiu, mas quinze minutos depois tinha cedido.

Foi com alívio e relutância que Grizzek fechou a porta de sua pequena cabana. Limpou a cadeira onde Gallywix havia sentado, só para garantir, e se aboletou nela.

Essa era a melhor ideia da sua vida... ou a pior.

Suspeitou de que fosse a segunda alternativa.

7

ALTAFORJA

Anduin tinha cumprido com todas as suas obrigações de rei, observando o protocolo adequado ao chegar diante dos enormes portões de Altaforja e, mais tarde, durante a longa refeição formal. Tivera de controlar o próprio ritmo. Os anões adoravam comer e adoravam beber, e apesar de Anduin ser maior do que qualquer um deles, tinha plena consciência de que até mesmo o menor anão poderia vencê-lo numa disputa de bebidas e deixá-lo caído embaixo da mesa, se não tivesse cuidado.

Moira Thaurissan, filha de Magni Barbabronze e líder do clã de anões Ferro Negro por laços matrimoniais, era um dos Três Martelos que governavam Altaforja. Ela preferia vinho à cerveja amada pela maioria dos anões, garantindo que o rei visitante recebesse um dos melhores tintos enquanto jantavam carne de javali assada com bastante pão preto para recolher o sumo, legumes assados com mel e uma montanha de docinhos para terminar a refeição.

Anduin quisera pedir uma reunião imediata com os Três Martelos, mas lhe disseram que era necessário tempo para digerir uma refeição tão saudável. A não ser que fosse questão emergencial, coisa de vida ou morte, antes era necessário um cachimbo, conhaque ou mais sobremesas.

Moira, observando a reação de Anduin, sugeriu um passeio por Altaforja para ajudá-los a digerir. Anduin aceitou, agradecido. Convidou o draenei a acompanhá-los, mas Velen recusou, dizendo:

— Tenho certeza de que vocês dois têm muito o que discutir. Vou ficar aqui e conversar com Muradin e Falstad. — Muradin Barbabronze, o irmão do meio dos três Barbabronzes, representava o clã da família no Conselho dos Três Martelos. O mais novo dos famosos irmãos, Brann, tinha fundado a Liga dos Exploradores e gostava demais de viajar para ficar em Altaforja.

Falstad Martelo Feroz, o terceiro Martelo e líder do famoso clã Martelo Feroz, levantou uma caneca de cerveja para o draenei.

— Cachimbo, conhaque ou sobremesa? — brincou Anduin.

— Sobremesa, acho — respondeu Velen. — Parece a escolha mais inócua.

— Fique com a minha parte. Se eu comer mais alguma coisa, explodo.

— Importa-se se tivermos companhia? — perguntou Moira enquanto se levantavam e se afastavam da mesa.

— Claro que não; quem você quiser.

A rainha falou baixo com um dos guardas, que assentiu e saiu. Alguns minutos depois voltou acompanhando um menino anão. A pele da criança era de um tom de cinza incomum, mas agradavelmente caloroso. Seus olhos eram grandes e verdes, sem qualquer sugestão do brilho vermelho comum aos anões Ferro Negro, e seu cabelo era branco. Anduin soube de imediato quem devia ser: filho de Moira, neto de Magni Barbabronze e herdeiro do trono, o príncipe Dagran.

— Sei que já nos encontramos, majestade, mas infelizmente não lembro — disse o jovem príncipe com educação perfeita e pouco mais do que um traço do sotaque dos anões locais. Quantos anos teria? Seis, sete? Anduin se lembrou de que também tinha aprendido a etiqueta e as cortesias adequadas ao filho de um rei quando era ainda menor do que esse garoto.

— Eu ficaria pasmo se você lembrasse. Vamos considerar este o nosso primeiro encontro. — Anduin se inclinou e estendeu a mão de modo formal, e o menino a apertou solenemente. — Que bom ter você caminhando conosco hoje. E então... qual é o seu lugar predileto em Altaforja?

Os olhos do menino se iluminaram.

— O Salão dos Exploradores!

Anduin lançou um olhar satisfeito para Moira enquanto respondia:

— É o meu também. Vamos! — Assim que tivessem chegado ao salão e olhado em volta, ele pediria a Moira para chamar Falstad, Muradin e Velen. Então revelaria o segundo motivo para ter vindo a Altaforja.

Enquanto caminhavam despreocupadamente para seu destino, com guardas humanos e anões seguindo a uma distância discreta, mas eficiente, Anduin cedeu à nostalgia. O calor o atingiu enquanto passavam pela Grande Forja que dava o nome à cidade antiga. O cheiro característico de metal derretido o transportou de volta à última visita, alguns anos antes.

— Faz muito tempo que estive aqui — disse a Moira.

Os olhos verdes de Moira estavam voltados para o filho quando ela falou:

— É, faz. Os anos passam mais depressa do que a gente pensa.

Olhando para o menino que obviamente estava lutando para não sair correndo à frente da mãe e do rei humano, Anduin respondeu:

— Foi bom os Três Martelos terem ido a Ventobravo homenagear meu pai. Especialmente considerando que, na última vez em que estive aqui, ele tentou matar você.

Moira deu um risinho.

— Ah, rapaz, você sabe que ele e eu fizemos as pazes muito tempo atrás. Quando nós o perdemos, tínhamos passado a nos admirar mutuamente. Seu pai ficou com raiva de mim por manter você aqui. Estava preocupado com a sua segurança. Conforme Dagran crescia, por mais que pareça impossível, o menino ficou cada dia mais precioso para mim. Por mais que Varian Wrynn fosse grande, eu seria capaz de despedaçá-lo com minhas mãos se ele sequestrasse meu menininho. — Uma expressão feroz percorreu seu rosto.

— Acredito — concordou Anduin, e acreditava mesmo. — Os anões são lutadores, isso é certo.

— Ele sentia orgulho de você — disse Moira, baixinho. — Mesmo quando não o entendia. Não pense que ele só o amou nos últimos anos, majestade.

— Não penso. E, por favor, só me chame de Anduin. Aqui estou mais acostumado com a amizade do que com a formalidade. Quando vim visitar, seu pai pediu que eu o chamasse de tio Magni, e Aerin me chamava de "leãozinho".

— Aerin?

— Uma jovem que foi a primeira mulher na guarda de seu pai. Você teria gostado dela. Estava tentando melhorar minha habilidade com espada e escudo antes de morrer em Kharanos.

— Ah — disse Moira, olhando-o com ar especulativo. — Perdeu sua primeira amiga, foi? Sinto muito. — Ela se animou um pouco. — Mas, pelo que ouvi dizer, os ensinamentos dela não foram desperdiçados. Você não é um guerreiro como o seu pai, mas não há do que se envergonhar nisso. Pelo que andei sabendo, você não é tão ruim com a espada hoje em dia.

Ele lhe deu um sorriso torto.

— O que surpreende todo mundo, sem dúvida.

— Bom, talvez só um pouquinho.

Anduin riu.

— Com certeza não sou um guerreiro como o meu pai. Nunca serei. Ninguém será. — *Não posso ser o herói que você foi*, tinha dito, ajoelhado no local onde seu pai havia morrido. *Não posso ser o rei que você foi.* Virou-se para ela, decidindo confiar. — Mas vou lhe dizer uma coisa: antes de conhecer Aerin, eu odiava o treinamento com armas pesadas. Evitava o máximo possível e fiquei muito criativo nas minhas desculpas. Mas depois que ela morreu, comecei a treinar a sério, sem evitar mais. Queria me tornar, se é que não um espadachim de referência, pelo menos um bom. A Luz me abençoou com outros dons. Confio nela para me ajudar mesmo quando não tiver uma arma em mãos. Aerin prometeu me dar "têmpera de anão", e deu.

Moira riu alto.

— É uma das melhores expressões que já ouvi! Têmpera de anão, é? Bom. Você é um ótimo espécime, Anduin Wrynn, e sinto orgulho da colaboração do meu povo para que você se tornasse o homem que é.

— Obrigado. É uma honra ter uma amizade pessoal tão grande com os anões, com todos eles. — Ele hesitou. — Todos vocês parecem estar se dando bem.

— Somos anões. — Ela deu de ombros. — As palavras passam, voam. Às vezes as canecas de cerveja também voam. Mas estou considerando que a segunda vai acontecer com menos frequência quando estiverem cheias. Agradecemos demais pelo seu presente.

— Deu para ver. — Quando Anduin entrara formalmente em Altaforja algumas horas antes, fora recebido pelos Três Martelos e uma guarda de honra. Tinham feito com que se sentisse bem-vindo nessa primeira visita como rei. E ele sabia que a recepção era genuína.

Mas quando as dez carroças trazendo o presente de Ventobravo chegaram e a cobertura da primeira foi retirada, soaram aplausos e gritos de comemoração trovejantes.

O presente, claro, era cevada, o ingrediente principal para o que era provavelmente o produto de exportação mais amado de Altaforja.

— Pense nisso como a contribuição de Ventobravo para a paz e a boa vontade em Altaforja — disse Anduin.

— Quando tiver terminado suas viagens, volte correndo e vamos brindar a você com o primeiro lote — prometeu Moira. — Ouvi dizer que os mestres cervejeiros vão chamá-la de Cerveja Âmbar de Anduin.

Isso arrancou uma gargalhada dele. A anã o acompanhou.

— Não me lembro da última vez em que ri assim — disse ele. — A sensação é... boa.

— É sim. Para responder a sua pergunta antes de sermos desviados para o tema importantíssimo da cerveja, os Martelos conseguiram resolver as questões, sim.

— E... como está seu pai?

— Bom, agora ele é diamante e só a Luz sabe onde ele está de um dia para o outro. Gostaria de ver onde ele ficava?

— Sim, gostaria.

Dagran parou. Adiante, Anduin vislumbrou a forma do familiar esqueleto alado através dos arcos que marcavam o Salão dos Exploradores. O menino olhou para aquilo amorosamente e disse:

— Desde que o senhor *prometa* que vamos voltar para o pteranodonte!

Magni havia se tornado uno com a terra na Antiga Altaforja, uma câmara embaixo da sala do trono. Quando os três desceram, Anduin quase pôde sentir a pressão de toneladas de pedra e terra acima de suas cabeças. Os anões, claro, não tinham esse tipo de inquietação à medida que o caminho os levava cada vez mais para o fundo.

Anduin sabia que a plataforma onde Magni se transformara em diamante estaria vazia. Sabia disso. Mesmo assim, ver aquilo foi um choque.

Ele estivera presente no dia em que o rei Magni Barbabronze tinha feito o ritual antigo. Agora estava parado, sem palavras, enquanto Dagran subia com agilidade os degraus à frente de sua mãe e do rei visitante, passando por pedaços translúcidos e azulados do que um dia fora o invólucro de diamante do rei. O menino foi direto até um pergaminho que fora colocado em segurança atrás de um vidro e começou a ler em voz alta. Os pelos da nuca de Anduin se eriçaram ao escutar de novo as palavras ditas pelo Conselheiro Belgrum, agora pronunciadas no tom agudo do neto de Magni.

— Eis aqui o motivo e o meio de ser outra vez um com a montanha. Pois vede, somos terranos, somos da terra, e a alma dela é nossa, a dor dela é nossa, nossas são as batidas do seu coração. Nós cantamos sua canção e choramos por sua beleza. Pois quem não gostaria de voltar a casa? Eis o motivo, ó filhos da terra. — Dagran levantou os olhos. — Devo continuar?

— Não, querido — respondeu Moira.

Anduin se abaixou e pegou um dos cacos.

— Foi uma coisa terrível de ver — disse, baixinho, virando o pedaço de diamante nas mãos. — Tudo aconteceu muito depressa e de modo completo demais. Achei que ele tivesse morrido.

— E por que não acharia? — perguntou Moira. — Até os anões acharam.

— Deve ter sido um tremendo choque quando ele acordou.

— Essa palavra nem *de longe* abarca a sensação. Só posso dizer que é uma coisa boa o coração dos anões ser quase tão forte quanto pedra.

Anduin hesitou.

— Fico feliz. Não só por mim e por minha amizade com ele, mas por você. Houve um tempo em que eu achava que meu pai e eu jamais iríamos nos tornar uma família de verdade, mas aconteceu.

Moira ficou quieta por um tempo. Seu filho, inteligente, que gostava de livros, estava se ocupando com outro tomo antigo, os olhos verdes movendo-se ágeis diante de palavras ancestrais. Quando ela falou, foi baixinho:

— É por essa criança que eu quero, mais do que por mim mesma. É... muita coisa para desfazer, Anduin. Mas ele disse que queria tentar.

— Você vai tentar? — perguntou o rei visitante, falando baixinho para que o menino não escutasse.

— Acho que meu povo e meu filho estariam melhores se tivessem um bom relacionamento com um ser que fala diretamente com Azeroth. — Era uma tentativa de demonstrar despreocupação, mas não deu certo.

— Mas e você?

De novo Moira ficou quieta. Tinha acabado de abrir a boca para falar quando uma voz a interrompeu:

— Alteza, majestade, venham depressa! — Era um dos guardas que geralmente ficavam na Sala do Trono. Estava vermelho e sem fôlego.

— O que é? — perguntou Moira.

— Seu pai! Ele está aqui! E precisa ver a senhora agora mesmo!

8

ALTAFORJA

Magni Barbabronze os esperava no Salão dos Exploradores. Anduin, que tinha presenciado, incapaz de intervir, a transformação agonizante do rei em pedra reluzente, pensara estar preparado para encontrar Magni desperto.

Não estava.

Magni estava embaixo do esqueleto do pteranodonte, de costas para a entrada, numa conversa intensa com Velen e o Alto-explorador Muninn Magellas. Falstad e Muradin estavam atrás deles, ouvindo atentos, com as sobrancelhas fartas contraídas de preocupação.

O Grão-faz-tudo Gelbin Mekkatorque, líder dos gnomos, cuja postura alegre escondia uma sabedoria profunda e silenciosa, também fora chamado. Anduin havia programado uma reunião com ele para o dia seguinte. Os gnomos se revelaram valiosíssimos contra a Legião, e ele queria garantir uma chance de agradecer aos membros fisicamente menores, mas talvez intelectualmente maiores da Aliança. A presença do conselheiro do grão-faz-tudo, o carrancudo guerreiro Capitão Pierre Al'kwadrado, cujo tapa-olho preto era testemunho de seus anos de experiência no campo de batalha, indicava que essa não era uma simples visita diplomática por parte de Magni.

Quando a forma reluzente se virou para Anduin, o jovem rei sentiu que tinha levado um soco no estômago. Algo feito de pedra não deveria se mover de modo tão gracioso, e a barba de diamante não deveria se balançar com o movimento. Magni não era o anão que tinha sido, nem a estátua que havia se tornado; era as duas coisas e nenhuma das duas, uma justaposição que impressionou Anduin num nível profundo. Um instante depois, ao ouvir as palavras de Magni, a gratidão e o júbilo o inundaram.

— Anduin! Ora, como tu cresceu!

A frase odiada por crianças de toda parte foi transformada pela força da nostalgia e pela chegada inexorável da vida adulta. Era uma frase tão comum, tão *real*, que a ilusão de "diferente" foi tão despedaçada quanto a prisão de diamante de Magni. A voz era calorosa, viva e definitivamente do rei Barbabronze. Anduin se perguntou se a "carne" de diamante seria quente, também, caso tocasse o ser que agora vinha na sua direção. Mas as pontas e arestas que salpicavam a criatura em forma de anão impediam os apertos de mão entusiasmados e os abraços apertados que Magni gostava tanto de dar na encarnação anterior.

Será que Moira ou Dagran tinham dado um jeito de abraçá-lo? Será que Magni ao menos sentia vontade de realizar os gestos de que tanto gostara na vida de carne e osso? Pelo bem de todos eles, Anduin esperava que sim. Moira tinha pedido para Belgrum cuidar de Dagran, que, por sua vez, protestara que queria encontrar o avô. *Veremos*, disse ela. Seu rosto não estava exatamente duro, mas preocupado.

— Magni — disse Anduin. — É muito bom ver você.

— E é bom ver tu e minha filha. — Magni virou os olhos de pedra para Moira. — Ouso esperar que assim que minha obrigação aqui teja acabada, vou poder ver meu neto. Mas infelizmente não vim só visitar.

Claro que não. Agora Magni falava por Azeroth, um dever grandioso e solene. O olhar de Anduin foi até o draenei. Velen não era uma alma piegas. Tinha sorriso fácil, caloroso, e gargalhava com frequência. Só que conhecera tanta dor que era isso que as rugas de seu rosto antigo lembravam, cortando as feições como se tivessem sido cinzeladas, agora marcadas numa expressão séria.

Magni olhou sério para Moira, Anduin e Velen.

— Procurei vocês três não por serem líderes do seu povo, mas porque são sacerdotes.

Moira e Anduin trocaram olhares de surpresa. O jovem rei sabia desse ponto comum, claro, mas por algum motivo não havia pensado muito nisso.

— Ela sofre uma dor terrível — disse Magni, o rosto de diamante aparentemente tão duro franzindo-se facilmente numa expressão de simpatia.

Anduin se perguntou se o ritual que havia transformado Magni implicava que agora ele podia literalmente sentir a dor de Azeroth. Pensou na destruição de Silithus, no tamanho quase inconcebível da espada que agora se erguia sobre a paisagem. Se a última tentativa de Sargeras de destruir Azeroth tivesse chegado perto do sucesso, esse seria um pensamento terrível.

— Ela precisa ser curada. E é isso que os sacerdotes fazem. Ela deixou claro que todos devem curá-la, ou vão perecer.

Velen e Moira se viraram um para o outro.

— Acredito que as palavras de seu pai são verdadeiras — observou o draenei. — Se o maior número possível de nós não cuidarmos do nosso mundo ferido, sem dúvida todos *vamos* perecer. Há outros que precisam ouvir essa mensagem.

— É — disse Moira. — E acho que é hora de o rapaz conhecer o resto de nós.

E, como se fossem um só, os dois se viraram para olhar Anduin diretamente.

A testa de Anduin se franziu em confusão.

— O resto de quem?

— Outros sacerdotes — respondeu Moira. — O Profeta e eu estivemos trabalhando com um grupo que você já deveria ter conhecido há muito tempo.

E então Anduin entendeu.

— O Conclave. No Templo Eterluz.

O simples nome pareceu acalmar a alma de Anduin, quase desafiando a história do templo como prisão de Saraka, um líder do vazio e naaru decaído, e sua localização no coração da Espiral Etérea. Durante eras os draenei tinham estudado a criatura. Apenas recentemente haviam conseguido purificá-la. Agora, como seu eu verdadeiro, Saa'ra, o naaru permanecia ali, aceitando sua antiga prisão como um abrigo que ele oferecia aos outros.

Anduin tinha ouvido falar na luta travada nos primeiros dias da invasão da Legião. E sabia que muitos dos que agora caminhavam pelos salões sagrados eram, como o próprio naaru, os que tinham tombado na escuridão e foram levados de volta para a Luz. Esses sacerdotes, conhecidos como o Conclave, tinham buscado outros em Azeroth para se unirem a eles, ajudando a enfrentar o ataque da Legião. Apesar de a ameaça ter terminado, o Conclave ainda existia, oferecendo auxílio e compaixão a qualquer um que buscassem a Luz.

— O que o Conclave fez e continua a fazer é muito importante — observou Anduin. Durante a guerra eles tinham percorrido Azeroth, recrutando sacerdotes para cuidar dos que estavam na linha de frente contra a Legião. Agora ainda cuidavam de guerreiros corajosos que sofriam de danos duradouros no corpo, na mente e no espírito. Nem todas as cicatrizes eram físicas. — Eu gostaria de ter ajudado nos esforços deles durante a guerra.

— Meu caro rapaz — disse Velen. — Você sempre esteve exatamente onde precisava estar. Cada um de nós tem seus caminhos, suas lutas. O destino do meu filho era meu. O caminho de Moira é superar o preconceito e defender os Ferros Negros que acreditam nela. O seu era ter sucesso como um grande rei e governar o povo que o amou desde que você nasceu. É hora de abandonar os arrependimentos. Não há lugar para eles no Templo Eterluz. É um lugar onde só há esperança e determinação de seguir para onde a Luz nos guiar e levá-la aos lugares escuros que tanto precisam de sua bênção.

— O Profeta está certíssimo, como de costume — disse Moira. — Mas admito que fico satisfeita em finalmente poder compartilhar esse lugar com você. Apesar da natureza triste desta visita, sei que lá você vai encontrar algum consolo para sua alma. É impossível não encontrar.

Ela falava exatamente como alguém que tinha encontrado esse bálsamo. Anduin pensou no estranho material dentro do bolso. Tinha planejado mostrá-lo aos Três Martelos depois do que deveria ter sido um passeio agradável. Agora percebia que ninguém seria mais capaz de identificar a pedra do que Magni, que ainda era um com a terra.

— Nós vamos lá, mas não agora. Obrigado por sua mensagem, Magni. E... há uma coisa que preciso mostrar. A todos vocês.

E resumiu brevemente o que sabia sobre o material âmbar, percebendo, enquanto falava, como era pouco.

— Não sabemos muito — terminou. — Mas acho que talvez você possa nos dizer mais.

Anduin tocou o lenço e o afastou do material. A pequena pedra reluzia nos tons calorosos de âmbar e azul.

Os olhos de Magni se encheram com lágrimas de diamante.

— Azerita — ofegou.

Azerita. Finalmente tinham um nome.

— O que é? — perguntou Moira.

— Ah — suspirou Magni, baixinho e triste. — Eu disse que ela estava sofrendo. Agora vocês podem ver por si mesmos. Isso... *é parte* dela. É... ah, é difícil descrever em palavras. Acho que posso dizer que é a essência dela. Uma quantidade cada vez maior está vindo para a superfície.

— Ela não pode se curar? — quis saber Mekkatorque.

— Sim, pode, já fez isso antes. Vocês não se esqueceram do Cataclismo, não é? Mas aquela coisa vil que o desgraçado enfiou nela...

Magni balançou a cabeça, tão triste quanto alguém perdendo a pessoa amada. Anduin supôs que ele estava.

— Ela fez um esforço bom e nobre, mas está fadada a fracassar. Azeroth não pode fazer isso sozinha. Não dessa vez, pelo menos. Por isso está pedindo a ajuda de vocês!

Tudo fazia sentido. Um sentido perfeito, devastador. Anduin entregou a pequena amostra de azerita a Moira. Como acontecia com todos, ela ficou com os olhos arregalados de espanto diante do que estava sentindo.

— Nós entendemos — disse Anduin a Magni, olhando no fundo dos olhos de diamante. — Faremos o que estiver a nosso alcance. Mas também precisamos garantir que essa... Azerita... não seja usada pela Horda.

Agora a pedrinha estava nas mãos de Muradin. Ele fez uma carranca.

— Com a quantidade suficiente disso podemos derrotar uma cidade inteira.

— Com uma quantidade suficiente disso — completou Falstad — poderíamos destroçar a Horda.

— Não estamos em guerra — interveio Anduin. — Por enquanto está claro que temos duas tarefas. Precisamos curar Azeroth e precisamos manter isso — ele pegou a azerita de volta — longe da Horda.

Olhou para Mekkatorque.

— Se alguém é capaz de descobrir como usar isso... essa essência... com um objetivo digno, é o seu povo. Magni nos disse que Azeroth está produzindo uma quantidade cada vez maior dessa substância. Vamos mandar amostras para vocês quando as obtivermos.

Gelbin assentiu.

— Vou colocar minhas melhores mentes nisso. Acho que conheço a pessoa certa.

— E eu vou falar com os outros membros da Liga dos Exploradores e mandar uma equipe para Silithus — disse Magellas.

— Tudo isso é ótimo — observou Magni, mesmo balançando a cabeça com tristeza. Para Anduin, disse: — É, tô sabendo que foi um choque pra tu, garoto. Vão, vocês três. Vão ao seu salão dos sacerdotes e digam a eles que um mundo inteiro pode estar morrendo. — Ele pigarreou e empertigou as costas. — Certo, então. Meu trabalho tá feito. Vou indo.

— Pai — disse Moira. — Se o senhor não foi chamado de volta por... por ela... peço que fique um pouquinho. — Ela respirou fundo. — Há um menino que vem há um bom tempo pegando no meu pé, querendo falar com o senhor.

Templo Eterluz

Anduin atravessou por um portal para um reino maravilhoso, tão lindo, tão cheio de Luz que seu coração pareceu se partir, ao mesmo tempo em que enchia-se de júbilo.

Tinha passado muito tempo no *Exodar* e estava acostumado à luz púrpura e calmante e ao sentimento de paz que permeava aquele local. Mas isso... isso tinha toda a *essência de Exodar,* mas com um toque diferente.

As enormes estátuas dos draenei deveriam ser intimidadoras, erguendo-se altas acima dos visitantes. Em vez disso, o sentimento era de presenças protetoras, benevolentes. O som melodioso de água correndo vinha dos dois lados da rampa que Anduin desceu; fagulhas de luz flutuavam para cima, como se fossem criadas pelo barulho suave.

O jovem rei respirou fundo o ar limpo e adocicado, como se nunca tivesse expandido verdadeiramente os pulmões. Mais para dentro do templo, descendo pela rampa longa e suave, havia um grupo de pessoas. Ele sabia quem eram, ou melhor, o que representavam, e esse conhecimento o encheu com um silencioso júbilo de expectativa.

Velen pôs uma das mãos no ombro do rei, como tinha feito tantas vezes nos últimos anos, e sorriu.

— Sim — afirmou, vendo a pergunta não verbalizada de Anduin. — Estão todos estão aqui.

— Quando você disse sacerdotes, eu presumi que eram...

— Sacerdotes como nós — terminou Moira. Ela indicou os vários indivíduos ao redor. Anduin via não somente humanos, gnomos, anões, draenei e worgens, que estariam à vontade na Catedral de Luz de Ventobravo, mas também elfos noturnos, que adoravam sua deusa lua, Elune; taurens que seguiam seu deus sol, An'she; e...

— Renegados — sussurrou enquanto os pelos dos seus braços e da nuca se eriçavam.

Uma Renegada se levantou, com as costas curvas viradas para ele, falando animada com um draenei e um anão. Havia outro grupo indo na direção de uma das alcovas do salão, carregando pilhas de tomos sem dúvida antiquíssimos. Este grupo era composto de um Renegado, um elfo noturno e um worgen.

As palavras lhe faltaram. Anduin se pegou encarando abertamente, sem ousar piscar, para o caso de aquilo não ser um sonho. Em Azeroth esses grupos estariam matando uns aos outros — ou pelo menos estariam permeados de suspeita, ódio e medo. O som musical do riso gutural de um elfo noturno chegou até ele.

Velen parecia bem contente, mas Moira o observava com atenção.

— Você está bem, Anduin?

Ele assentiu.

— Estou — disse com a voz rouca. — Posso dizer honestamente que nunca me senti melhor. Isso... tudo isso... — Ele balançou a cabeça, sorrindo. — É o que eu sonhei em ver durante toda a vida.

— Somos sacerdotes antes de tudo — disse uma voz. Era masculina, calorosa e jovial, mas tinha um timbre peculiar. Quando Anduin se virou, esperava ver um sacerdote humano da Luz.

Pegou-se cara a cara com um Renegado.

Tendo aprendido desde a infância a não deixar que as emoções aparecessem, Anduin esperou ter se recuperado o suficiente, mas por dentro estava atônito.

— É o que parece — disse, a voz traindo a perplexidade, mesmo sem querer. — E isso me deixa feliz.

— Majestade — disse Velen. — Gostaria de apresentar o arcebispo Alonso Faol.

Os olhos do Renegado brilharam num amarelo fantasmagórico. Não tinham como brilhar de diversão como aconteceria com os de um vivo, mas de algum modo brilharam mesmo assim.

— Não se incomode se não me reconhecer — disse o arcebispo. — Sei que não estou parecido com meu retrato. — Ele levantou uma mão ossuda e coçou o queixo. — Perdi a barba, veja bem. Também emagreci um pouco.

Ah, sim, aqueles olhos mortos-vivos estavam brilhando.

Anduin desistiu de qualquer esperança de se comportar de um modo tipicamente régio. *Somos sacerdotes antes de tudo*, tinha dito o morto-vivo, e ele descobriu que era um alívio deixar de lado o fardo da realeza, pelo menos temporariamente. Sorriu e fez uma reverência.

— O senhor é uma figura histórica — disse ao arcebispo, numa voz de espanto. — O senhor fundou a ordem dos paladinos, o Punho de Prata. Uther, o Arauto da Luz, foi seu primeiro aprendiz. E Ventobravo poderia não estar de pé hoje se não fossem seus esforços diligentes. Dizer que é uma honra conhecê-lo nem começa a descrever meu sentimento. O senhor foi... o senhor *é* um dos meus heróis.

Anduin estava sendo absolutamente sincero. Tinha estudado todos os grossos volumes sobre o benevolente sacerdote parecido com o Papai Inverno. As palavras naquelas páginas pintavam a imagem de um homem de riso fácil, mas força pétrea. Os historiadores, que em geral se limitavam a registrar os fatos secos, tinham sido eloquentes com relação ao calor e à gentileza de Faol. Retratos o representavam como um homem baixo e atarracado com barba branca e farta. O morto-vivo que estava diante do rei de Ventobravo ainda era mais baixo do que a média, mas fora isso estava irreconhecível. A barba havia sumido. Cortada? Apodrecida? E o cabelo era escuro, com sangue seco e ícor. Cheirava a pergaminho velho: poeirento, mas não desagradável. Faol tinha morrido quando Anduin era criança, e o garoto não o havia conhecido.

Faol suspirou.

— Eu fiz e fui as coisas que você citou, é verdade. Também fui um lacaio insensato do Flagelo. — Ele levantou os braços ossudos, indicando o templo glorioso e os que cuidavam dele. — Mas aqui a única coisa que importa é que, em primeiro lugar, sou um sacerdote.

— Já venho trabalhando há algum tempo com o arcebispo — disse Moira. — Ele está ajudando a mim e aos Ferros Negros a encontrar e reunir sacerdotes para o templo. Tínhamos precisado fazer isso para enfrentar a Legião, mas continuo vindo mesmo agora que essa crise passou. O arcebispo é uma ótima companhia. Considerando que, afinal de contas, ele é... *você sabe*. — Ela fez uma pausa. — Um homem sem barba.

Anduin deu um risinho. Sentiu no peito um calor familiar, bem--vindo, enquanto olhava ao redor, tentando avaliar melhor o local. Será que poderia ser um modelo de templo para o futuro? Certamente, se gnomos e taurens, humanos e elfos sangrentos, Renegados e anões podiam se unir pelo bem comum, era possível recriar isso em escala maior em Azeroth.

O problema era que os sacerdotes, pelo menos, tinham um ponto comum com o qual todos concordavam, ainda que cada um visse a Luz por uma lente diferente, por assim dizer.

— Há outra pessoa notável que acho que você gostaria de conhecer — disse Faol a Anduin. — Ela também é de Lordaeron. Não tema, ela ainda respira, mas enfrentou muitos perigos com coragem e a ajuda da Luz. Venha, querida. — Sua voz ficou carinhosa enquanto ele chamava uma mulher loura e sorridente. Ela se adiantou, segurando sem hesitar a mão dissecada do arcebispo, depois se virou para Anduin.

— Olá, majestade — disse ela. Anduin supôs que a mulher fosse um pouco mais velha do que Jaina; era alta e magra, com cabelos longos e dourados e olhos azuis fascinantes. Parecia familiar, de algum modo, mas ele sabia que nunca a vira. — Por favor, deixe-me oferecer minhas condolências pela morte do seu pai. Ventobravo e a Aliança perderam um homem verdadeiramente grandioso. Sua família sempre foi gentil com a minha e eu lamento não ter podido prestar meus respeitos.

— Obrigado — disse Anduin. Estava tentando lembrar da feição da mulher, mas não conseguia. — A senhora precisa me perdoar, mas... nós nos conhecemos?

A mulher deu um sorriso triste.

— Não, mas provavelmente você viu uma semelhança familiar em alguns retratos. Sou Calia Menethil, entende? Arthas era meu irmão.

9

TEMPLO ETERLUZ

Calia Menethil. Seu nome era outro que tinha saído direto dos livros de história. Calia, como o arcebispo, fora considerada perdida. Irmã mais velha do malfadado Arthas Menethil, supostamente havia morrido no dia em que o herdeiro de Lordaeron, na época servidor do aterrorizante Lich Rei, entrou na sala do trono, assassinou o pai a sangue frio e lançou o flagelo dos mortos-vivos na cidade. Mas sua irmã tinha sobrevivido e estava ali, no Templo Eterluz. A Luz a havia encontrado.

Comovido de um modo que não conseguia descrever, Anduin cobriu a distância entre ele e Calia em três passos rápidos e longos e estendeu a mão em silêncio.

Calia hesitou, depois a segurou. Anduin apertou a mão dela e sorriu.

— Estou mais feliz do que posso dizer por encontrá-la ainda viva, senhora. Depois de tanto tempo sem notícias, nós presumimos o pior.

— Obrigada. Garanto que houve momentos em que eu pensei que o pior havia acontecido comigo.

— O que houve?

— É uma... longa história — disse ela, obviamente não querendo contar.

— E neste dia não temos tempo para uma longa história — interveio Velen. Anduin estava cheio de perguntas para o arcebispo e a rainha de Lordaeron, já que era isso que ela era agora. Mas Velen tinha razão.

Apesar das surpresas agradáveis que ele recebera nos últimos instantes, Anduin, Moira e Velen estavam ali com um objetivo sério.

Ele sorriu para Calia e, soltando sua mão, virou-se para os sacerdotes reunidos.

Eram em grande número. Como se lesse sua mente, Faol disse:

— Parece que somos muitos, não é? Mas isto é apenas um punhado em comparação com os números que poderíamos ter. Há espaço suficiente para todos nós.

Anduin mal era capaz de absorver aquilo tudo.

— Que coisa incrível vocês alcançaram aqui! — disse a Faol. — Todos vocês. Eu sabia que estavam trabalhando com esse objetivo, mas ver com meus próprios olhos é outra coisa. Eu gostaria que isso não passasse de uma visita a um lugar que ansiei por conhecer, mas recebemos notícias preocupantes.

Assentiu para Moira. Ela era a filha de Magni, "o Porta-Voz", que lhes trouxera o aviso. Além disso, era bem conhecida e considerada ali, ao passo que ele era um recém-chegado — um rei, claro, mas num lugar onde isso não era visto como a autoridade mais elevada. A rainha dos anões se empertigou e se dirigiu ao grupo:

— Somos servidores da Luz, mas vivemos em Azeroth. E agora meu pai se tornou Porta-Voz do nosso mundo. Ele foi a Altaforja, onde o Profeta e o rei de Ventobravo estavam de visita, trazendo notícias terríveis.

Sua fala direta e firme hesitou de leve. Por um momento, Anduin viu em Moira a menina que ela já fora, perdida e insegura. Mas ela se recuperou depressa e continuou:

— Rapazes, moças... nosso mundo está muito ferido. Está com problemas. Sentindo dores horríveis. Meu pai disse que Azeroth precisa ser curada; não consegue fazer isso sozinha.

Sons baixos, ofegantes, percorreram a multidão de sacerdotes.

— É aquela espada monstruosa! — trovejou um tauren, a voz profunda fazendo Anduin se lembrar de Baine Casco Sangrento, chefe dos taurens e seu amigo.

— Como podemos curar o próprio mundo? — perguntou uma draenei, com uma nota de desespero embargando a voz melodiosa.

Era uma pergunta válida. Como? Os sacerdotes curavam, mas seus pacientes eram de carne. Fechavam ferimentos, curavam doenças e maldições. E às vezes, se a Luz permitisse, traziam os mortos de volta. O que poderiam fazer com um ferimento causado ao mundo?

Anduin sabia por onde poderiam começar. Podia sentir a resposta dentro de seu casaco, perto do coração, onde tinha guardado o pequeno e precioso pedaço de azerita. Hesitou um momento, observando os rostos de Renegados, trolls e taurens virados para ele. Rostos da Horda. Será que eram de confiança?

Fez a pergunta à Luz — e ao seu próprio corpo.

Anduin tinha sido gravemente ferido quando Garrosh Grito Infernal fizera com que um artefato enorme chamado de Sino Divino despencasse sobre ele em Pandária. Desde aquele momento, seus ossos doíam sempre que ele estava no caminho errado: quando era cruel, insensível ou cortejava o perigo.

Agora não havia dor no seu corpo. Na verdade, se sentia melhor do que nunca. Seria o Templo Eterluz ou o pedaço de azerita que lhe dava essa calma?

Não sabia. Mas tinha certeza de que ambos eram influências benevolentes.

Além disso, a própria Azeroth tinha pedido a ajuda deles.

Anduin avançou, levantando as mãos num pedido de silêncio enquanto a multidão começava a ficar cada vez mais ansiosa.

— Irmãos e irmãs, ouçam, por favor!

Eles silenciaram. Rostos muito diferentes se viraram para ele com expressões exóticas, lindamente semelhantes, revelando preocupação e vontade de ajudar. E por isso Anduin confiou neles, naqueles sacerdotes cujo povo estava aliado à Horda. Deixou que segurassem a azerita, observando as reações.

— Um dia Magni foi um anão, pai de uma sacerdotisa — disse Anduin enquanto cada um deles segurava a pequena substância. — Faz sentido que ele procurasse primeiro a nossa ordem. Tenho certeza de que há algo que possamos fazer em algum momento, mas primeiro precisamos pesquisar. Fazer perguntas. E nesse meio-tempo precisamos buscar outros tipos de curandeiros. Xamãs. Druidas. Os que têm ligações mais próximas do que nós com a terra e suas criaturas vivas.

Fez uma pausa, olhando o grande salão ao redor. Imaginou como seria o lugar equivalente a esse para os druidas ou os xamãs. Sem dúvida seria lindo e perfeitamente apropriado para eles, assim como esse templo era lindo e perfeito para o Conclave.

— Muito em breve viajarei a Teldrassil. — Ele se corrigiu: — Não. Não em breve. Amanhã cedo.

Desejou ter podido passar mais tempo em Altaforja. Quisera se encontrar com Mekkatorque e seu povo, agradecer pela colaboração da inteligência e da tecnologia dos gnomos que ajudaram a derrotar um inimigo tão terrível a ponto de haver dúvida verdadeira de que teriam sucesso. Mas os acontecimentos haviam suplantado todos os planos. Mekkatorque entenderia.

— Vocês percorreram o mundo encontrando seus colegas sacerdotes — continuou o rei de Ventobravo. — Agora precisamos ampliar essa mão estendida. Precisamos levá-la aos que têm mais chance de ajudar imediatamente. Não vai ser fácil. Por isso eu pediria aos membros da Horda e da Aliança presentes que buscassem os druidas e xamãs que estão do seu lado.

Eles começaram a assentir, agora mais calmos, e Anduin percebeu o que tinha acabado de fazer. Tinha ido àquele salão como convidado e presumido que possuía o direito de instruir as próximas ações dos membros do Conclave.

Aflito, virou-se para Faol.

— Peço desculpas, arcebispo. Este é o seu povo.

— São pessoas que servem à luz — lembrou o sacerdote morto-vivo. — Assim como você. — Sua cabeça se inclinou de lado e ele deu um leve sorriso. — Você me lembra o irmão de Calia quando era mais novo, quando ele ainda seguia a Luz. Você tem o dom da liderança, meu jovem amigo. As pessoas vão segui-lo.

Anduin entendeu que a comparação era feita como um elogio. Tinha ouvido-a antes, de modo mais memorável, feita por Garrosh Grito Infernal.

Quando o ex-Chefe Guerreiro da Horda estivera preso abaixo do Templo do Tigre Branco durante seu julgamento, solicitara uma visita de Anduin. Garrosh havia trazido à tona o espectro do homem que tinha se tornado Lich Rei. *Já houve um outro príncipe humano de cabelos dourados, amado por todos no passado. Era um paladino, mas decidiu renegar a Luz.*

Não era uma comparação inesperada, dadas as semelhanças exteriores, mas era desconfortável. Anduin descobriu que estava olhando para Calia, que sorria em concordância, com a nostalgia afiando as rugas prematuras. Nem mesmo Jaina sorria ao pensar em Arthas. Ninguém conseguia, a não ser os poucos que restavam e se lembravam de Arthas Menethil como uma criança inocente.

— Obrigado — disse Anduin a Faol. — Mas não vou me intrometer de novo a não ser que seja convidado. Respeito o Conclave e sua liderança.

Faol deu de ombros. Um pedaço minúsculo de pele mumificada se soltou e caiu no chão com o gesto. Deveria ser uma coisa repulsiva, mas Anduin se pegou olhando-a como olharia uma pena caída de uma capa aparada. Estava aprendendo a ver a pessoa, e não o corpo.

De certa forma, todos estamos presos numa casca, pensou. *A deles apenas se sustenta de outro modo.*

— Aqui todas as vozes são escutadas — respondeu Faol. — Até o acólito mais novo pode ter algo de útil a dizer. Sua voz também é bem-vinda, rei Anduin Wrynn. Assim como sua presença.

— Eu gostaria de retornar em breve. — Anduin olhou para Calia e Faol. — Estou vendo aqui muitas coisas com as quais acho que posso aprender.

E muitas coisas sobre as quais preciso saber, pensou, mas não disse. Uma ideia estava começando a se formar, ousada, audaciosa e inesperada. Precisaria falar com Shaw.

Faol deu um risinho, um som áspero, mas não desagradável.

— Admitir que não sabemos de algo é o início da sabedoria. Claro. Quando quiser... sacerdote.

Ele inclinou a cabeça. Anduin olhou para Moira e Velen.

— Preciso voltar logo a Ventobravo e me preparar para a viagem. Ela tem uma nova urgência. — Em seguida entregou a Moira a amostra de azerita. — Poderia, por favor, entregar isso a Mekkatorque, por mim? Diga que infelizmente não posso entregar eu mesmo.

— Sim — respondeu Moira. — Vou compartilhar tudo que ele ficar sabendo, claro. Sem dúvida meu pai terá algumas sugestões para nós, também.

— Tenho certeza de que sim.

A importância da tarefa penetrou em seu coração e sua mente, expulsando dali a paz e a curiosidade sobre Calia... e sobre os Renegados.

10

DALARAN

Quando estava inquieto, Kalecgos, o ex-Aspecto Dragão Azul e atual membro do Conselho dos Seis do Kirin Tor, gostava de andar pelas ruas de sua cidade adotada. Cuidava, de modo confiável e responsável, das preocupações e dificuldades das horas do dia — quando precisava estar presente para ajudar a solucionar um problema espinhoso ou sugerir antigos métodos que o conselho atual podia não ter investigado. Mas à noite as preocupações e as dificuldades eram apenas dele.

Os dragões costumavam assumir as formas das raças mais jovens. Alexstrasza, a Mãe da Vida, aparecia como um elfo superior. Chronormu, um dos mais importantes dragões de bronze que guardavam o tempo, gostava de se disfarçar como um gnomo conhecido como "Crona". Em um passado distante, Kalecgos tinha escolhido o rosto e o corpo de um meio-humano/meio-elfo. Nunca soube direito o motivo. Certamente não porque isso lhe permitia passar despercebido, já que não havia muitos meio-elfos andando por aí.

Tinha decidido que a forma o atraía porque representava uma fusão de dois mundos. Porque ele, "Kalec", também se sentia como uma fusão de dois mundos: o dos dragões e o dos humanos.

Kalec sempre sentira atração pelas raças mais jovens e vontade de protegê-las. Como o grande dragão vermelho Korialstrasz, que se sacrificara para salvar outros, ele gostava dos humanos. E, diferentemente de Korialstrasz, que até morrer fora leal apenas à sua adorada Alexstrasza, Kalec tinha amado humanas.

Duas, na verdade. Duas mulheres fortes, gentis e corajosas. Tinha amado e perdido ambas: Anveena Teague — que no final percebeu que não era de fato humana — se sacrificou para que um demônio monstruoso, devastadoramente poderoso, não pudesse entrar em Azeroth. E a Grã-senhora Jaina Proudmore — que também tinha partido, afundando cada vez mais num escuro poço de dor e ódio que, ele temia, haveria de consumi-la.

Ela costumava acompanhá-lo nesses passeios. Os dois andavam juntos, de mãos dadas, frequentemente parando e vendo Guido Guéri-guéri acender as lâmpadas de Dalaran às nove horas em ponto. A filha de Guido, Quindim, tinha sido aprendiz de Jaina e era uma das muitas baixas causadas pelo ataque de Garrosh Grito Infernal. *Não*, pensou Kalec, *chame pelo nome certo: a destruição de Theramore*. Guido tinha recebido a permissão de criar, toda noite, um memorial para a filhinha; a imagem dela, desenhada em luz dourada mágica, aparecia quando ele usava sua varinha para acender cada lâmpada.

Só que Jaina havia partido, envolta em raiva e frustração como se fossem uma capa. Deixou a organização de magos conhecida como Kirin Tor e seu posto como líder; também deixou Kalec, com apenas algumas palavras raivosas trocadas entre os dois. Tinha sido pressionada mais do que podia suportar e partido.

Kalec poderia tê-la seguido, tê-la obrigado a confrontá-lo, exigido uma explicação para tê-lo deixado de modo tão abrupto. Mas não o fez. Ele a amava e a respeitava. E ainda que cada dia tornasse menos provável sua volta, continuava esperançoso.

Nesse meio-tempo fora nomeado para preencher a vaga deixada pelo êxodo de Jaina, e o Kirin Tor estivera ocupado durante a guerra contra a Legião. Ele tinha um propósito. Tinha amigos. Estava progredindo no mundo.

Havia pensado em visitar sua amiga Kirygosa, que passara a residir discretamente na Selva do Espinhaço. Depois de toda uma vida passada numa parte do mundo que conhecia principalmente o inverno, Kiry estava desfrutando de um verão permanente. Poderia ser bom ficar com ela um tempo. Mas, de algum modo, ele nunca fez isso. Se Jaina fosse procurá-lo, seria ali. Por isso Kalec ficou.

Naquela noite, seus pés o levaram à estátua de um dos maiores magos de Dalaran, Antônidas, que tinha sido tutor de Jaina. Ela é que havia encomendado a estátua, que pairava pouco acima da grama verde devido a um feitiço. E ela é que havia cravado a inscrição:

ARQUIMAGO ANTÔNIDAS, GRÃO-MAGO DO KIRIN TOR
A GRANDE CIDADE DE DALARAN ESTÁ OUTRA VEZ DE PÉ —
TESTAMENTO DA TENACIDADE E DA VONTADE
DE SEU MAIOR FILHO.

SEUS SACRIFÍCIOS NÃO TERÃO
SIDO EM VÃO, AMIGO QUERIDO.
COM AMOR E HONRA, JAINA PROUDMORE

Foi ali que ele e Jaina tiveram uma discussão terrível. Devastada pela obliteração brutal de sua cidade, Jaina desejava vingança. Quando o Kirin Tor não a ajudou a golpear a Horda, ela se virou contra ele. Suas palavras, primeiro cheias de súplica, depois de desprezo, a raiva alimentada pela dor, ainda o assombravam.

Um dia você disse que lutaria por mim — pela senhora de Theramore. Theramore se foi. Mas ainda estou aqui. Ajude-me. Por favor. Precisamos destruir a Horda.

Ele recusou. *Esse... esse ódio implacável... não é você.*

Você está errado. Essa sou eu. Foi isso que a Horda me tornou.

Em muitos sentidos, Jaina era uma baixa de Theramore tanto quanto a filha de Guido. O Kirin Tor decidira permitir que integrantes da Horda se tornassem membros. Azeroth era vulnerável demais à Legião para recusar ajuda por medo e ódio. Kalec quisera falar com Jaina, mas ela desapareceu sem dizer uma palavra.

E então — sua pele se arrepiou, e um conhecimento súbito preencheu seu cérebro.

Grã-senhora Jaina Proudmore tinha voltado a Dalaran. Ele conseguia senti-la, e ela estava bem...

— Achei que poderia encontrar você aqui — disse uma voz suave, atrás dele.

Com o coração saltando, Kalec girou.

Quando tirou o capuz da capa, ela estava linda como ele recordava. O luar brilhava em seus cabelos brancos com a única mecha dourada, e parecia estar coroada com prata luminosa. Usava outro penteado, o cabelo agora numa trança. O rosto estava pálido, os olhos eram poços de sombras.

— Jaina — ofegou Kalec. — Eu... que bom que você está bem. É bom demais ver você.

— Segundo os boatos, você agora é membro do conselho. — Ela estava sorrindo. — Parabéns.

— Os boatos estão certos, e obrigado. Mas posso deixar o posto com o maior prazer... se você tiver voltado para ficar.

O sorriso se desfez, ficou triste.

— Não.

Ele assentiu. Era o que havia temido, e seu coração doía, mas não adiantaria dizer. Ela sabia.

— Aonde você vai? — perguntou então.

A luz estava suficientemente clara para revelar o pequeno franzido entre as sobrancelhas, que era tão particular de Jaina. Isso afetou Kalec ainda mais do que o sorriso.

— Não sei, na verdade. Mas meu lugar não é mais aqui. — A voz dela ficou ligeiramente afiada com raiva. — Não posso concordar com o que... — Ela se conteve e respirou fundo. — Bom. Não concordo.

Foi nisso que a Horda me transformou.

Os dois se entreolharam por um longo momento. Então, para surpresa de Kalec, Jaina se adiantou e segurou as mãos dele. O toque, tão docemente familiar, comoveu-o mais do que o esperado.

— Você estava certo com relação a uma coisa. Eu queria que você soubesse.

— O quê? — perguntou ele, tentando manter a voz firme.

— Como o ódio é perigoso, como é prejudicial. Não gosto do que ele fez comigo, mas não sei como mudá-lo agora. Sei contra o que estou. Sei o que me dá raiva. O que odeio. O que não quero. Mas não sei o que me acalma, nem o que amo, nem o que desejo.

Sua voz estava suave, mas tremia de emoção. Kalec segurou as mãos dela com força.

— Tudo que senti ou fiz desde Theramore tem sido uma reação *contra* alguma coisa. Sinto... sinto que estou num buraco, e que toda vez que tento sair, simplesmente caio de volta.

— Eu sei — respondeu Kalec suavemente. As mãos dela estavam muito quentes nas suas. Ele não queria soltá-la nunca mais. — Vi você lutar demais por tempo demais. E não pude ajudar.

— Ninguém podia. É uma coisa que preciso fazer sozinha.

Ele baixou os olhos, passando o polegar sobre os dedos de Jaina.

— Também sei disso.

— Não vou embora por causa da votação.

Surpreso, Kalec levantou os olhos rapidamente.

— Não?

— Não. Desta vez, não. As pessoas devem ser fiéis à própria natureza, e eu também. — Ela riu baixinho, num tom de autodepreciação. — Só... preciso descobrir que natureza é essa.

— Você vai descobrir. E acredito que não vai ser nada feio, nem cruel.

Ela o encarou.

— Não sei se acredito nisso.

— Eu acredito. E... admiro você. Por ter a coragem de enfrentar isso.

— Eu sabia que você entenderia. Você sempre entendeu.

— A paz é um objetivo nobre para o mundo, mas também é um objetivo nobre para nós mesmos. — Kalec percebeu que estava sorrindo apesar da dor no seu peito. — Você vai encontrar o seu caminho, Jaina Proudmore. Tenho fé em você.

— Talvez você seja a única pessoa no mundo que tem — disse ela com ironia.

Kalec levantou as mãos de Jaina e deu um beijo em cada uma.

— Viaje em segurança, minha dama. E *jamais* esqueça: se precisar de mim, eu estarei lá.

Jaina o encarou por um momento, chegando mais perto. Agora Kalec podia ver os olhos dela captando o luar. Tinha sentido falta de Jaina. Sentiria. Tinha uma sensação terrível de que os dois não iriam se ver de novo, mas esperava estar errado.

Ela soltou as mãos, mas as levantou para segurar rosto de Kalec. Ficou nas pontas dos pés enquanto ele se curvava. Os lábios dos dois se encontraram — tão familiares, tão doces, num beijo tão terno que abalou Kalec até o âmago. *Jaina...*

Queria beijá-la para sempre. Mas, cedo demais, aquele calor precioso recuou. Ele engoliu em seco.

— Adeus, Kalec — sussurrou Jaina, e agora ele viu lágrimas brilhando nos olhos dela.

— Adeus, Jaina. Espero que encontre o que procura.

Ela lhe deu um sorriso trêmulo, depois recuou alguns passos. A magia fez redemoinhos no momento em que ela conjurou um portal. Jaina entrou nele e se foi.

Adeus, amada.

Kalec ficou parado por um longo momento, tendo como única companhia a estátua do grande arquimago.

11

VENTOBRAVO

A viagem para Altaforja tinha sido interrompida, e Wyll estivera se esfalfando para arrumar tudo para a próxima parte da jornada de Anduin. Depois de muito esforço, o rei conseguira convencer o serviçal a ficar em Ventobravo e tirar um merecido descanso.

Assim que Wyll se retirou, Anduin pegou o candelabro na penteadeira. Acendeu uma das três velas e o colocou na janela antes de ir para a sala de jantar, para uma refeição muito tardia. Naquela noite, como em ocasiões anteriores, o candelabro serviria para mais do que somente iluminar.

Olhando o frango assado, os legumes e as frescas maçãs de Dalaran, Anduin não sentiu fome. As notícias trazidas por Shaw e Magni eram perturbadoras demais. Teria partido de imediato para Teldrassil, mas os preparativos já haviam demorado demais. Mal podia esperar pelo amanhecer.

— Coma alguma coisa — disse uma voz severa. — Até os sacerdotes e reis precisam comer.

Anduin bateu com a mão na testa.

— Genn — disse. — Lamento muito. Por favor, junte-se a mim. Ainda temos coisas para resolver antes da minha partida, não é?

— A primeira é a comida — disse Greymane, pegando uma cadeira em seguida e fisgando um pouco de frango.

— Você e Wyll estão tramando contra mim — suspirou Anduin. — A parte triste é que fico feliz com isso.

Genn resmungou, achando divertido, enquanto Anduin enchia o prato.

— Mandei preparar os papéis — informou Genn.

— Obrigado. Vou assiná-los agora mesmo.

— Leia antes. Independentemente de quem tiver escrito. Aceite esse conselho.

Anduin sorriu cansado.

— Você me deu um bocado de conselhos.

— Alguns pelos quais você está até agradecido, imagino.

— Todos. Até aqueles dos quais discordo e opto por ignorar.

— Ah, eis um rei sábio. — Greymane pegou a garrafa de vinho e encheu o copo.

— Então não há nenhum golpe planejado? — Anduin se pegou servindo-se de mais frango. Pelo jeito seu corpo sentia fome, ainda que a mente estivesse distraída.

— Não nesta visita.

— Isso é bom. Poupe seus esforços conspiratórios para outra ocasião.

— Mas *há* uma coisa que eu gostaria de discutir antes da sua partida. — Greymane ficou sério. Alguma coisa em sua linguagem corporal alertou Anduin, que pousou a faca e o garfo e olhou para o outro rei.

— Claro — disse Anduin, preocupado.

Agora que tinha toda a atenção do rei de Ventobravo, Genn pareceu um tanto desconfortável. Tomou um gole de vinho e encarou Anduin.

— Você me honra com sua confiança — disse. — E farei tudo que puder para governar seu povo com atenção e diligência se... que a Luz não permita, algo lhe acontecer.

— Sei que fará isso.

— Mas sou um homem velho. Não estarei aqui para sempre.

Anduin suspirou. Sabia aonde ele queria chegar.

— Foi um dia longo e desafiador. Estou cansado demais para ter essa discussão com você.

— Você sempre surge com alguma desculpa quando puxo o assunto — observou Genn. Anduin sabia que era verdade. Brincou com a comida. — Estamos na véspera de sua partida para visitar várias terras. Perigos novos estão brotando. *Quando* será uma boa hora? Porque não gosto da ideia de tentar ficar escolhendo entre um bando de nobres, cada um fazendo a própria reivindicação.

A imagem fez Anduin sorrir, mesmo contra a vontade, mas o sorriso sumiu diante das próximas palavras de Genn.

— Isso não é um jogo. Se o reino for deixado com a pessoa errada, Ventobravo pode se ver em uma situação muito complicada. Sua mãe foi uma vítima terrível de uma turba furiosa em razão do que a nobreza estava fazendo com o povo. E você tem idade para se lembrar de como as coisas ficaram instáveis quando seu pai desapareceu.

Anduin tinha. Na época do desaparecimento do pai, ele fora o rei nominal, mas Bolvar Fordragon estava ao seu lado para oferecer conselho. Varian tinha sumido, e o dragão negro Onyxia o trocara por um impostor, governando o reino através de uma marionete. Ventobravo ficara inquieto e tumultuado até Onyxia ser derrotado e o verdadeiro Varian Wrynn sentar-se mais uma vez no trono.

O jovem rei tomou um gole de vinho.

— Eu me lembro, Genn — disse em voz baixa.

Genn olhou para sua refeição comida pela metade.

— Quando perdi meu filho — observou com voz intensa —, perdi um pedaço da alma. Eu não só me limitava a amar Liam. Eu o admirava. Respeitava. Ele seria um tremendo rei.

Anduin ouviu.

— E quando ele tombou, quando aquela banshee morta-viva, sem coração, o matou com uma flecha destinada a *mim*, muita coisa morreu junto com ele. Achei que jamais fosse me recuperar. E não me recuperei, não por inteiro. Mas eu tinha minha mulher, Mia. Tinha minha filha, Tess, forte e inteligente como o irmão.

Anduin não interrompeu. Genn nunca fora tão sincero com ele. O rei de Guilnéas levantou os olhos azuis. À luz da vela, tremeluziam, e sua voz estava rouca de emoção.

— Segui em frente. Mas tinha um buraco no coração, onde meu filho ficava. Um buraco que tentei preencher com o ódio contra Sylvana Correventos.

— Esse tipo de buraco não pode ser preenchido com ódio — disse Anduin com gentileza.

— Não. Não pode. Mas conheci outro rapaz que amava seu povo tanto quanto Liam. Que acreditava em coisas boas, justas e verdadeiras. Encontrei *você*, meu rapaz. Você não é o meu Liam. Você é você. Mas eu me pego tentando orientá-lo.

— Você não pode substituir o meu pai, e sei que sabe disso — respondeu Anduin, muito comovido com as palavras de Genn. — Mas você é rei e pai. Sabe como são as duas coisas. E isso ajuda.

Genn pigarreou. As emoções não eram coisas estranhas a ele, Anduin sabia, mas em geral eram do tipo quente, raivoso, violento. Isso fazia parte da maldição dos worgen, sim, mas Anduin sabia que também era uma parte intrínseca do sujeito. Genn não estava acostumado com as emoções mais suaves e quase sempre procurava expulsá-las, como agora.

— Eu diria a mesma coisa a Liam, se ele estivesse aqui. A vida é curta demais. Imprevisível demais. Para qualquer pessoa neste mundo, especialmente para um rei. Se você ama Ventobravo, precisa garantir que o reino vá para mãos que cuidarão dele.

Fez uma pausa. *Aí vem*, pensou Anduin.

— Anduin, há alguém que você considerou possível como rainha? Alguém para governar no seu lugar caso você tombe em batalha, que tenha um filho para levar adiante a linhagem dos Wrynn?

Subitamente, Anduin ficou muito interessado na comida em seu prato.

Genn suspirou, mas o som saiu mais como um rosnado.

— Os tempos de paz são raros nesse mundo. E sempre são curtos demais. Você precisa usar esse tempo para ao menos começar a busca. Se vai viajar a todos esses lugares, não poderia ir a alguns bailes formais, ao teatro ou algo assim?

— Acredite ou não, eu entendo que preciso fazer isso — admitiu Anduin. Genn não sabia sobre a caixinha com os anéis da rainha Tiffin que Anduin sempre mantinha por perto, e o rapaz não daria essa informação espontaneamente. — E a resposta é não, ainda não conheci ninguém por quem eu sentisse algo assim. Há tempo. Só tenho 18 anos.

— Não é incomum que noivados reais aconteçam quando os participantes ainda estão no berço — pressionou Genn. — Não conheço muito bem a sociedade de Ventobravo, mas sem dúvida há pessoas que poderiam redigir uma lista.

Genn tinha boas intenções. Mas Anduin estava exausto e cheio de preocupações, e seu foco era no que fazer com um mundo ferido, não num casamento arranjado.

— Genn, agradeço sua preocupação — disse ele, escolhendo as palavras com cuidado. — Esse não é um assunto sem importância. Eu disse que entendo. Mas a ideia de um casamento arranjado, de concordar em passar a vida com alguém que eu posso nem conhecer antes de assumir esse compromisso é abominável para mim. Além do mais, você não teve um casamento desses.

Genn fez uma carranca.

— Só porque não é o caminho que eu escolhi não significa que não seja bom. Sei que não é a coisa mais romântica do mundo, mas não precisa ser uma estranha. Minha filha, Tess, tem idade próxima da sua. Ela estaria...

— Protestando tremendamente se estivesse aqui nesse momento — interrompeu Anduin. — Pelo pouco que eu a vi, está claro que é uma mulher notável. Mas com certeza tem vida própria, e vou fazer uma aposta louca ao dizer que não creio que ser rainha de Ventobravo esteja no topo da lista de coisas que ela deseja.

Segundo todos os informes, Tess Greymane, alguns anos mais velha do que ele, era uma mulher de vontade forte. Havia todo tipo de boato quanto aos atos dela, sugerindo que algumas vezes Tess seguia o estilo de Mathias Shaw. Anduin não havia perguntado a Genn sobre isso, e agora que o sujeito tinha oferecido a filha como rainha potencial, ele não perguntaria.

As sobrancelhas brancas de Genn se franziram.

— Anduin...

— Vamos revisitar esse assunto, prometo. Mas agora há outra discussão que quero ter com você.

Mesmo contra a vontade, Genn deu um risinho.

— Você sabe que eu discutiria com você a qualquer momento, majestade.

— Sei sim, e especialmente sobre isso. Depois da visita de Magni, Moira, Velen e eu fomos ao Templo Eterluz. Não creio que você ficaria surpreso ao saber que achei o lugar... — Ele balançou a cabeça. — Na verdade, as palavras me faltam. Era um lugar sereno e lindo, e simplesmente ficar lá me deixou em paz. Muito focado.

— A única surpresa que tenho com relação à visita foi quanto tempo você demorou para ir. Mas, afinal de contas, um rei tem pouco tempo para a serenidade e a paz.

— Enquanto estava lá, conheci duas pessoas que me surpreenderam. — Anduin respirou fundo. *Lá vamos nós*, pensou. — Uma foi Calia Menethil.

Genn o encarou.

— Tem certeza? Não era uma impostora?

— Ela se parece um bocado com o irmão. E acredito que os sacerdotes do templo garantiriam que a afirmação dela é verdadeira.

— Você tem muita fé na boa vontade dos sacerdotes.

Anduin sorriu.

— Tenho mesmo.

— Bom, vamos lá. O que você ficou sabendo? Como ela escapou? Ela ainda reivindica o trono de Lordaeron, desde que um dia possamos expulsar aqueles invasores podres que conspurcam o reino?

Anduin deu um riso meio pesaroso.

— Não perguntei. Vou voltar e falar com ela mais tarde. Tive a impressão de que não foi uma história feliz.

— A Luz sabe que não pode ser. Coitada daquela família. Que coisas ela deve ter passado! Provavelmente escapou daqueles desgraçados por um triz. Como ela deve desprezar os mortos-vivos depois disso!

— Na verdade essa é a outra coisa que eu queria contar. O Templo Eterluz é um centro para os sacerdotes de Azeroth. *Todos* os sacerdotes. Inclusive da Horda. — Ele fez uma pausa. — Inclusive Renegados.

Anduin tinha se preparado para um furioso berro de protesto. Em vez disso, Genn pousou o garfo com calma e falou em voz cuidadosamente controlada:

— Anduin, sei que você sempre quer enxergar o melhor nas pessoas.

— Não é...

Genn levantou uma das mãos.

— Por favor, majestade. Ouça.

Anduin franziu a testa, mas assentiu.

— Essa é uma característica admirável. Especialmente num governante. Mas um governante deve ter cuidado para não ser feito de bobo. Sei que você conheceu e respeitou Thrall. E sei que considera Baine amigo, e ele agiu com honra. Até seu pai negociou com Lor'themar Theron e sentia grande estima por Vol'jin. Mas os Renegados são... diferentes. Não sentem mais as coisas como nós sentimos. São... abominações.

A voz de Anduin saiu afável.

— Um dos líderes atuais do Conclave é o arcebispo Faol.

Genn xingou e saltou de pé. Talheres caíram no chão.

— Impossível! — Seu rosto tinha ficado vermelho e uma veia se destacava no pescoço. — Isso é *pior* do que uma abominação. É blasfêmia! Como você pode tolerar uma coisa dessas, Anduin? Não fica nauseado?

Anduin pensou no bom humor travesso do falecido Alonso Faol. A gentileza, a preocupação. *Somos sacerdotes em primeiro lugar.* E ele era.

— Não — disse sorrindo. — Pelo contrário. Vê-los ali, naquele lugar de Luz... me deu esperança, Genn. Os Renegados não são flagelos insensatos. São pessoas. Têm livre-arbítrio. E sim, alguns deles mudaram para pior. Os que passaram para a nova existência com ódio e medo. Mas nem todos. Eu vi sacerdotes Renegados conversando não somente com taurens e trolls mas também com anões e draeneis. Eles se lembravam do bem. Moira vem trabalhando com Faol há algum tempo e...

Genn xingou.

— Até Moira? Achei que os anões tivessem bom senso! Já ouvi o bastante. — Ele se virou, querendo sair da sala.

— Não ouviu, não. — A voz de Anduin continuava suave, mas não admitia discordância. Estendeu a mão e indicou a cadeira que o outro havia deixado. — Você vai ficar e ouvir.

Genn o encarou, surpreso, e assentiu ao sentar-se novamente, ainda que com relutância óbvia. Respirou fundo.

— Farei isso. Mas não vou gostar.

Anduin se inclinou para a frente com atenção.

— Há uma oportunidade nisso, se tivermos ousadia suficiente para aproveitá-la. Sylvana deu vida aos Renegados. Claro que eles a seguem. Mas a Aliança deu as costas a eles. Tudo que fizemos foi lhes oferecer nomes: "morridos", "podres". Nós os olhávamos com medo. Nojo. Nem podíamos imaginar que eram pessoas.

— *Eram* — disse Genn. — Eles *eram* pessoas. Antigamente. Não são mais.

— Nós optamos por vê-los assim.

Genn experimentou outra tática.

— Certo. — Em seguida se recostou na cadeira, os olhos estreitados. — Digamos que você tenha visto alguns Renegados decentes, um punhado extremamente pequeno, por acaso todos sacerdotes. Você encontrou outros assim?

Havia outro que Anduin recordava e com certeza não era sacerdote. No julgamento de Garrosh Grito Infernal, os dragões de bronze tinham dado à defesa e à acusação a capacidade de mostrar cenas do passado através de um artefato chamado Visão do Tempo. Numa dessas visões Anduin testemunhou uma conversa entre um Renegado e um elfo sangrento numa taverna, pouco antes da tal taverna ser destruída pelos que eram dedicados demais a Grito Infernal.

Os dois soldados tinham se mostrado contrários à violência e à crueldade personificada por Garrosh. E tinham morrido por isso. Ah... qual era mesmo o nome?... Começava com "F"...

— Farley — disse Anduin. — Frandis Farley.

— Quem?

— Um capitão Renegado que se virou contra Garrosh. Ele ficou ultrajado com a violência em Theramore. Viveu aqui mesmo, em Ventobravo, quando era vivo.

Genn parecia nem compreender o que Anduin tinha dito.

— Frandis Farley não era sacerdote. Era só um soldado que ainda tinha humanidade suficiente para perceber o mal quando o via. — Quanto mais Anduin pensava nisso, mais tinha certeza.

— Anomalias.

— Não aceito isso. — Anduin se inclinou adiante. — *Não* temos ideia do que um cidadão comum da Cidade Baixa sente ou pensa. E uma coisa você não pode questionar: Sylvana se importa com o povo dela. Eles são importantes para ela. E talvez possamos aproveitar isso.

— Para derrubá-la?

— Para fazê-la negociar. — Os dois se entreolharam, Anduin calmo e concentrado, Genn lutando para suprimir a raiva.

— O objetivo dela é *nos* transformar em mais *deles*.

— O *objetivo* dela é proteger seu povo — insistiu Anduin. — Se deixarmos claro que entendemos essa motivação, se pudermos garantir que os que já existem jamais correrão perigo por parte da Aliança, será menos provável que ela use azerita para criar armas que possam nos matar. Melhor ainda, podemos trabalhar com a Horda para salvar o mundo onde todos precisamos viver.

Genn o encarou por um longo momento.

— Tem certeza de que você não contraiu nada em Altaforja?

Anduin estendeu a mão num gesto de apaziguamento.

— Sei que parece loucura. Mas nunca tentamos entender os Renegados. Esta pode ser a chance perfeita. O arcebispo Faol e os outros podem ajudar a abrir negociações. Cada lado tem alguma coisa que o outro pode querer.

— O que temos que os Renegados queiram? E o que os Renegados têm que *nós* possamos querer?

Anduin deu um sorriso gentil. Seu coração estava pleno quando respondeu:

— Família.

Seus aposentos estavam escuros quando ele entrou, iluminado apenas pela luz das luas.

— Você recebeu minha mensagem — disse Anduin em voz alta, acendendo uma única vela e olhando ao redor.

O quarto parecia vazio, mas, claro, não estava. Uma sombra que parecera perfeitamente comum no instante anterior tremeluziu, dando lugar a uma forma esguia e familiar na penumbra.

— Sempre recebo — respondeu Valira Sanguinar.

— Um dia desses vou perguntar como você faz para entrar.

Ela sorriu.

— Acho que talvez você seja um pouco pesado demais para conseguir.

Anduin riu. Considerava-se sortudo por ter muita gente em quem confiar. Sabia que nem todos os reis poderiam dizer o mesmo. Mas Valira estava em outro nível, até mesmo em relação a Velen ou Genn Greymane. Ela e Varian tinham lutado lado a lado nos poços dos gladiadores, e Anduin a conhecera anos antes. Ela havia salvado a vida dele e do seu pai em mais de uma ocasião, tendo jurado lealdade à linhagem Wrynn. E quase tão importante quanto isso era que ela podia frequentar círculos negados a Anduin e seus conselheiros.

Valira era uma elfa sangrenta, a espiã pessoal do rei.

Tinha servido a Varian durante o reinado dele e tinha ajudado o príncipe quando ele precisou enviar mensagens que deviam ser mantidas em segredo até mesmo do próprio pai. Apesar de confiar em Shaw, o mestre espião, para fazer o que fosse melhor para o reino, Anduin não o conhecia suficientemente bem para confiar que ele faria o que fosse melhor para o rei. Ele com certeza não teria aprovado a correspondência que Anduin estivera mantendo nos últimos anos.

— Presumo que você saiba sobre a azerita — disse.

Valira confirmou com a cabeça dourada, empoleirando-se numa cadeira sem esperar o convite.

— Sei. Ouvi dizer que ela pode construir reinos, derrubá-los e possivelmente condenar o mundo.

— Tudo isso é verdade. — Anduin serviu duas taças de vinho e entregou uma a ela. — Nunca fui a favor da ideia de que a Horda e a Aliança devam estar sempre em lados contrários. E parece que agora, mais do que nunca, precisamos de cooperação e confiança de ambos os lados. Esse novo material... — Ele balançou a cabeça. — É perigoso demais nas mãos de qualquer inimigo. E o melhor modo de derrotar um inimigo é transformá-lo em amigo.

A elfa sangrenta tomou um gole do vinho.

— Eu sirvo a você, rei Anduin. Acredito em você. E certamente sou sua amiga e sempre serei. Gostaria de viver nesse mundo que você vê. Mas não creio que seja possível.

— É improvável. Mas eu *acho* possível. E você, mais do que ninguém, sabe que há quem compartilhe desse sentimento.

Ele lhe entregou uma carta. Estava escrita num código pessoal entendido apenas por um punhado de indivíduos. Valira pegou e leu. Sua expressão ficou azeda, mas ela assentiu enquanto a colocava com cuidado num bolso perto do coração. Como sempre, ela memorizaria o conteúdo para o caso de a carta ser perdida ou destruída.

— Garantirei que o representante dele a receba — prometeu Valira. Não parecia feliz. — Tenha cuidado — acrescentou. — Ninguém vai apoiar isso. Está fadado ao fracasso.

— Mas e se der certo?

Valira espiou o fundo cor de rubi de sua taça, depois levantou os olhos reluzentes na direção dos de Anduin.

— Então — disse lentamente e com relutância profunda — acho que talvez eu precise parar de usar a palavra "impossível".

12

PENHASCO DO TROVÃO

Sylvana Correventos se reclinou numa pele curtida na grande tenda no Platô dos Espíritos. Nathanos estava sentado ao lado dela. Parecia desconfortável, de pernas cruzadas no chão, mas se ela não podia se sentar numa cadeira nem ficar de pé, também não deixaria que ele o fizesse. Um mago elfo sangrento, Arandis Fogo Solar, a havia acompanhado também, para que ela pudesse sair depressa caso as coisas ficassem chatas demais ou se uma emergência a chamasse. Mantinha-se de pé à esquerda dos dois, rígido, parecendo querer estar em qualquer outro local. À direita de Sylvana estava uma de suas patrulheiras, Cyndia, cuja imobilidade perfeita fazia a rigidez de Arandis parecer enérgica.

Sylvana se inclinou para Nathanos e sussurrou ao seu ouvido:
— Estou cansada demais de tambores.

Para ela, esse era o som unificador da "antiga Horda". Os orcs, os trolls e os tauren, claro, pareciam dispostos a bater seus tambores a qualquer hora. Agora, pelo menos, não eram os barulhentos tambores de guerra dos orcs, mas sim batidas suaves, firmes, que acompanhavam o arquidruida Hamuul Runa Totem enquanto ele arengava sobre a "tragédia de Silithus".

Para Sylvana, o que havia acontecido não era nem um pouco trágico. Em sua opinião, um titã maluco mergulhando uma espada no mundo tinha sido um presente. Ela estava mantendo a descoberta de Gallywix em segredo até que tivesse certeza de como aquele material peculiar poderia ser utilizado com benefício máximo para a Horda. Gallywix havia dito que "tinha gente trabalhando nisso, também".

Além do mais, o que de fato havia em Silithus além de insetos gigantes e adoradores do Crepúsculo? O mundo estaria melhor sem essas duas coisas. No entanto, os taurens, em particular, cujo povo originara os druidas originais da Horda e perdera vários membros do Círculo Cenariano, ficaram devastados com a perda de vidas.

Sylvana se mantivera elegantemente sentada durante um ritual para homenagear e acalmar os espíritos perturbados deles. E agora ouvia — com a expectativa de que aprovasse — planos para mandar mais xamãs e druidas a Silithus para investigar, tudo porque Hamuul Runa Totem tivera um sonho terrível.

— Os espíritos gritam — estava dizendo Hamuul. — Eles morreram num esforço para proteger a terra, e agora apenas a morte habita naquele lugar. A morte e a dor. Não devemos fracassar com nossa Mãe Terra. Devemos recriar o Forte Cenariano.

Baine observava-a com atenção. Havia dias em que ela desejava que ele simplesmente seguisse seu enorme coração sangrento e levasse os taurens para a Aliança. No entanto, o desdém que nutria pela gentileza dos taurens não eclipsava a necessidade que tinha deles. Enquanto Baine permanecesse leal — e até agora ele era, no sentido que importava —, ela usaria ele e o seu povo em proveito da Horda.

Junto com Baine estava um representante dos trolls, o idoso Mestre Gadrin. A Chefe Guerreira não estava ansiosa pela conversa com ele tampouco. No momento havia um vazio de poder na hierarquia dos trolls, que eram um povo caótico. Apenas agora, tarde demais, ela percebera como Vol'jin tinha sido um indivíduo calmo e centrado. Sem dúvida não havia percebido como ele fazia a liderança da Horda parecer uma tarefa simples. Os trolls também exigiriam uma visita, sem dúvida, para apresentarem suas várias sugestões para a líder.

Runa Totem tinha terminado seu apelo. Agora todos olhavam para ela, todas aquelas cabeças peludas e chifrudas viradas em sua direção.

Enquanto pensava na resposta, um dos passolongos de Baine, Perith Casco Feroz, chegou. Estava ofegante quando se curvou e sussurrou ao ouvido do chefe. Os olhos de Baine se arregalaram de leve e sua cauda balançou. Ele fez uma pergunta em Taurahe, e o mensageiro assentiu. Agora a atenção de todos estava nele.

Com feições solenes, Baine se levantou para falar.

— Acabo de ser informado que logo teremos um convidado. Ele quer falar com a senhora, Chefe Guerreira, sobre o que aconteceu em Silithus.

Sylvana ficou ligeiramente tensa, mas aparentou calma.

— Quem é esse visitante?

Baine ficou quieto por um momento, depois respondeu:

— Magni Barbabronze. O Porta-Voz de Azeroth. Ele pede que a senhora mande um mago; ele é pesado demais para o ascensor carregá-lo com segurança.

Todo mundo começou a falar imediatamente, exceto Sylvana. Ela e Nathanos trocaram olhares. Sua mente disparou. Magni não podia ter nada a dizer que ela quisesse ouvir. Ele era o defensor do mundo, e nesse momento as fissuras profundas desse mesmo mundo estavam revelando um tesouro espetacular. Ela precisava impedir isso, mas como?

Percebeu que tudo que podia fazer era minimizar o dano.

— Sei que Magni Barbabronze não é mais, de fato, um anão — disse. — Mas já foi. E sei que para você, Grande Chefe, a ideia de receber um ex-líder de uma raça da Aliança deve ser incômoda, se não completamente repulsiva. Vou livrá-lo da decisão de recebê-lo. Sou a Chefe Guerreira da Horda. Qualquer coisa que ele tenha a dizer, pode dizer somente a mim.

As narinas de Baine se dilataram.

— Imagino que a senhora, mais do que ninguém, entenda como uma transformação física pode mudar nossa visão, Chefe Guerreira. A senhora já fez parte da Aliança. Agora comanda a Horda. Magni nem é mais feito de carne.

Não era um insulto, de forma alguma, mas de algum modo doeu. No entanto, Sylvana não podia se contrapor à lógica.

— Muito bem. Se você acha seguro, Grande Chefe.

Os taurens e os trolls continuaram a olhá-la, e a Chefe Guerreira demorou um momento para perceber que estavam esperando que ela oferecesse o uso de seu mago. Sylvana comprimiu os lábios por um momento, depois se virou para Arandis.

— Quer acompanhar Perith até onde o Porta-Voz está nos esperando?

— Claro, Chefe Guerreira — disse ele de pronto.

Nos minutos incômodos antes de todos ouvirem o zumbido do portal, o cérebro de Sylvana estava trabalhando no melhor modo de lidar com a conversa iminente.

Quando Magni apareceu, com as incontáveis facetas de seu corpo de diamante refletindo a luz da fogueira, Baine o recebeu calorosamente.

— Estamos honrados com sua presença, Porta-Voz.

— Sim, estamos — cortou Sylvana imediatamente. — Soube que você pediu para me ver.

Magni assentiu para Baine, aceitando a recepção antes de ajeitar os ombros e virar-se para a Chefe Guerreira. Apontou um dedo de diamante para ela.

— Pedi, e tem muita coisa pra ser dita. Primeiro a gente precisa se livrar dos seus homenzinhos verdes. Eles só estão piorando uma coisa que já tá ruim.

Sylvana esperava isso.

— Eles estão investigando a área — disse, mantendo a voz calma e afável.

— Não estão, não. Eles estão cutucando e cavando, e Azeroth não gosta nada disso. Ela precisa se curar ou vai morrer.

Todos os presentes ouviram com atenção o Porta-Voz explicar que Azeroth estava em agonia, rasgada pela dor que a destruía lentamente. Sua própria essência estava escorrendo para a superfície, uma essência que continha um poder além da imaginação.

Da última parte Sylvana já sabia. A primeira era perturbadora.

— A gente precisa ajudá-la — disse Magni com a voz áspera, e ela não o corrigiu.

— Claro que sim — concordou. Essa revelação poderia desfazer tudo. — Presumo que você vá falar com a Aliança.

— Já falei — respondeu Magni, obviamente esperando tranquilizá--la. — O jovem Anduin e a Liga dos Exploradores, o Círculo Cenariano e a Harmonia Telúrica vão logo mandar equipes para Silithus. — O Magni Barbabronze que havia governado Altaforja nunca revelaria o que esse Porta-Voz de Azeroth tinha acabado de revelar. Era informação valiosa.

— Bom — disse Baine. — Estamos prontos para fazer o mesmo.

Ele não poderia ter falado antes da Chefe Guerreira, mas Sylvana estava começando a ter uma ideia.

— O Grande Chefe Baine fala por todos nós. O que você contou é uma notícia de fato séria, Porta-Voz. Claro, faremos o possível para ajudar. Na verdade, eu gostaria de pedir que os taurens organizassem a resposta da Horda.

Baine piscou duas vezes, mas, fora isso, não deu indicação do quanto estava surpreso.

— Será uma honra — disse, e levou o punho ao coração em saudação.

— Obrigada pelo aviso, Porta-Voz. Todos nós existimos nesse mundo precioso. E como os acontecimentos recentes deixaram claro, não restam muitos lugares para onde fugirmos, se destruirmos este.

— Isso... é tremendamente esclarecido da tua parte — admitiu Magni. — Tá bom, então. Minha tarefa não acabou. Sei que os membros da Horda e da Aliança têm dificuldade pra imaginar que não são as únicas pessoas no mundo. Mas devo avisar que há muitas outras raças. Como tu disse, Chefe Guerreira, *todos* nós existimos nesse mundo precioso. Chame os seus goblins de volta. Ou então vai ser melhor a gente tentar achar um mundo novinho pra chamar de lar.

Sylvana não prometeu que faria isso, mas sorriu.

— Por favor, deixe-nos poupar algum tempo para você, enquanto executa essa tarefa. Para onde Arandis pode mandá-lo agora?

— Desolação, acho — respondeu Magni. — Preciso contar pros centauros. Obrigado, garota.

Sylvana manteve o sorriso agradável no rosto enquanto fumegava diante da palavra condescendente e familiar demais. Todos ficaram em silêncio enquanto Arandis conjurava um portal que levava àquela terra desnuda e feia. Magni passou por ele e desapareceu.

Hamuul deu um suspiro profundo.

— É ainda pior do que eu temia — disse. — Precisamos começar a trabalhar assim que pudermos. Grande Chefe, precisamos que todos que já trabalharam com a Aliança...

— Não.

A voz da Chefe Guerreira interrompeu a conversa com a eficiência de uma lâmina cortando uma cabeça.

— Chefe Guerreira — disse Baine com calma. — Todos ouvimos as palavras do Porta-Voz. Azeroth está muito ferida. Será que já nos esquecemos do que o Cataclismo nos ensinou?

Caudas balançaram. Orelhas foram baixadas e estremeceram. Os trolls baixaram os olhos e balançaram a cabeça. Ah, sim, todos se lembravam bem do Cataclismo.

— Não podemos deixar que uma coisa assim aconteça de novo.

Eu devia ter feito isso muito tempo atrás, pensou Sylvana. Em seguida se levantou num movimento fluido e foi até o líder tauren.

— Tenho palavras para seus ouvidos apenas, Grande Chefe — disse ronronando. — Venha caminhar comigo.

As orelhas de Baine se achataram contra a cabeça por um momento, mas ele assentiu e desceu os degraus que iam da tenda à colina.

Os platôs do Penhasco do Trovão — o Platô dos Espíritos, o Platô dos Anciãos e o Platô dos Caçadores — eram conectados ao platô central por pontes de cordas e pranchas. Sylvana se maravilhou silenciosamente com aquela engenharia. Elas pareciam frágeis e precárias, mas suportavam com facilidade o peso de vários taurens ao mesmo tempo.

Sylvana caminhou sem hesitação até o meio da ponte. Ela oscilava de leve. Dali podia ver a claridade fraca da caverna que abrigava os Poços das Visões. Antes de sair, precisaria fazer uma visita; era a única congregação de Renegados na capital dos tauren. Precisava voltar para seu lar, a Cidade Baixa, também — era hora de se encontrar com o Conselho Desolado. Avaliar pessoalmente a ameaça — ou a ausência de uma.

— Quais são as palavras que a senhora quer compartilhar comigo, Chefe Guerreira? — perguntou Baine.

— Meu povo vive feliz aqui?

O tauren balançou a cabeça, perplexo.

— Acredito que sim. Eles têm tudo que pedem e parecem contentes.

— Os taurens formaram laços com os Renegados quando fomos rejeitados pela Aliança. Sempre serei grata por isso.

Hamuul Runa Totem, que no momento era como um espinho no seu pé, tinha argumentado, com sucesso, que os Renegados eram capazes de se redimir. Com livre-arbítrio, poderiam optar por expiar o que fizeram depois de serem assassinados e escravizados à vontade do Lich Rei. Ele havia convencido o Chefe Guerreiro Thrall, que sabia uma ou duas coisas sobre pessoas serem vistas como "monstros", a admitir os Renegados na Horda.

Sylvana jamais esqueceria isso. Virou-se para Baine, fitando-o.

— E por causa disso fiz vista grossa quando você buscou a amizade com certa pessoa da raça humana.

— Minha interação com Jaina Proudmore é conhecida há muito tempo — disse Baine. — Foi tornada pública no julgamento de Garrosh Grito Infernal. Ela me ajudou quando os Temíveis Totem estavam rebelados contra os tauren. Por que isso a incomoda agora?

— Isso não me incomoda. O que me incomoda é que você continuou a se corresponder com Anduin Wrynn. Você nega isso?

Ele ficou em silêncio, mas sua cauda subitamente balançando o entregou. Os taurens eram péssimos mentirosos. Por fim, ele disse:

— Nunca, nem por palavra ou por implicação, advoguei *nada* que pudesse fazer mal à Horda.

— Acredito nisso. Foi por tal motivo que não interferi até agora. Mas agora o príncipe Anduin é o rei Anduin. Não é mais um sonhador ineficaz, de um idealismo ingênuo. Ele cria políticas. Pode iniciar uma guerra. Se você fosse eu, concordaria que mensagens secretas fossem enviadas a um rei da Aliança?

— O que você pretende fazer? — perguntou Baine com calma notável.

— Nada, desde que a conexão seja rompida. E para mostrar que não tenho ressentimento com o que algumas pessoas poderiam rotular, compreensivelmente, de traição, mantenho a oferta de deixar que você comande a reação para ajudar a curar Azeroth. Aliás... — ela indicou a entrada da caverna abaixo deles — ... vou falar com os Renegados daqui e ver se os Poços das Visões podem ajudar em alguma coisa. Vou deixar minha patrulheira Cyndia aqui. Ela me manterá a par de todas as novidades.

Virou-se de volta para Baine. Ele estava imóvel como se fosse uma estátua de um tauren. Até a cauda tinha parado de balançar.

— Estamos entendidos?

— Perfeitamente, Chefe Guerreira. Isso é tudo?

— Sim. Espero que essa conversa marque o início de um novo nível de cooperação entre os taurens e os Renegados.

Baine foi atrás dela, um enorme corpanzil silencioso, enquanto voltavam à tenda. Ela informou aos que estavam esperando ali sobre sua sugestão de que os Renegados dos Poços de Visão trabalhassem com os taurens na tentativa de curar o mundo. Quando Hamuul falou sobre um novo Forte Cenariano em Silithus, um dos trolls disse:

— E os goblins? Tem bandos deles lá, infestando o lugar feito moscas. Vai tirar eles de lá que nem o Porta-Voz disse?

— Os goblins sabem mais sobre os lugares profundos do mundo do que quaisquer outros membros da Horda — disse Sylvana. — Eu falei com Gallywix, que me garante que eles estão explorando e investigando. — Quando pareceu que vários estavam prontos para questionar a informação, ela os impediu, dizendo: — Ele presta contas diretamente a mim. E quando eu estiver pronta, vou compartilhar com a Horda o que fiquei sabendo.

— Mas não com a Aliança? — perguntou Runa Totem.

Sylvana teve o cuidado de não olhar para Baine enquanto respondia:

— Magni já falou com a Aliança. Tenho certeza de que Anduin não mandará mensageiros a Orgrimmar com suas últimas descobertas. Por que eu deveria fazer isso?

— Porque esse mundo pertence a todos nós — respondeu Runa Totem baixinho.

Sylvana sorriu.

— Talvez, em breve, "todos nós" signifique "Horda". Enquanto isso, coloco os interesses e o bem-estar do meu povo à frente da Aliança que destruiu Taurajo. Sugiro que *vocês* todos façam o mesmo.

— Mas... — começou o arquidruida.

Ela se virou para ele com o rosto frio, contido, mas os olhos tinham um fogo quente e furioso.

— Volte a me questionar e não vou receber isso bem. Vol'jin e seu loa me nomearam Chefe Guerreira da Horda. E *como* Chefe Guerreira da Horda eu decido o que é importante revelar. E quando e como. Entendido?

As orelhas de Hamuul se achataram contra o crânio, mas ele falou com bastante calma:

— Sim, Chefe Guerreira.

Cidade Baixa

Pasqual Fintallas fora um historiador quando ainda respirava. Sabia tudo que havia para saber sobre Lordaeron e lembrava, com grande carinho, do tempo passado com a esposa, Mina, e a filha, Philia, nos aposentos modestos, porém confortáveis, na Capital. Ainda podia se lembrar do cheiro de tinta e do pergaminho enquanto fazia anotações a partir de vários tomos antigos e mofados, do tom de mel dourado da luz que inundava o cômodo. O estalar do fogo, quente e reconfortante, que o acompanhava no trabalho até tarde da noite, à luz de velas. Às vezes, Mina mandava Philia levar o jantar quando ele estava concentrado demais para ir até a mesa. Ele a colocava no colo quando ela era pequena e a convidava a se sentar junto a si quando era mais velha, encorajando-a a examinar a enorme biblioteca enquanto ele se refestelava com a excelente comida de Mina.

Mas ali na Cidade Baixa não havia fogo estalando nem cheiro de pergaminho e tinta, nem comida deliciosa preparada com amor por uma companheira calorosa e sábia. Nenhuma criança para importuná-lo com perguntas que ele adorava responder. Apenas frio, umidade, o cheiro enjoativo de podridão e a claridade verde e fantasmagórica do rio manchado que corria pela necrópole subterrânea.

As lembranças estavam nítidas demais para não serem dolorosas, mas ainda eram tão doces! Os Renegados eram fortemente desencorajados a visitar os locais que tinham amado em vida. Seu lar não era mais Lordaeron, e sim a Cidade Baixa, um lugar que — como os habitantes que não tinham mais necessidade de dormir — não fazia distinção entre dia e noite.

Uma ou duas vezes Pasqual se esgueirara até seus antigos aposentos, roubando livros e levando-os para a Cidade Baixa. Mas foi apanhado certa vez e censurado. Tivera os livros confiscados. *Não há necessidade de lembrar a história humana deste lugar*, disseram. *Agora só importa a história da Cidade Baixa.*

Com o passar dos anos, Pasqual usou aventureiros para conseguir mais livros, todos preciosos para ele. Só que não podia usar aventureiros que quisessem ouro ou fama para trazer de volta o que se fora. Mina estava morta ou se tornara uma monstruosidade balbuciante. E Philia, sua menina linda e inteligente, ainda era humana, talvez ainda estivesse viva. No entanto, ficaria horrorizada com aquilo em que seu pai querido havia se transformado.

Durante um tempo enorme ele achara que era o único a sentir esse desejo. Mas então Vellzinda fundou o Conselho Desolado para cuidar da cidade na ausência da Dama Sombria. O que começara apenas como necessidade se tornou, pelo menos para Pasqual, muito mais. Deu-lhe um sentimento de camaradagem e o conhecimento de que nem todo mundo estava satisfeito em apenas servir sem questionar. Os Renegados podiam não estar vivos, mas tinham necessidades, desejos e emoções que não estavam sendo atendidos.

Vellzinda acreditava que Sylvana faria uma visita em breve e ouviria o que o conselho tinha a dizer.

Pasqual esperava de todo coração que ela estivesse certa, mas tinha dúvidas. Sylvana precisava parar de obrigá-los a viver de novo, se eles assim quisessem, e permitir que abraçassem tanto as vidas anteriores quanto essa morte em vida.

A história ensina que os poderosos costumam odiar abrir mão de qualquer poder até serem obrigados a isso.

E em todos os seus anos de vida e morte, raramente Pasqual tinha visto as lições da história estarem erradas.

13

DARNASSUS

A capital dos elfos noturnos era um dos locais prediletos de Anduin, apesar de raras vezes ter podido ir até lá. Os kaldorei eram um povo lindo, assim como a cidade deles, aninhada no abraço da enorme Árvore do Mundo, Teldrassil.

Anduin estava ao lado da Alta-sacerdotisa Tyrande Murmuréolo e seu amado, o arquidruida Malfurion Tempesfúria, no Templo da Lua. A serenidade envolvia esse lugar enquanto os cuidadores do templo realizavam suas tarefas com graça e objetividade. O som rítmico da água batendo suavemente era tranquilizador, e a estátua de Haidene, segurando no alto a tigela de onde fluía o líquido radiante do poço da lua, dava calma a quem olhava.

Sua mente voltou ao Templo Eterluz. *A Luz nos encontra*, pensou. *Encontra todos nós. Ela escolhe a história, ou o rosto, ou o nome, ou a canção que mais ressoa em cada um de nós. Podemos chamá-la de Elune, An'she ou simplesmente de Luz, mas não importa. Podemos dar as costas a ela se quisermos, mas ela sempre está presente.*

Flagrou Tyrande olhando-o com um leve sorriso curvando os lábios. Ela entendia.

— Lamento não ter visitado com mais frequência sua linda cidade — disse ele em voz alta.

— Por sua natureza, a guerra conspira para manter todos nós longe de lugares que alimentam o espírito — observou Tyrande.

Com um suspiro, Anduin virou as costas para a estátua e olhou os dois líderes.

— Minha carta delineou a natureza da atual batalha que enfrentamos — disse ele. — Uma batalha para curar nosso mundo. Magni já veio falar com vocês?

— Ainda não — respondeu Malfurion. — Esse é um mundo grande, e, apesar de ele ser um Porta-Voz, há muito terreno para percorrer. Já mandamos membros do Círculo Cenariano de volta a Silithus depois... depois da tragédia. Queríamos avaliar os danos.

Estamos de olho nisso, tinha dito Shaw a ele.

— Não pela primeira vez, e tenho certeza de que não pela última, agradeço pelos fortes laços entre nossos povos — disse Anduin. — Do que o Círculo ficou sabendo?

Os dois trocaram um olhar.

— Venha — disse Malfurion. — Vamos cavalgar.

Anduin caminhou com eles pela grama flexível do templo e saíram pela porta em arco. Duas Sentinelas, as ferozes soldados que guardavam a cidade, esperavam-nos com três sabres-da-noite.

— Você sabe montar um desses? — perguntou Tyrande com um sorriso.

— Já montei grifos, hipogrifos e cavalos — respondeu Anduin. — Mas não um sabre-da-noite.

— São semelhantes aos grifos, mas com um passo mais suave. Acho que você vai gostar.

Havia um preto malhado, um com pelagem cinza e macia e um branco com listas pretas que fez o jovem rei se lembrar do grande Tigre Branco Xuen, que ele havia conhecido em Pandária. Sentiu que seria quase desrespeitoso montá-lo. Optou pelo cinza, subindo com facilidade na sela. O grande felino olhou de volta para ele, resmungou e balançou a cabeça antes de se acomodar num trote confortável, como Tyrande havia prometido.

— Acredito que a coisa esteja tão ruim quanto o Porta-Voz sugeriu — disse Malfurion enquanto os três desciam pela rampa atapetada e passavam por cima do mármore branco, afastando-se do templo. Ele mantinha a voz num tom suave. — Todo mundo no Forte Cenariano e em toda a região morreu na hora.

115

— Mandei sacerdotisas quando fiquei sabendo — observou Tyrande, e não falou mais nada. Anduin pensou na visão horrenda que devia ter recebido as Irmãs de Eluna. Não somente o mundo fora ferido por Sargeras. O único consolo havia sido que o titã louco, depois de rasgar uma faixa de destruição e tormento por todo o universo, enfim fora preso.

— Nosso primeiro pensamento foi mandar grupos de druidas e sacerdotisas para criar poços lunares — continuou Malfurion.

Fazia sentido. Os poços lunares continham águas sagradas que podiam curar ferimentos e restaurar energia e vitalidade, e frequentemente eram usados para purificar áreas corrompidas. Ou, nesse caso, curar áreas feridas.

— Vocês tiveram algum sucesso? — perguntou Anduin.

— É cedo demais para dizer. A maioria dos grupos nem teve oportunidade de criar um. Os goblins estão saqueando Azeroth com vontade — disse Malfurion, e sua voz normalmente agradável e profunda era um trovão de raiva ferida. — E há muito para eles aproveitarem. Como Magni disse a você, a essência do mundo chegou à superfície, em grande quantidade. Nós mesmos achamos um veio.

Um veio. Anduin pensou imediatamente na intricada rede de veias e artérias que atravessavam um corpo vivo. Era estranho como, tanto tempo atrás, muito antes de qualquer um entender que Azeroth era um titã nascente adormecido, o termo "veio" fora usado para descrever as fitas de vários minérios que percorriam o mundo.

Malfurion virou seu sabre-da-noite listrado de preto para a direita, seguindo na direção do Terraço dos Guerreiros. Enquanto passavam pelos cidadãos de Darnassus, muitos desses se viravam para olhar o jovem rei de Ventobravo, fazendo reverências e acenando. Anduin sorria e devolvia os acenos, ainda que o assunto que estava discutindo com os líderes de Darnassus fosse sombrio.

— Nós obtivemos algumas amostras para estudar — continuou Malfurion. — É... — Anduin sabia que o arquidruida tinha bem mais de dez mil anos. Mas aquela substância o deixava sem palavras. Por um momento, o elfo noturno lhe pareceu quase subjugado.

Seguindo ao lado e numa sincronização perfeita com o marido, Tyrande estendeu a mão para ele, apertando brevemente seu braço em silêncio.

Anduin olhou Malfurion com uma simpatia profunda.

— Eu segurei o material — disse baixinho. — Sei como me afetou. Não posso imaginar como pode ter comovido seres com uma conexão tão profunda com a natureza e a terra.

— Não posso negar a magnificência da substância. Ou o poder, para o bem ou para o mal. E Tyrande e eu... todos os kaldorei, faremos tudo que pudermos para impedir que ela seja empregada de maneira errada.

O Terraço dos Guerreiros se erguia adiante. No topo, em posição de sentido, uma unidade de cinco Sentinelas os esperava. A líder era uma elfa de cabelo comprido azul-escuro, preso num rabo de cavalo. Sua pele era de um roxo-avermelhado claro, e as marcas tradicionais no rosto pareciam feitas por garras. Como todas as irmãs, era forte, ágil e feroz. Mas, diferentemente de muitas Sentinelas que Anduin tinha conhecido, sua expressão não era dura. Tyrande apeou de seu sabre e cumprimentou a Sentinela de modo caloroso. Anduin e Malfurion também apearam.

Com uma das mãos no ombro da Sentinela, Tyrande se virou para o visitante.

— Rei Anduin Wrynn — disse, e Anduin percebeu que demoraria muito tempo para se acostumar com o título —, gostaria de apresentar a capitã Cordressa Cravoarco.

A capitã se virou para Anduin e inclinou a cabeça.

— É uma honra — disse.

— É um prazer, capitã — cumprimentou Anduin. — Lembro-me de você, do julgamento em Pandária.

Ela sorriu.

— Fico lisonjeada que lembre.

— Mantivemos contato com a Liga dos Exploradores — disse Tyrande. — Em geral, eles cuidam da própria proteção. No entanto, dada a condição de Silithus nesse momento, ofereci a eles a ajuda da unidade de Cordressa. — Seus olhos faiscaram. — Não devemos desconsiderar os goblins, e com eles presentes em número tão grande, a área ficou perigosa.

— Sábia decisão — disse Anduin. — Tenho certeza de que haverá várias expedições. Também vou designar algumas unidades para o serviço de proteção. — Anduin não amava a guerra, mas sabia que outras pessoas prosperavam no combate. Isso lhes permitiria usar o treinamento de modo positivo.

— Os druidas e xamãs podem se cuidar — observou Malfurion. — Mas os membros da Liga dos Exploradores costumam ser só arqueólogos e cientistas, que, nesse momento, estão fazendo um trabalho precioso.

A atenção deles foi atraída por um suave redemoinho branco a poucos metros dali, acompanhado pelo som característico de um portal se abrindo. Um instante depois, um gnomo com sobrancelhas e bigode enormes o atravessou. Um bordado a ouro em seu tabardo violeta representava o olho que tudo vê, símbolo do Kirin Tor.

O que o mais poderoso mago de Azeroth iria querer com Tyrande e Malfurion?, pensou Anduin. Mas quando o gnomo andou direto até ele, o rei percebeu que não eram os líderes de Darnassus que o Kirin Tor tinha vindo ver.

— Saudações, Alta-sacerdotisa, Arquidruida — disse o gnomo, assentindo para os elfos noturnos, muito mais altos do que ele. — Rei Anduin, essa mensagem é para o senhor.

— Obrigado. — *Por favor, Luz, não permita que sejam más notícias. Nosso pobre mundo não aguentaria.*

Quebrou o lacre e leu, sentindo todos os olhares voltados para ele.

Para Anduin Wrynn, rei de Ventobravo, saudações de Kalecgos do Kirin Tor.

Majestade, espero que esta o encontre em boa saúde. Soube que o senhor embarcou numa viagem para agradecer aos membros da Aliança pelo papel na vitória em uma guerra terrível. É exatamente o tipo de coisa que eu esperaria da sua parte, meu amigo, e espero que tudo esteja correndo bem.

Nossa Amiga Em Comum me fez uma visita inesperada agora mesmo. Acredito que não voltarei a vê-la tão cedo. Mas tenho fé de que ela retornará e que sua mente estará mais calma e mais clara depois de um retiro deste mundo. É difícil curar-se quando a ferida é reaberta constantemente.

Não sei onde ela estará, mas senti que o senhor gostaria de saber. — K

— Tudo bem, majestade? — perguntou Malfurion baixinho.

No geral a notícia era boa. Mesmo assim Anduin lamentou de novo que Jaina ainda parecesse perdida. Esperava, como Kalec, que ela encontrasse as respostas e a paz que procurava.

— Sim — respondeu. — É uma atualização sobre um assunto pessoal. Nada de ruim.

— Quer que eu leve uma resposta? — perguntou o gnomo mensageiro.

— Pode dizer a Kalecgos que recebi a mensagem e que compartilho as esperanças dele. Obrigado.

O gnomo assentiu.

— Bom dia, então! — Suas mãos pequenas fizeram movimentos que Anduin não conseguiu acompanhar direito, e o ar diante do mensageiro tremeluziu. Anduin captou um vislumbre da linda cidade flutuante de Dalaran só por um momento, depois o gnomo atravessou o portal, que sumiu atrás dele.

Anduin se virou para Malfurion e Tyrande.

— A carta falava de Jaina — disse. — Segundo Kalecgos, ela está em segurança.

— Isso é bom — observou Tyrande —, mas me faz pensar em por que ela não quis lutar ao nosso lado contra a Legião, depois da Costa Partida. Ela vai voltar?

Anduin balançou a cabeça.

— Pelo menos não de imediato. Espero que volte, algum dia.

— E que esse dia seja logo — disse Malfurion. — O mundo precisa de todos os campeões de que puder dispor.

— De fato — concordou Anduin lentamente, pensando. Seu plano tinha sido se encontrar com Velen no *Exodar*. Tinha passado muito tempo lá, alguns anos antes. Para ele era a coisa mais próxima de um segundo lar. Ansiava por caminhar novamente pelos salões cristalinos e falar com os draeneis calorosos e amigáveis.

Mas Velen já havia esclarecido aos draeneis sobre o que Magni tinha revelado em Altaforja. Até o menor deles provavelmente já estaria trabalhando com intensidade. O *Exodar* e Velen não precisavam dele no momento. Sua tarefa era espalhar as notícias aos outros e instigá-los para a ação. E essa era uma tarefa que ele não poderia realizar sozinho.

Tomou uma decisão. Não viajaria para o *Exodar*. Voltaria brevemente a Ventobravo, depois viajaria ao terceiro local que, em seu coração, podia chamar de lar: o Templo Eterluz.

14

VENTOBRAVO

Era muito tarde quando Anduin voltou de Teldrassil. Usou sua pedra de regresso para não perturbar ninguém. Wyll estava dormindo havia várias horas e, por enquanto, Anduin não desejava discutir com Genn Greymane. Mas havia alguém com quem ele queria muito falar, e queria dar a ela a chance de informar as notícias antes de partir para o Templo Eterluz.

Tinha se materializado na sala de recepção onde ele e seu pai haviam compartilhado muitas refeições, conversas e discussões. Um leve sorriso tocou seus lábios junto com a dor da perda; então ele se virou e foi para os aposentos particulares, acendeu uma vela e a colocou na janela. Em seguida cuidou de outra tarefa: encher o estômago que roncava. Depois de descer até a cozinha, silenciosa a essa hora, encheu um prato com pão e maçãs frescas e douradas de Dalaran. Quando voltou aos seus aposentos, fechou a porta e disse:

— Vou me sentir idiota se estiver falando sozinho.

— Não está. — Valira estava ali. Anduin começou a sorrir, em seguida viu a expressão no rosto dela. Perdeu o apetite na hora.

— Há alguma coisa errada — disse. Quando ela não negou, ele sentiu um aperto no coração. — Conte.

Valira fechou os olhos e lhe entregou uma carta, em silêncio. Por um momento Anduin não quis ler. Queria ficar nesse lugar de ignorância inocente. Mas isso não era possível a um rei, principalmente a um rei que quisesse ser um bom líder para o próprio povo.

Anduin engoliu em seco.

— Ele está em segurança?

— Por enquanto. — Valira balançou a cabeça na direção da carta.

Pelo menos o pior não aconteceu, pensou Anduin. Mas suspeitou de que sabia o que estava escrito.

Com o coração pesado, desdobrou a carta, escrita no código combinado. Traduziu enquanto lia.

Durante anos prezei nossa amizade.
    Ainda prezo. Mas com grande relutância e
    em nome dos que contam com minha proteção,
    sei que chegou a hora em que preciso interrompê-la.

O estômago de Anduin se apertou. *Ela sabe*. E continuou a ler.

Não farei meu povo nem você, amigo,
    correrem mais riscos.
    Ainda acredito que chegará o dia em que
    possamos falar abertamente, com o apoio de todo o nosso povo.
    Mas esse dia ainda não chegou.
    Que a Mãe Terra vigie você.

De certa forma, Anduin havia esperado isso desde que Sylvana tinha se tornado líder da Horda. Mas mesmo assim aquilo lhe atingiu como um golpe físico. Desde o dia em que tinha se materializado por acidente no meio de uma reunião entre Baine Casco Sangrento e Jaina Proudmore, gostava do líder tauren. Como Baine, Anduin achava que os dois eram amigos. Mas de repente foi tomado pela dúvida.

Baine havia expressado seus pêsames pela morte de Varian, lembrando a Anduin que ele também tinha perdido o pai. Os primeiros relatos de Genn Greymane e outros eram de que Sylvana os havia traído, abandonando Varian e presumivelmente todos os outros membros da Aliança para a morte quando voltou sem aviso da Costa

Partida. Baine, que estivera lá, tinha contado outra versão a Anduin. Segundo ele, outra onda de demônios havia aparecido e Sylvana disse que Vol'jin, agonizante, ordenara que ela desse o toque de retirada.

Será que Baine havia mentido para ele?

Não deixarei que Sylvana manche minha fé em Baine, pensou, decidido. Com um suspiro profundo, levantou-se e jogou a carta no fogo, olhando as chamas saltarem brilhantes reduzindo o pergaminho a uma bola preta se retorcendo e em seguida a cinzas.

— Perith aceitou minha carta? — perguntou, obrigando a voz a ficar calma e baixa.

— Não — respondeu Valira. Outro soco no estômago. — Ele achou que isso colocaria o chefe dele em perigo. Há olhos observando-o.

— Perith é muito sábio — disse Anduin.

— Mas ele disse que contaria a Baine o que a carta dizia.

— Eu esperava muito que Baine apoiasse o meu plano.

— Ainda pode apoiar.

— Ou pode não fazer nada que cheire a deslealdade. Não posso culpá-lo. Eu faria o mesmo. Um líder que coloca seu povo em risco não é líder. — Anduin manteve o olhar nas chamas.

Valira parou ao seu lado.

— Há mais uma coisa. Baine quis que você ficasse com isso.

Ela estendeu a mão. Um pequeno pedaço de algo parecido com osso, não maior do que uma unha de Anduin, estava na palma de sua mão enluvada. Anduin demorou alguns segundos até compreender para o que estava olhando, e quando isso aconteceu, sua respiração ficou presa.

Era um pedaço do chifre de Baine, cortado como uma oferenda de respeito e amizade.

A mão de Anduin se fechou devagar em volta do objeto.

— Sinto muito, Anduin. Sei como isso é um desapontamento.

E sentia mesmo. Anduin olhou para ela com um sorriso triste, lembrando-se dos dias, não muito remotos, em que Valira era muito mais alta do que ele.

— Eu sei — disse. — E agradeço. Por tudo. Parece que cada dia que passa reduz o número de pessoas com quem eu posso contar.

— Espero que você sempre me inclua nesse grupo.

— Nunca duvide disso.

Os olhos dela o observaram por um momento.

— Você é uma pessoa gentil, Anduin. Está na sua natureza pensar o melhor sobre as pessoas. Mas, além disso, você é rei — disse Valira baixinho. — Não pode se dar ao luxo de confiar de modo insensato.

— É. Não posso.

Os dois ficaram muito tempo em silêncio junto ao fogo.

SILITHUS

As duas luas estavam no céu esta noite. Safroneta Flaivvers, olhando para elas depois de um longo dia viajando e montando acampamento, disse à companheira:

— Sabe, elas são mesmo muito lindas.

A Sentinela elfa noturna, Cordressa Cravoarco, disse:

— Você sabe como é o nome delas?

Um calor surgiu no rosto redondo da gnoma.

— Ah... uma é a... não-sei-o-quê Azul. — Diante do risinho baixo da elfa noturna, Safi ruborizou mais ainda. Seu ex-marido sempre tinha dito como ela ficava bonita quando ruborizava, coisa que Safi detestava e que a fazia ficar vermelha — *e não ruborizada!* — de raiva sempre que ele dizia isso. O que, claro, o deixava mais feliz ainda.

— Desculpe — disse. — Passei quase a vida inteira no subterrâneo ou num laboratório, veja bem. Infelizmente não saio muito.

— Você é bem versada em muitas coisas que nunca pude entender, Safroneta — observou Cordressa com gentileza. — Ninguém pode saber tudo.

— Tente dizer isso ao meu ex-marido.

De novo o riso baixinho.

— As luas se chamam Criança Azul e Dama Branca, a mãe da Criança. A Dama Branca tem nomes diferentes. Meu povo a chama de Eluna. Os tauren a chamam de Mu'sha. Uma vez a cada 430 anos acontece uma coisa maravilhosa. As luas se alinham, e, durante alguns instantes preciosos, gloriosos, parece que a Dama está segurando sua Criança. Nosso mundo é banhado com uma luz branco-azulada, e o próprio tempo parece parar se você olhar para aquilo de coração aberto.

Fitando os lindos globos, Safi soltou um suspiro de espanto.

— Quando isso aconteceu pela última vez? — perguntou, imaginando se tinha recebido essa informação interessante a tempo de testemunhar o acontecimento.

— Há cinco anos.

O rosto de Safi mostrou frustração.

— Ah. Acho que provavelmente não estarei aqui para ver.

A elfa de vida longa, que provavelmente *estaria* ali para ver, não respondeu.

— Mas agora você pode ver as duas no céu lindo e límpido do deserto.

Devia ser a primeira vez que Safi escutava a palavra "lindo" sendo usada para descrever qualquer coisa relativa a Silithus. Mesmo antes de ter uma espada gigantesca se projetando do chão, segundo todos os relatos aquele era um lugar medonho. Seu olhar foi até a espada. Era difícil não ver. Não somente era imensurável, mas estava cercada por uma aura arrepiante de luz vermelha, de modo que era uma coisa horrenda a qualquer hora do dia ou da noite. A monstruosidade negra fora mergulhada até a metade no solo pobre. Fissuras soltando fumaças tinham surgido de onde brotava a misteriosa azerita em suas duas formas: líquida e em pedaços endurecidos, de um dourado azulado. Safi estava um bocado frustrada porque Mekkatorque e Brann Barbabronze a haviam mandado na expedição antes de ela ter chance de tocar naquela coisa. As anotações deles eram úteis, mas ela mal podia esperar para ver — e sentir — a substância propriamente dita.

E o deserto que cercava a espada era quente, cheio de insetos de todas as formas e tamanhos, cultistas, coisas misteriosas espreitando em ruínas... isso era *lindo*?

Bom, certo, Safi podia concordar que o céu era lindo. Olhou para cima, vendo a companheira, cujo rosto estava levantado e banhado de luz enquanto sorria ligeiramente. Outros membros da Liga dos Exploradores também tinham parado para olhar as duas luas. De novo, Safi também olhou para elas. Como podiam ser tão plácidas, a Criança Azul e a Dama Branca? Simplesmente... navegando pelo céu noturno, abençoadamente sem perceber que, abaixo delas, *uma espada gigantesca estava cravada no mundo!*

Foi então que Safi percebeu que tinha falado alto. Apertou a boca com uma das mãos. Esperando risos ou uma censura pela explosão, surpreendeu-se quando Cordressa pôs a mão em seu ombro com gentileza, precisando se curvar para isso.

— Você só disse o que todos nós pensamos. A paz delas é invejável. Mas sabemos que não é assim. De certa forma invejo os druidas do Círculo Cenariano e o xamã da Harmonia Telúrica. Eles estão procurando meios de ajudar Azeroth diretamente. Deve ser gratificante.

Agora foi a vez de Safi tranquilizar a elfa noturna.

— A Liga dos Exploradores tem um papel aqui também. Na última vez em que as coisas correram mal neste lugar foi porque uma coisa muito antiga foi provocada.

Ela apontou um dedo na direção da espada.

— Magni disse que Azeroth estava sofrendo. Mas também não sabemos a que profundidade aquela coisa vai; o que Sargeras pode ter perturbado ou acordado também está colaborando para o sofrimento dela. E desta vez estamos entrando direto numa área que sabemos que é perigosa. A Alta-sacerdotisa Tyrande e você estão ajudando Azeroth ao nos proteger.

"Nos" proteger. Era a primeira expedição de Safi, embora ela tivesse sido membro consultora no Salão dos Exploradores por um tempo. A coisa toda era tremendamente empolgante, ainda que fosse atrapalhada pela proximidade de tantos goblins.

Cordressa sorriu para ela.

— Não trabalhei muito com o seu povo — disse. — Mas se você é uma representante típica dos gnomos, fica bem claro que preciso consertar isso.

Safi ruborizou de novo.

— Todos nós só fazemos o possível.

Ela fora chamada porque era uma geóloga reconhecida, especializada em mineralogia. Os arqueólogos da equipe estariam procurando

Deuses Antigos, tecnologia antiga do juízo final — as coisas de sempre. Safi fora trazida especialmente para estudar a azerita.

Desde que conseguissem botar as mãos nela. Os goblins — ah, como ela odiava os goblins! — estavam agachados em cima dos veios visíveis daquela coisa e realizando trabalhos de mineração horrendos. Nos últimos dois dias, os membros da liga tinham mantido distância, observando com os telescópios e vários instrumentos dados por Mekkatorque.

Por mais que esse método fosse frustrante e precário, Safi já havia aprendido muito com a observação. Para começo de conversa, a azerita era líquida quando sangrava da terra, apenas se solidificando quando exposta ao ar. Fascinante!

A outra coisa era que o chão perto da espada estava quente o tempo todo, não apenas durante o dia. Os desertos tinham temperaturas que flutuavam loucamente, desde escaldantes no dia até, se não exatamente geladas à noite, pelo menos um bocado mais frias. Não em Silithus, não agora.

Safi estava se coçando para pôr as mãos naquela substância. Tinha sido colocada na equipe depois que o rei de Ventobravo visitara Altaforja, deixando com eles apenas um pedacinho para estudar. A tarefa seguinte seria mandar batedores para obter mais amostras de azerita, de preferência tiradas de vários lugares. Então Safi poderia fazer o que adorava: analisar, estudar e entender.

Doía — fisicamente *doía* — pensar em todos aqueles goblins mexendo com a substância preciosa. O único valor para eles era como poderiam "transmutar" líquido dourado em moedas douradas. Goblins. Como alguém suportava fazer negócios com eles? Coisas imundas. Para eles a grande questão era só o espetáculo e o estardalhaço, não a ciência.

— Seus pensamentos não são felizes, Safroneta — disse Cordressa. Safi percebeu que, apesar de continuar com o rosto virado para a lua, estava com uma carranca. — Venha. Vamos comer alguma coisa. Depois algumas das minhas Sentinelas vão montar guarda enquanto você dorme.

— Algumas?

A elfa noturna sorriu, os olhos reluzindo na escuridão, brilhantes como as luas.

— Algumas. E algumas outras vão começar a primeira missão de reconhecimento.

Fazia sentido. Os kaldorei eram chamados de elfos noturnos por outro motivo, além dos tons crepusculares da pele e dos cabelos. Eles estavam acostumados a caçar durante a noite.

Safi sentiu-se empolgada.

— Talvez vocês voltem com algumas amostras que eu possa estudar!

— Talvez, mas acho que as amostras virão mais tarde. Você deve cultivar a paciência. Provavelmente retornaremos esta noite com informações sobre os números e as localizações dos inimigos. Talvez com ideias sobre os planos deles, também. — Com um sorriso maroto, ela bateu numa orelha comprida e púrpura. — Nós não somente enxergamos bem, mas também escutamos bem.

Safi riu.

O jantar, como sempre acontecia quando havia anões envolvidos, foi farto. Comida revigorante ajudada a descer com muita cerveja. Safi não queria pensar muito no que significava "cozido ao molho de cerveja" aqui fora. Tinha ouvido uma Sentinela falar com prazer sobre as patas de aranha gosmenta que comia na infância, e isso havia bastado.

Depois da refeição, duas Sentinelas, Cordressa sendo uma delas, saíram em silêncio para a noite quente. O líder da expedição, Gavvin Braçoforte, reuniu os cinco membros da liga e falou com eles.

— Somos um grupo muito unido — disse — e não estamos muito acostumados a trabalhar com elfos noturnos.

Ainda que a Liga dos Exploradores fosse aberta a todas as raças da Aliança, ela parecia atrair principalmente os humanos e anões, com um ou outro gnomo ou worgen de vez em quando. Os elfos noturnos eram uma visão rara, já que eram contrários a incomodar a terra com o objetivo de remover artefatos escondidos.

— Estou orgulhoso de como todos vocês interagiram com eles. Nós todos estamos juntos nesse pobre mundo e estamos todos trabalhando juntos. Sem querer ofender os outros guardas que a gente já teve, mas acho que essa noite a gente vai dormir melhor do que o normal.

— Ah, Gavvin, tu vai dormir melhor porque tu bebeu uns seis litros de cerva!

Risos encheram o ar noturno, com Gavvin Braçoforte, que certamente havia saciado a sede, rindo mais alto do que todos.

— Então todo mundo pros sacos de dormir! — disse.

Apesar das palavras tranquilizadoras, Safi teve dificuldade para dormir. Ficou se revirando, primeiro dentro do saco de dormir e depois em cima dele — fazia um calor terrível — e depois de novo dentro, porque percebeu que ficar fora do saco significava *insetos*. E *areia*.

Estremeceu, suando, ouvindo os altos ruídos noturnos dos quatro anões roncando em altura suficiente para acordar os mortos. Era bom haver Sentinelas montando guarda, pensou. Os chiados e roncos de Braçoforte poderiam atrair bandos de goblins só para fazê-lo se calar.

Safi devia estar mais cansada do que imaginava. Em algum lugar, no meio dos roncos, insetos, do calor e da areia, caiu no sono.

Acordou com o som horrendo de goblins gritando, o espocar de fuzis e o choque de aço contra aço. Levantando-se num salto, lutando para escapar do tecido que a confinava, pegou a pistola que mantinha embaixo do travesseiro e ficou de pé. Seu coração martelava loucamente no peito enquanto ela olhava frenética ao redor, quase incapaz de entender o que acontecia.

A luz da lua, que antes era tão agradável e calma, agora parecia fria e indiferente ao iluminar o corpo de duas Sentinelas mortas. O sangue delas parecia preto à luz azul-clara, e o brilho de seus olhos havia sumido, deixando-os como escuros poços de sombra. Havia outro corpo, também — um corpo que Safi não queria olhar, por medo de que o pânico que brotava do fundo do seu cérebro saltasse para a frente e sobrepujasse sua capacidade de pensar. *Pense, Safi, pense...*

Seu ex-marido insistira que ela carregasse uma arma. Ela disse a ele que preferiria um laboratório a um arsenal, mas nesse momento desejou ter treinado com a maldita coisa. Por que não tinha trazido sua Impacto de Raios 3000? Safi tinha feito a arma funcionar...

Apertou a pistola com as mãos pequenas e trêmulas, virando-a na direção do barulho de cada novo horror que se desdobrava. Anões barulhentos e ferozes xingando trouxeram um jorro de lágrimas de alegria aos seus olhos. Gavvin Braçoforte, pelo menos, ainda estava vivo — e dando socos, mordendo, como era possível perceber pelo som de goblin guinchando.

A boca da gnoma se apertou numa linha dura. Ela forçou as mãos a parar de tremer e se concentrou não nos sons medonhos e repulsivos que seus amigos faziam enquanto lutavam e...

... morriam, Safi, eles estão morrendo...

... e apontou a pistola para a forma atarracada, com orelhas grandes, que bloqueava as estrelas do horizonte.

Apertou o gatilho. Houve um gratificante grito de dor. O estrondo a havia jogado para trás, e ela se levantou sem jeito, mas descobriu, para seu horror, que o goblin não tinha sido despachado, só enfurecido.

— Ora, sua coisinha...

Safi disparou outra vez, mas dessa vez o tiro passou longe enquanto a forma escura estendia a mão e agarrava seu braço. O goblin o apertou com força. E com um som ofegante, de medo e fúria, a mineralogista foi obrigada a largar a arma.

— Ei! Kezzig, é uma dona gnoma!

— É — disse o que havia agarrado Safi, fechando o punho e recuando o braço. — Vou dar um soco... ah. — O punho parou no ar. — Talvez ela não seja a certa.

— Ela combina perfeitamente com a descrição. Você conhece as regras.

— É, é, regras idiotas — murmurou o goblin chamado Kezzig. Ele baixou o punho. Safi aproveitou a oportunidade para se retorcer, ao mesmo tempo que tentava se virar e morder o braço musculoso.

Kezzig berrou de dor, mas não a soltou.

— Certo, sua coisinha feroz. Chega!

A última coisa que Safroneta Flaivvers viu foi um punho enorme e escuro em silhueta contra o céu noturno calmo demais e desapaixonado demais.

15

TEMPLO ETERLUZ

O sentimento de paz que dominou Anduin quando ele entrou no Templo Eterluz era um bálsamo para um espírito ainda ferido pela notícia sobre Baine dada por Valira. Era como se alguém o tivesse envolvido num cobertor grosso e quente enquanto ele estava deitado com frio e tremendo. Sorriu, maravilhando-se outra vez com a capacidade que a Luz tinha para reconfortar.

O arcebispo Faol levantou o olhar de um velho volume que estivera lendo enquanto Anduin se aproximava. O brilho em seus olhos mortos aumentou com prazer, os lábios se curvando num sorriso.

— Anduin! — exclamou com aquela voz curiosamente calorosa, obviamente se lembrando de que o rei de Ventobravo tinha pedido para ele não usar o título formal. — Não esperava vê-lo tão cedo. Sente-se, sente-se! — E indicou uma cadeira ao lado.

Anduin devolveu o sorriso do Renegado, aceitando a oferta para se sentar. Enquanto fazia isso, balançou a cabeça mentalmente. Estava sentado à vontade junto de um Renegado. Era algo que jamais julgara possível.

Se todo mundo pudesse experimentar a paz do Templo Eterluz, pensou. *Talvez parássemos de matar uns aos outros.*

Faol deu um risinho, aquele som áspero, como dois pedaços de pergaminho sendo esfregados juntos.

— Conte tudo sobre a visita a Teldrassil.

Um sacerdote elfo sangrento se aproximou com uma garrafa de néctar de fruta e um copo. Anduin agradeceu. Servindo-se, disse:

— Sempre podemos contar com os elfos noturnos para cuidar do mundo. Quando visitei Darnassus eles já haviam despachado vários grupos de sacerdotes e druidas para criar poços lunares.

— Ah, poços lunares. Se os kaldorei tiverem sucesso, isso pode ajudar Azeroth tremendamente. Também estão mandando Sentinelas para acompanhar organizações menos militaristas como a Liga dos Exploradores.

— Tudo isso parece bastante positivo.

— E é. Mas acho que podemos fazer mais. Vou imitar os elfos noturnos e mandar alguns dos melhores representantes de Ventobravo. O que está acontecendo com o mundo... não podemos nos dar ao luxo de perder os que podem encontrar uma solução. Pensei em voltar e ver como os seus sacerdotes estão se saindo para espalhar a notícia.

— Claro! — disse Faol. — Tenho o orgulho de dizer que todos aceitamos o desafio. — Ele levantou os olhos e chamou: — Calia, minha cara, não quer se juntar a nós?

Enquanto Calia se aproximava, Faol continuou:

— Ela está muito interessada em ajudar. Eu a nomeei nosso elemento de ligação com as raças da Aliança, ao passo que eu próprio venho me familiarizando com todo tipo de novas partes de Azeroth visitando membros da Horda. Tem sido muito esclarecedor!

Agora Calia estava ao lado de Anduin, olhando de um para o outro.

— É bom ver você de novo, Anduin — disse ela.

— Nosso jovem amigo acaba de voltar de Teldrassil — observou Faol. — Disse que os elfos noturnos já estão trabalhando com intensidade, e eu o informei que também não estamos fugindo da nossa obrigação.

— Fico feliz em saber — disse Anduin. — Na verdade vim aqui esperando falar com vocês dois sobre outro assunto também, se tivermos tempo.

— Rá! — exclamou Faol, deliciado, enquanto Calia se sentava graciosamente ao lado de Anduin; — Saa'ra vai sentir um tremendo ciúme; em geral todo mundo vem para ver. Quanto ao tempo, é tudo que temos neste lugar. Foi bom para o Conclave não ficar enclausurado aqui e sair pelo mundo de novo. Bom. Você visitou Altaforja e Teldrassil, e parece que os dois já deram os primeiros passos.

Nos minutos seguintes, Calia e Faol puseram Anduin a par das viagens que tinham feito e para onde mandaram outros viajar.

— Tentamos levar em conta com quem estamos falando — disse Calia. — Por exemplo, se estivermos viajando às Ilhas do Eco, mandamos um dos nossos trolls. Para Tranquillien, um elfo sangrento.

— Alguns já ouviram a respeito — continuou Calia —, mas lamento informar que alguns ainda estão mais interessados em minerar azerita do que em ajudar Azeroth.

Anduin assentiu.

— Isso não é inesperado, mas é uma tremenda infelicidade. — Ele suspirou. — Parece que fizemos o que podíamos. Só precisamos proteger a azerita o máximo possível e tentar garantir que a Horda não obtenha uma quantidade muito grande.

Ao mesmo tempo que dizia essas palavras, Anduin percebeu que a ideia não era viável. Por algum motivo os goblins tinham deduzido as coisas antes. Tinham baixado em Silithus em massa e estabelecido minas e modos de processar a substância antes que Shaw ao menos informasse a Anduin. A batalha já poderia estar perdida, um pensamento que lhe causava dor.

Mas poderia haver um modo de lutar contra a Horda sem lutar. Anduin alimentara a esperança de que Baine o ajudasse silenciosamente do outro lado, mas isso não aconteceria. Para essa ideia dar certo, Anduin é que precisaria agir.

Cruzou as mãos e olhou para Calia e depois para Faol.

— Eu gostaria de falar sobre os Renegados — disse. — E peço desculpas de antemão se parecer ignorante ou ofensivo.

Faol desconsiderou essas palavras.

— Não precisa se desculpar. Nós aprendemos fazendo perguntas, e por acaso eu tenho algumas respostas.

Apesar do que o bispo disse, Anduin estava convencido de que soaria grosseiro. Estava começando a achar que a discrição era algo valioso e que seria melhor se desculpar agora.

— Eu tinha visto Renegados — disse. — E sabia que eles... vocês... não eram partes insensatas e furiosas do Flagelo. Também nunca achei que eles fossem inerentemente maus.

— Mas achava que nós éramos capazes de fazer maldades — observou Faol. — Não se preocupe com isso. Você foi apenas observador. Serei o primeiro a admitir que os Renegados fizeram coisas terríveis. Mas os humanos também fizeram. Até os taurens têm um ou dois esqueletos no armário. De modo figurado, claro.

Anduin riu, feliz porque Faol o havia entendido, e continuou:

— Descobri que era mais difícil simpatizar com eles do que com as outras raças da Horda, ainda que muitos tivessem sido humanos. Talvez justamente *porque* tinham sido humanos. A Aliança deu as costas para eles. Para pessoas conhecidas em vida. Talvez até amadas.

— O medo é uma emoção poderosa — disse Calia baixinho.

Algo no tom da voz, na linguagem corporal, fez Anduin pensar que a espantosa jornada de sobrevivência dela devia ter sido angustiante, talvez acima da capacidade de compreensão dele. Calia estava sentada com as mãos no colo, apertadas com força, e Anduin viu que tremiam.

— Calia — disse ele antes que pudesse se impedir —, como você conseguiu sobreviver?

Calia levantou os olhos azuis como o mar. Novamente, Anduin se lembrou de que ela era irmã de Arthas, parente sua, apesar de ele não a ter conhecido antes. O sorriso dela era triste.

— Pelo destino e pela misericórdia da Luz. Um dia eu lhe conto. Mas ainda é... recente demais. Não apenas minha jornada, mas... veja bem, eu perdi pessoas queridas.

Anduin assentiu.

— Claro. Seu pai... e seu irmão. — Era uma história dolorosa e feia. Arthas, corrompido pela espada Gélido Lamento e arrancado passo a passo do caminho da Luz pelos sussurros do Lich Rei, não se limitara a transformar os cidadãos de Lordaeron em monstros. Tinha usado uma cerimônia pública de boas-vindas como chance para assassinar o próprio pai enquanto Terenas se sentava no trono. De repente Anduin percebeu, nauseado, que era possível — não, era provável, quase certo — que Calia Menethil tivesse presenciado esse assassinato. De novo se maravilhou por ela ter conseguido escapar.

— Não somente eles — disse Calia. — Outros que eu também amei. — Os olhos do rei se arregalaram. Será que ela tinha uma família própria?

— Entendo. Lamento se lhe causei algum incômodo. — Ele mordeu o lábio, imaginando se deveria continuar. Ela pareceu sentir seu dilema e se empertigou um pouco, dando um sorriso triste.

— Vá em frente. Pergunte o que quiser. Não prometo que vou responder, mas respondo se puder.

— Você deve ter tido uma experiência terrível com os mortos-vivos — disse ele baixinho. — Como consegue ser tão próxima do arcebispo?

Calia relaxou e sorriu para o velho amigo.

— Ele ajudou a me salvar. Eu me lembrava dele, veja bem. E no meio de todo aquele horror, quando estava constantemente fugindo de tantas pessoas que eu amava e cujas mentes e vontades tinham sido roubadas... ver alguém que continuava sendo o que havia sido...

Ela balançou a cabeça, até agora parecendo pasma com aquele momento.

— Foi como se a própria esperança fosse uma espada cravada em mim. Só que, em vez de ferir, ela me ofereceu a chance de atravessar o choque e a dor indo até um local de cura. Veja bem, para mim, os Renegados não eram monstros. Eram amigos. O Flagelo, as coisas trôpegas, cambaleantes que usavam os rostos dos meus amigos, é que tinham se tornado monstros.

Faol parecia genuinamente comovido com as palavras de Calia, e Anduin se perguntou se ele já as teria ouvido. O arcebispo segurou a mão dela, dando tapinhas na carne humana saudável com os dedos ressequidos, quase mumificados.

— Minha criança querida — disse ele. Sua voz estava embargada, como se tivesse lágrimas presas. Será que os Renegados choravam? Anduin percebeu que não fazia ideia. Havia muitas coisas que não sabia sobre eles. — Minha criança querida. A alegria de encontrá-la viva foi minha.

Anduin ficou feliz por ter vindo. Sem dúvida fora uma decisão correta.

— Há algo que eu gostaria de fazer — disse. — E gostaria que vocês dois me ajudassem.

— Claro, se pudermos — respondeu Faol.

— Uma guerra terrível acabou. Uma guerra que feriu a Horda e a Aliança. Dezenas de milhares de vidas se perderam, inclusive a de Vol'jin e a do meu pai. Agora soubemos que nosso próprio mundo pode ser outra baixa, com uma substância preciosa que não posso permitir, em sã consciência, que caia em mãos hostis. Os goblins com certeza sabem sobre ela, e Sylvana já deve estar tramando um modo de usá-la contra nós. Mas isso ainda não aconteceu. Temos uma oportunidade de nos unirmos, de nos unirmos *de verdade*, e trabalharmos em grande escala, como a Harmonia Telúrica e o Círculo Cenariano. Como este templo.

Os dois estavam escutando. Não zombaram da paixão dele pela paz, como Greymane tinha feito, nem o olharam com compaixão cética, como Valira. Encorajado, Anduin continuou:

— Sylvana ou outras facções já assassinaram pessoas inocentes que não fizeram nada além de tentar aprender sobre o ferimento do mundo. Tenho uma ideia de como fazer isso parar. Mas não posso implementá-la diretamente. Pelo menos por enquanto.

Fez uma pausa. O que estava prestes a dizer deveria ter ficado mais fácil com o tempo, mas não era o caso.

— Muitos acreditam que Sylvana traiu deliberadamente meu pai e a Aliança na Costa Partida. Ninguém do nosso lado vai defender uma oferta de paz sem obter algo em troca.

Faol o encarou, inquisitivo.

— *Você* acredita que ela traiu o rei Varian? — perguntou com calma.

Anduin pensou no relato de Baine sobre o incidente.

— Não sei em que acreditar — disse por fim. — Mas sei o que meus conselheiros e a maior parte da Aliança pensam sobre ela. Ela é inimiga. Mas não deixa de se importar com uma coisa, no mínimo.

Calia pareceu meio confusa, mas os olhos de Faol estavam brilhando de compreensão.

— Acho que sei aonde você quer chegar, meu rapaz.

— Sylvana se importa com os Renegados, pessoas que ela considera seus filhos. E a Aliança se importa com *seus* entes queridos que tombaram.

Os olhos brilhantes de Faol se arregalaram, mas foi Calia quem falou primeiro:

— Você está dizendo que a Aliança foi devastada depois de Lordaeron porque tantos dos entes queridos de seus membros foram mortos ou transformados no Flagelo. Foi uma perda pessoal. — Ela fez uma pausa. — Como a minha.

Anduin assentiu.

— Isso — disse, baixinho. — E eles passaram a acreditar que os Renegados são monstros mortos-vivos. Para a maioria do meu povo, são como o Flagelo. Mas *você* sabe que não é assim. Você encontrou esperança e ajuda em um Renegado que tinha sido amigo em vida e ainda era amigo na morte.

Mas Faol estava balançando a cabeça.

— Você e Calia são indivíduos notáveis, Anduin — disse ele. — Não sei se um humano comum conseguiria dar os saltos que vocês dois deram.

— Isso é porque não tiveram chance — insistiu Anduin. — Calia foi salva por alguém que ela conhecia e em quem confiava, alguém que não a decepcionou. No julgamento de Garrosh Grito Infernal, a Visão do Tempo me mostrou outro Renegado corajoso: Frandis Farley. Há um Fredrik Farley que é estalajadeiro em Vila d'Ouro. Eles podem ser parentes. Imagino se Fredrik gostaria de saber que Frandis morreu resistindo a um líder cruel e injusto. Gosto de pensar que sim.

Ele se inclinou adiante, falando com sinceridade:

— Deve haver muitas histórias, Faol. *Muitas*. Lordaeron e Ventobravo eram mais do que aliados políticos; eram amigos. As pessoas viajavam com facilidade e livremente pelos reinos. Deve haver parentes que choram seus entes queridos como mortos quando na realidade eles ainda estão...

O rei fez uma pausa, percebendo o que ia dizer. Faol deu um sorriso triste.

— Vivos? — O arcebispo balançou a cabeça. — Deve ser uma misericórdia eles acharem que os parentes estão mortos. Muitas pessoas não conseguem se desfazer do preconceito para ao menos tentar nos ver como somos de verdade.

— E se elas tentassem? — Anduin se inclinou adiante na cadeira. — E se algumas estivessem abertas à ideia? Encontrar seus entes queridos que foram... transformados, sim, mas que ainda são quem eram? Não é melhor do que estarem mortos de verdade?

— Para uma grande maioria, não.

— A princípio não precisamos de uma maioria. Veja Calia. E eu. Só precisamos de *algumas*. Precisamos de uma fagulha de compreensão, de aceitação. Só isso. Só uma fagulha.

Sua voz tremeu ao dizer isso, e ele sentiu a Luz atravessá-lo com sua bênção meiga, quente. Anduin sabia que estava falando uma grande verdade. Uma verdade que exigiria esforço e cuidados, mas que poderia pegar fogo e varrer o mundo.

E quando isso acontecesse, nada seria o mesmo.

— Acho que ele está certo — disse Calia.

Sua voz soou mais forte do que estivera desde o início da conversa. Havia cor em suas bochechas, entusiasmo no rosto. Ela estava iluminada por dentro, como ele, pelo ato espantosamente ousado da esperança.

Calia se virou para o amigo.

— Eu estava perdida, Alonso. Emocional, física e mentalmente. Você me trouxe de volta de um lugar muito sombrio. Que outras maravilhas isso poderia gerar de novo? Tanto para os Renegados quanto para a humanidade?

— Já vi muita escuridão — disse Faol, e pela primeira vez não estava caloroso e numa alegria discreta. Estava sério, com as luzes em seus olhos de um tom diferente enquanto ele falava. — Muita, muita escuridão. Existe mal neste mundo, meus jovens amigos, e às vezes não é necessária a corrupção de uma fonte externa para ela prosperar. Às vezes ela nasce no coração das pessoas menos prováveis. Uma pequenina semente de ressentimento ou medo encontra solo fértil e floresce em algo terrível.

— Mas o contrário também não é verdade? — insistiu Anduin. — Uma pequenina semente de esperança ou gentileza também não pode encontrar solo fértil?

— Claro que pode, mas você não está falando de uma semente minúscula. Em primeiro lugar, os únicos Renegados que você conhece e que são capazes de apoiar uma coisa assim somos eu e uns poucos aqui no Conclave. Talvez não existam muitos outros. E, se existirem, você precisará trabalhar com a líder da Horda, a Rainha Banshee. Ela pode não querer que seu povo pense com carinho na época em que foram vivos. E, por último, será que existem humanos, além de Calia, que ao menos queiram encontrar seus parentes ou amigos... hm... ainda existentes?

Diante da expressão cabisbaixa de Anduin, o arcebispo Renegado se suavizou.

— Lamento desencorajá-lo. Mas um governante, mesmo um governante sacerdote, deve ficar ciente de todos os obstáculos em seu caminho. Você quer o que é certo, Anduin Llane Wrynn. E minha esperança fervorosa é de que essa sua ideia dê frutos. Mas talvez a hora não seja esta.

Anduin não desanimou, mesmo querendo. Passou a mão pelo cabelo e suspirou.

— Talvez você tenha razão. Mas é uma chance de reunir famílias. Fazer com que todos trabalhemos juntos para não nos concentramos em matar uns aos outros. É uma chance de impedir um mal contra Azeroth. Isso é importante em muitíssimos níveis!

— Eu não disse que discordo. — Faol ficou em silêncio um momento, pensando. — Vou lhe dizer uma coisa. Vou falar com o resto dos sacerdotes Renegados e ouvir as opiniões deles. Podemos começar a preparar o terreno para algo assim.

O jovem rei se animou um pouco.

— Sim. Provavelmente é o melhor modo de prosseguir. Mas os intervalos nas agressões entre a Aliança e a Horda parecem raros. Eu esperava aproveitar ao máximo...

— Majestade?

Anduin se virou e viu a Alta-sacerdotisa Laurena. Suas feições normalmente amistosas ostentavam uma expressão preocupada, e sua voz estava sombria.

Anduin ficou frio por dentro.

— O que há de errado?

— É o Wyll. Acho melhor o senhor voltar. Imediatamente.

16

VENTOBRAVO

Genn recebeu Anduin e Laurena quando eles passaram pelo portal. A expressão nos olhos do velho foi como uma mão fria em volta do coração de Anduin.

— Majestade — começou Genn.

— Ele já...?

— Não, não. Ainda não. Não sou curandeiro, mas acho que não vai demorar.

Anduin balançou a cabeça. Não. Ainda havia tempo. A Luz estava com ele.

— Não vou aceitar isso — disse, quase mordendo as palavras enquanto corria na direção da ala dos serviçais.

— Anduin — gritou Genn atrás dele. Mas o jovem rei não queria ouvir. Aerin. Bolvar. Seu pai. Tinha perdido muitas pessoas de quem gostava. Não perderia Wyll. Hoje, não.

Como era adequado para alguém numa posição tão elevada no palácio, Wyll tinha um quarto bastante espaçoso. Era impecavelmente arrumado, como o próprio ocupante. Havia uma bancada de lavatório com uma bacia limpíssima, espelho e material para se barbear, além de um armário, um baú de roupas e uma cadeira confortável para leitura. Uma caneca de chá e uma pequena tigela de grãos cozidos, agora frios, estavam dispostos numa mesa ao lado.

O único motivo para a cama não estar arrumada com perfeição era porque Wyll a ocupava. O coração de Anduin se apertou dolorosamente. Wyll jamais falava de quantos anos tinha, mas Anduin sabia que ele havia cuidado do jovem Llane Wrynn, seu avô, quando ele também era novo. Mas, na sua mente, Wyll não tinha idade.

Ele era velho desde que o rei conseguia lembrar, mas sempre tivera energia para cuidar do jovem aos seus encargos. Agora, enquanto olhava a figura deitada na cama, Anduin sentiu como se todos os anos de Wyll tivessem baixado sobre ele de uma vez. O rosto normalmente rosado estava pálido, e os malares altos que sempre o faziam parecer distinto só enfatizavam as bochechas fundas. Ele se lembrou de ter notado que Wyll vinha perdendo peso mesmo antes de viajarem para Altaforja. Na ocasião, não pensou muito sobre isso. Ele parecia diminuído, menor. Frágil. Anduin sentiu uma onda de culpa súbita e vergonhosa.

— Wyll — disse, e sua voz embargou.

As pálpebras do velho, finas como papel e com veias azuis, se abriram com um tremor.

— Ah — disse ele com a voz esganiçada. — Majestade, por favor, perdoe por não me levantar. Eu disse para eles não o incomodarem.

Anduin puxou a cadeira para perto da cama, pegando a mão nodosa.

— Bobagem. Ainda bem que eles me chamaram. Você vai ficar bom num instante. Wyll, você está comigo desde que consigo lembrar. Prevendo meus desejos e necessidades, como por magia. Você cuidou de mim durante toda a vida. Agora me deixe cuidar de você. — Ele respirou fundo e pediu pela Luz. Imediatamente sua mão esquentou.

Mas, para seu choque, Wyll emitiu um som baixo, de protesto, e puxou a mão de volta.

— Por favor... não. Não será necessário.

Anduin o encarou.

— Wyll... eu posso curar você. A Luz...

— É uma coisa adorável e linda. E ela ama você, meu garoto. Assim como seu pai. Assim como eu. Mas acho que é hora de eu partir.

O estômago de Anduin se apertou. Sabia que não podia restaurar a juventude do velho. Apesar de não crer que isso estivesse fora do poder da Luz, se uma coisa dessas fosse mesmo possível, não era concedida aos sacerdotes e aos outros que usavam a Luz para curar. No entanto, Anduin *podia* curar qualquer doença que estivesse sugando a vida do velho amigo. Poderia retirar as dores e a rigidez. Ainda que com relutância, Wyll já lhe permitira fazer coisas assim no passado. Por que estava recusando ajuda agora, quando ela era mais importante do que nunca?

— Por favor. Eu... preciso de você — disse Anduin. Era uma atitude egoísta, mas sincera.

— Não precisa, majestade — respondeu Wyll com gentileza. — O senhor está crescido e é um homem excelente. Precisa de um valete, não de um cuidador. Eu fiz uma lista de sujeitos que posso recomendar. Está ali.

Wyll virou a cabeça branca e apontou com um dedo trêmulo. De fato, sobre a mesinha estava um pergaminho enrolado, junto de um livro. Anduin notou que havia um marcador inserido a três quartos do volume. Aproveitou isso e disse:

— Mas o seu livro... você não terminou sua história.

Wyll deu um risinho, chiando.

— Ah — conseguiu dizer —, minha história terminou, infelizmente. E foi boa, ainda que eu seja parcial. Servi a três reis, reis bons. Reis justos. Um que precisava um pouco de orientação, com certeza. E não se preocupe, não estou falando de você, meu garoto. Eu tive um objetivo na vida, e amor verdadeiro, e perigo apenas suficiente para tornar tudo interessante.

Ele virou os olhos aquosos para Anduin.

— Mas estou cansado, garoto querido. Estou muito, muito cansado. Acho que vivi bastante. A Luz tem coisas muito melhores para fazer do que curar velhos chatos que tiveram vidas longas e plenas.

Não, pensou Anduin. *Acho que não tem.*

— Por favor, deixe-me ajudar você — disse, tentando uma última vez. — Só estou começando meu reinado. E perdi muita coisa. Muitas pessoas.

— Eu perdi todo mundo — disse Wyll em tom quase tranquilo. Anduin sabia que o velho não o estava censurando, mas mesmo assim sentiu o calor subir pelo rosto. — Seus avós. Seus pais. Meus irmãos, irmãs, sobrinhas e sobrinhos. Todos os meus velhos amigos. E minha amada Elza. Estão todos à minha espera. Ainda não consigo vê-los, mas verei. Admito que será incrível me movimentar sem dor. Mas será uma coisa mais incrível ainda pôr de lado todos esses fardos e estar com aqueles a quem amei.

Anduin não conseguiu pensar em nada para dizer. Imaginou o que finalmente estaria levando Wyll embora. Uma doença? Ele poderia curá-la. Um coração fraco ou outro órgão falhando? Poderia consertar.

Poderia, mas tinha sido proibido. Seus olhos ardiam.

Wyll pôs uma mão gentil no seu braço.

— Está tudo bem — disse. — Você vai ser um rei maravilhoso, Anduin Llane Wrynn. Um rei para os livros de história.

Anduin cobriu a mão dele com a própria. Não invocou a Luz. Respeitaria os desejos desse homem bom que tinha servido à família real durante toda a vida.

— Eu seria um rei melhor tendo você para garantir que a coroa se ajustasse à minha cabeça — disse, lembrando-se da viagem a Altaforja alguns anos antes, quando Wyll tinha demorado uns bons quinze minutos arranjando a tiara do príncipe.

— Ah, você vai dar um jeito.

— Wyll — disse Anduin gentilmente. — Pode deixar que eu alivie sua dor, pelo menos?

O velho serviçal — o velho amigo — assentiu. Agradecido por essa pequena chance de ajudar, de fazer ao menos uma tentativa débil de pagar a Wyll por tudo que ele lhe fizera, Anduin pediu isso à Luz, apenas isso. Um brilho suave cobriu sua mão. A claridade viajou depressa para a mão de Wyll, depois correu pelo seu corpo durante alguns segundos, com um clarão forte antes de sumir.

— Ah, sim, isso foi bom — disse Wyll. Ele parecia melhor. Não tão pálido, e a respiração parecia mais fácil enquanto seu peito subia e descia tranquilamente. Mas o peito de Anduin estava apertado de sofrimento.

— O que mais posso fazer? Alguma coisa para comer, talvez? Ouvi dizer que o chefe de cozinha aperfeiçoou alguns confeitos. — Wyll era como uma criança de 6 anos quando se tratava de doces.

— Acho que não. Acho que isso já terminou para mim. Mas obrigado, majes...

— Anduin. — Sua voz embargou. — Sou só Anduin.

— Você é bom para um velho, Anduin. Eu não deveria mantê-lo aqui. Por favor, não se repreenda por causa disso. Nada é mais natural do que aquilo que vou fazer daqui a pouco.

— Eu gostaria de ficar, se você deixar.

Wyll o encarou.

— Eu não gostaria de lhe causar mais dor do que o necessário, garoto querido.

Anduin balançou a cabeça.

— Não. Você não vai causar isso.

Não era uma mentira. Não de todo. Perder Wyll seria devastador, quer Anduin estivesse presente ou não. Mas pelo menos, se estivesse ali quando o velho respirasse pela última vez, Anduin saberia que havia feito todo o possível. A chance de estar com seu pai lhe fora negada quando Varian morreu. Os dois tinham se abraçado quando o rei partiu, e as palavras trocadas foram gentis. Mas Varian tombou sozinho, a não ser pela presença de demônios e de seu matador, nem seu corpo pôde ser recuperado.

Wyll conquistara o direito de ter alguém por perto no final. Conquistara mil vezes.

— Que tal eu ler o resto do livro? — perguntou Anduin.

— Seria muito agradável. Você se lembra de que eu lhe ensinei a ler? Sim. A lembrança o fez sorrir.

— Eu ficava chateado quando você corrigia minha pronúncia.

— Não, na verdade não. Você era uma criança de temperamento muito bom. Só ficava frustrado. É diferente.

Um nó se prendeu na garganta de Anduin. Ele esperava que conseguisse ler mesmo com aquilo. Devia pelo menos isso a Wyll.

— Certo. Vamos ler. Deixe-me pegar um pouco d'água para você.

Ele saiu para chamar alguém e viu Genn andando no corredor.

— Como ele está? — perguntou Greymane baixinho.

Anduin não conseguiu falar e demorou um momento se recompondo.

— Morrendo — respondeu. — Não deixa que eu o cure.

— Ele disse a mesma coisa à Alta-sacerdotisa Laurena quando eu a chamei para vê-lo.

— O quê? Genn, por que não me contou?

Genn o encarou.

— Faria alguma diferença para você?

Anduin afrouxou o corpo.

— Não. Eu pediria de qualquer modo que ele me deixasse tentar.

Genn apertou o ombro de Anduin.

— Sinto muito, se é que isso adianta alguma coisa. E a escolha é dele. Você não pode salvar todo mundo.

— Parece que não consigo salvar *ninguém*.

— Também conheço esse sentimento.

Anduin pensou no que o outro rei havia suportado e soube que era verdade. Apenas alguns refugiados tinham escapado de Guilnéas, sobrevivendo somente pela gentileza dos elfos noturnos.

O jovem rei assentiu, com o coração pesado como chumbo dentro do peito. Respirou fundo.

— Vou ler para ele um pouco. Você pode pedir que alguém traga um pouco d'água e copos?

Genn pareceu a ponto de falar, então assentiu.

— Claro. Gostaria que alguém ficasse com você?

— Não. Estou bem. Só... bom. Se houver alguma emergência, você sabe onde me achar. Acho que não vai demorar muito.

O velho assentiu com simpatia.

— Vou colocar alguém do lado de fora, só para garantir. Você está fazendo uma coisa boa, rapaz.

— Eu gostaria de acreditar nisso.

— Quando você tiver a idade do Wyll ou a minha, vai acreditar.

As horas seguintes passaram. Wyll tinha se animado um pouquinho e aceitou água, mas não deixou que Anduin se agitasse muito por causa dele. Ouviu a leitura do livro, uma história sobre os Aspectos Dragões, e de início fez um ou dois comentários. Depois foi falando cada vez menos, e por fim Anduin percebeu que o velho tinha dormido.

Ou será que...

Enquanto Anduin se inclinava para ver se o peito de Wyll ainda estava se mexendo, os olhos do velho se abriram. Anduin percebeu de imediato que Wyll estava olhando para alguma coisa que o rei não podia ver.

— Papai — murmurou Wyll. — Mamãe...

Anduin pousou o livro e segurou a mão do velho. Como a pele estava fina, como os dedos estavam retorcidos, parecendo raízes de árvore! Mas até os últimos dias Wyll havia realizado as próprias tarefas. Os olhos de Anduin arderam de novo enquanto pensava naquelas mãos tendo dificuldade em fazer o que ele próprio poderia realizar com tanta facilidade.

Como não tinha notado isso? *Sinto muito, Wyll. Eu não quis ver.*

E de repente Wyll começou a falar depressa.

— Mas... cadê minha Elza? Você deve ter morrido, querida. Se tivesse sobrevivido ao Flagelo teria encontrado um modo de chegar até mim. Elza, onde você está? — Seu braço se estendeu, procurando a esposa fantasma. — Não consigo encontrar o caminho sem você!

O coração de Anduin estava se partindo. Com gentileza, invocou a Luz e pôs a mão radiante na testa agora úmida do velho.

— Shh — disse baixinho. — Fique em paz. Vocês vão se encontrar, velho amigo. Vão se encontrar. Quando chegar a hora certa. Mas agora descanse.

Wyll piscou às pressas, franzindo um pouco a testa, e, quando se virou para Anduin, pareceu reconhecer seu protegido.

— Anduin? Você também está aqui?

— Sim, sou eu. Estou aqui. Não vou deixar você.

Wyll relaxou de novo, fechando os olhos.

— Você foi um garoto muito bom. Foi uma alegria cuidar de... — Ele parou no meio da frase. Anduin mordeu o lábio inferior.

Então o velho se reanimou.

— Diga a ela que eu sempre a amei. Minha pequena Elza, de cabelos cor de fogo. Se você a vir. Diga que vou esperar por ela.

Lágrimas ardiam nos olhos do rei.

— Claro que vou dizer. Prometo. — Ele engoliu em seco. — Agora vá.

— Acho que vou. É mesmo lindo. — Wyll suspirou. — Obrigado por não me reter.

Anduin começou a dizer alguma coisa, mas fechou a boca. Podia sentir a pulsação do velho diminuindo... diminuindo... ouviu um suspiro fraco vindo da cama.

Devagar... devagar...

E parou.

17

VENTOBRAVO

Genn estava esperando Anduin do lado de fora da porta. Quando o rei saiu, Genn o encarou com olhos que tinham abrigado tristezas demais.

— Estou bem — disse Anduin. Não era verdade, mas agora tinha um objetivo, e isso ajudava. — Preciso que você faça uma coisa para mim.

— Claro. O que é, meu rapaz?

— Por favor, peça que a Alta-sacerdotisa Laurena prepare o corpo de Wyll para o enterro com todos os ritos devidos a um amigo tão íntimo da família Wrynn. Depois diga para meus conselheiros me encontrarem na sala de mapas em duas horas. Notifique o alto-exarca Turalyon e Alleria Correventos de que desejo que eles também estejam presentes.

Diante disso, as sobrancelhas fartas de Genn subiram, mas ele parou antes de perguntar o motivo. Em vez disso falou:

— Você sabe que não precisa fazer nada ainda. Sua cabeça...

— Está límpida. Mas obrigado por se preocupar. Estarei nos meus aposentos, preparando-me para a reunião.

Ele se virou e foi andando antes que Genn pudesse pressionar mais. Estivera sozinho com o corpo de Wyll e sua própria dor durante uma hora, antes de sair, e a primeira onda de sofrimento tinha chegado ao auge e recuado. Agora precisava se concentrar.

Passou as horas antes da reunião escrevendo furiosamente e consultando vários volumes, depois fez uma oração rápida para se acalmar e foi encontrar os conselheiros na sala de mapas.

Todos que ele havia requisitado estavam lá: Genn Greymane, Mathias Shaw, Catherine Rogers, Alleria Correventos e Turalyon. Até Velen tinha viajado do *Exodar* para estar presente. Quando Anduin informou sobre seus planos, apenas Velen ficou ao seu lado.

A reação de Catherine, claro, não foi surpresa.

— O senhor esteve em Costa Sul recentemente? — perguntou indignada. — A própria criatura com quem o senhor esteve negociando lançou deliberadamente a ruína contra uma cidade da Aliança! Eu tinha amigos, *familiares*, ali. Agora só existem Renegados.

— Os Renegados não são o Flagelo — lembrou Anduin. — Alguns deles retêm um senso de quem eram e sentem falta dos parentes vivos.

— Não acredito que eles sejam capazes dessas coisas — retrucou ela.

Anduin se virou para Shaw.

— Mestre espião? — perguntou calmamente.

Shaw assentiu.

— Sua majestade está correta. Há pouco tempo ele pediu que eu mandasse mais agentes para a Cidade Baixa. Surgiu um grupo governante na ausência de Sylvana. Eles se chamam de Conselho Desolado. Tenho motivos para acreditar que a proposta do rei, de uma reunião, seria extremamente bem recebida por esse grupo. Mas eles não representam a maioria dos Renegados.

Catherine ficou perplexa. Anduin deu um passo em direção a ela, suplicando.

— Catherine... sua família e seus amigos... podem fazer parte do conselho.

Por um momento ele viu alguma coisa suave percorrer o rosto da almirante do céu. Então seu maxilar se enrijeceu e o rosto ficou mais duro do que ele jamais vira.

— Eles estão *mortos.* — Ela praticamente cuspiu as palavras. — Pior do que mortos... são monstros. Como o senhor pode imaginar que eu quero vê-los como estão agora?

— Lembre-se de que você fala com o seu rei, Almirante do Céu —
disse Anduin com a voz ainda gentil.

Toda a cor que havia sumido do rosto dela voltou. Ela baixou a
cabeça de imediato.

— Peço desculpas, majestade, se o ofendi. Mas os restos trôpegos
dos meus entes queridos são a *última* coisa que eu gostaria de ver.
Prefiro me lembrar de como eles eram. Vivos, saudáveis, felizes... e
humanos.

— Não me ofendi, almirante. E seu argumento é compreensível.
Rei Greymane?

— Você sabe o que eu penso dos Renegados — resmungou Genn.
Sua voz estava tão rouca e profunda que era como se o velho rei estivesse
em sua forma de worgen. — Concordo com a almirante. Eles são monstros. Se nos importarmos com nossos parentes Renegados, deveríamos
tentar lhes dar a morte verdadeira, não aceitar aquilo que se tornaram.

O coração de Anduin se encolhia mais a cada opinião verbalizada.

— As reuniões podem ser frustrantes — disse Alleria bruscamente. — Talvez o senhor não saiba, mas recentemente Vereesa e eu nos
encontramos com Sylvana. A coisa... não correu bem.

— É, eu não sabia — disse Anduin, com a tensão surgindo na voz.
Ele pensou nas palavras que tinha dito a Valira: *Parece que cada dia
que passa reduz o número de pessoas com quem posso contar.* — Talvez
você queira me esclarecer.

— Nós só nos encontramos para ver o que restava de nossos elos
familiares. Posso contar mais, se o senhor quiser. Mas basta dizer
que eu não confiaria nela, Anduin Wrynn. Ela está há muito tempo
na escuridão, que comeu o que restava da irmã que eu tanto amei. —
A voz dela estava forte, mas tremia de leve. Apesar de tudo que lhe
acontecera, apesar de sua preocupante familiaridade com o Vazio,
para Anduin era óbvio que ela ainda era capaz de um amor profundo.
Ela ainda era Alleria. E o fracasso da reunião das três irmãs a havia
ferido. Não era um bom agouro para o plano dele de tentar convencer
esse grupo sobre o poder dos laços familiares.

— E eu não confiaria que os cérebros apodrecidos dos Renegados
sejam capazes de distinguir amigo de inimigo se eles ficarem cara a

cara com os antigos entes amados — continuou Alleria. — Eu aconselharia contra esse caminho.

— Eu também — disse Turalyon, espantando Anduin. Mais do que a maioria, o paladino entendia o poder da Luz e como ela era capaz de mudar mentes e corações. Até mesmo tinha ficado amigo de um demônio infundido com a Luz e lutado ao lado dele. — Pergunto como tático: o senhor quer mesmo se arriscar ao fracasso? O senhor poderia iniciar uma guerra. Se ao menos um Renegado matar um membro da Aliança...

— Diabos — trovejou Genn —, se um membro da Aliança espirrar muito alto, teremos guerra. É arriscado demais, majestade. — Ele se acalmou antes de continuar em voz mais baixa: — A Luz sabe que o seu coração está no lugar certo. E é um coração maior e mais generoso do que o meu. Mas o senhor precisa ser um bom rei, além de um bom homem.

Valira dissera algo parecido. Anduin sabia da verdade dessas palavras, mas também precisava ser fiel a si mesmo.

Genn continuou:

— Temos mais do que o suficiente para ficarmos ocupados e sem dormir à noite, com os goblins, a azerita e um mundo ferido. Não vamos começar uma guerra convencional por causa de... quê? Um total de algumas dúzias de indivíduos? Temos pouco a ganhar e muito a perder.

— Nós podemos ganhar a paz — disse a voz baixa de Velen.

— As ações de poucas dezenas de... *pessoas* — e Catherine Rogers pronunciou a última palavra num tom ligeiramente estrangulado — não determinam a paz.

— É — retrucou Anduin. — Pelo menos não no momento. Mas com o tempo. Se isso correr bem...

— Se — enfatizou Greymane.

Anduin lançou-lhe um olhar afiado.

— Se tudo correr bem — repetiu, acrescentando: — e acredito que irá correr, isso pode plantar uma semente. Se essas poucas pessoas conseguirem encontrar um terreno comum, por que o mesmo não aconteceria com uma centena, ou mil, dez mil, ou mais?

Consciente de que emoções negativas estavam correndo soltas e ameaçando suplantar outros fatores, tentou apelar ao pensamento tático dos outros.

— Por que Sylvana começaria uma guerra abertamente? Ela tem muito a perder e pouco a ganhar. A Horda está ocupada com as mesmas preocupações que a Aliança enfrenta: como se recuperar da guerra devastadora com a Legião. Como curar Azeroth e como impedir que a azerita caia nas mãos da oposição. Vocês acham que ela quer travar outra guerra aberta, com tudo isso acontecendo?

— Com aquela banshee sempre há um plano — respondeu Genn. — Ela está sempre alguns passos à nossa frente.

— Então vamos dar os mesmos passos. Em nenhuma hipótese uma guerra aberta é vantajosa para a Horda ou para a Aliança.

— Isso nós sabemos — disse Alleria. — E há muita coisa que nenhum de nós sabe sobre Sylvana e sobre como ela pensa.

— Existe alguém aqui que ache que ela quer que aconteça alguma coisa de ruim com os Renegados? — desafiou Anduin.

Houve silêncio.

— Os Renegados são o povo dela. Suas criações. Seus *filhos*, de certa forma. Nós vimos montanhas de provas de que ela está tentando salvá-los, encontrar meios de prolongar a existência deles.

— Como eu disse antes, ela quer criar mais *deles*, matando a *gente* — disse Genn. — E se ela pensar que esses humanos podem ser receptivos a se tornar Renegados? Desse modo eles poderiam ficar para sempre com seus entes queridos.

— Então ela poderia matar nosso pessoal, recrutar algumas dezenas de novos Renegados e começar imediatamente uma guerra. É uma tática *excelente* — tentou Anduin, mas não conseguiu afastar o sarcasmo da voz.

Genn ficou num silêncio relutante. Anduin olhou para eles, um por um.

— Sei que isso pode dar errado. Os Renegados podem invejar os vivos, o que poderia transformar uma atitude moderada em fanática. O mesmo pode ser dito sobre a Aliança. Os membros da Aliança podem sentir repulsa por pessoas que eles antes amavam e ficar mais decididos do que nunca a destruir os Renegados. Mas acredito que eles merecem a chance de descobrir. Tanto os humanos quanto os Renegados.

Os mais agressivos do grupo ficaram com os braços cruzados e os lábios comprimidos. Para eles ficou claro que Anduin estava decidido. Mesmo estando em maior número do que ele, numa relação de quatro para dois — Shaw parecia não ter se posicionado —, eles sabiam que o encontro aconteceria.

Genn tentou pela última vez:

— Acho que os outros precisam saber o que eu sei — disse, não sem gentileza. — Você perdeu seu amigo mais antigo há apenas algumas horas. Você disse que Wyll queria ver a esposa, que morreu em Lordaeron. Está fazendo isso por ele, e entendo o motivo. Mas não pode arriscar vidas inocentes só para se sentir melhor.

— Você está certo em parte, Genn — concordou Anduin, baixinho. — Eu mentiria se dissesse que não queria, de todo o coração, que Wyll e Elza pudessem se ver de novo. Para Wyll é tarde demais, mas para outros não é.

Ele pôs as mãos na mesa de mapas e se inclinou adiante.

— Se Sylvana reagir com termos que sejam aceitáveis para mim, termos que eu acredito que protejam adequadamente os cidadãos de Ventobravo, a reunião *vai* acontecer. Espero que todos vocês aceitem e sigam minhas ordens para garantir que tudo corra de acordo com o plano. Estou sendo claro?

Confirmações de cabeça e alguns murmúrios de concordância circularam ao redor da mesa.

— Bom. Agora vamos começar os preparativos.

18

TANARIS

Safroneta Flaivvers acordou sentindo dor.
A gnoma estava machucada e cheia de hematomas, com as mãos e os pés bem amarrados. Ela os flexionou, notando que ainda tinha boa circulação, e começou a avaliar a situação.

Nada promissora. Estava deitada de rosto para baixo em cima de alguma coisa quente, sentindo músculos se retesando e se contraindo abaixo e ouvindo o som de asas batendo devagar. Um grifo? Não; as asas emplumadas tinham um som diferente quando batiam. Mantícora.

Ela estivera ciente de que sua equipe poderia ser atacada. Por isso eles haviam aumentado a segurança. Safi sentiu uma tristeza medonha por seus amigos e pelas Sentinelas designadas para ajudá-los.

O fato de terem sido atacados não era um choque. Mas por que a haviam poupado? A Horda, claro, não gostava de nenhuma raça da Aliança, mas não tinham utilidade alguma para gnomos em particular. Ainda assim, ali estava ela, não só poupada, mas levada. Sequestrada!

Tentou se lembrar das palavras exatas que tinha ouvido: *Kezzig, é uma dona gnoma!*

— *É, vou dar um soco... ah. Talvez ela não seja a certa.*

— *Ela combina perfeitamente com a descrição. Você conhece as regras.*

— *É, é, regras idiotas.*

Eles tinham vindo matar os membros da Liga dos Exploradores e seus protetores; isso era óbvio. Não estavam procurando por ela, e sim alguém que se parecia com ela, e queriam a "dona gnoma" viva. Se ela conseguisse descobrir o que desejavam, talvez pudesse blefar para sobreviver — e conseguir uma chance de fugir.

Safi não conseguia sentir o peso confortavelmente familiar de seu enorme cinto de ferramentas. Claro, haviam tomado dela. Era uma pena que a tivessem prendido com cordas, em vez de correntes com cadeados, porque tinha quase certeza de que seus grampos de cabelo continuavam no lugar. Não existia nada que pudesse usar como arma, e alguém devia estar sentado ao lado para garantir que a gnoma que tinham se esforçado tanto para sequestrar não caísse em pleno voo.

Epa. Não tinha pensado nisso. Safi parou até mesmo de fazer os pequenos movimentos, pensando furiosamente. Eles precisariam pousar, teriam de tirá-la do saco onde a haviam enfiado. Deviam querer alguma coisa dela ou de quem achavam que ela fosse, mas não conseguia imaginar o que...

Ah, espera. Podia sim. Podia imaginar bem demais. Eles tinham estado em Silithus e sabiam que havia um monte de goblins. Atividade de goblins podia significar duas coisas: lucro ou tecnologia. Bom, certo, três coisas: lucro, tecnologia ou mineração. Bom, não: lucro, tecnologia, mineração ou dar socos em pessoas.

E goblins também significavam...

Ah, qual é, Safi, disse a si mesma. *Há um monte de goblins no mundo. As chances do que você está pensando são de aproximadamente 5.233.481 para 1. Alguém precisaria saber de sua localização e...*

Ah! Eles não precisariam saber de sua localização. Estavam sequestrando todas as "donas gnomas" que encontrassem e combinassem com a descrição.

A mantícora parou com um baque pesado. Safi começou a escorregar e não conseguiu conter um gemido ofegante. Então o saco em que ela estava foi arrastado bruscamente da montaria, fazendo-a soltar um *uuf* ao ser jogada num ombro ossudo.

Ouviu chiados, zumbidos, bips e conversas abafadas em linguagem goblin, como era de esperar. Uma língua que ela havia aprendido muito tempo atrás, quando era jovem, inocente e...

Idiota. Qual é, admita, Safi. Idiota.

Não conseguia entender boa parte do que eles diziam, mas entendeu o suficiente: ... *morta... leve-a... melhor valer a pena... sabe o que fazer.*

Seu coração acelerou. Não. Não podia ser. As chances eram...

Foi largada no chão sem cerimônia.

— É melhor ela estar bem — disse uma voz vinda do passado de Safi. Uma voz ligada a um goblin que ela desprezava com todas as fibras do seu ser. Um goblin em quem ela tinha esperado jamais pôr os olhos pelo resto da vida.

Deveria ficar quieta. Não dar nenhuma satisfação. Fingir cooperar com qualquer plano maldito e desprezível que ele estivesse armando.

O saco foi aberto e ela piscou, ofuscada momentaneamente pela luz. Mãos rudes agarraram seus braços e a seguraram deitada enquanto uma faca cortava as cordas. Então foi colocada de pé com um puxão.

— Ei, ei, o que vocês fizeram com ela? — disse a voz desprezada. — O rosto dela está todo...

Com um rugido de fúria alimentada por anos de ressentimento fervente, Safi conseguiu se soltar dos dois bordoeiros ao lado e se lançar contra seu arqui-inimigo como um minifoguete de cabelos vermelhos e ferozes.

O próprio símbolo do sofrimento, da frustração e da raiva.

Teve a satisfação de ver os olhos minúsculos dele se arregalarem num horror chocado e suas mãos grandes e nodosas subirem para o rosto.

— Seu *desgraçado* mentiroso, manipulador, preguiçoso, horrível, imprestável! — gritou Safi, com os dedos em forma de garras estendidos para arrancar os olhos dele.

Tragicamente os bordoeiros a agarraram antes que ela pudesse rasgar oito sulcos perfeitos naquele rosto verde e feio. Um trapo coberto com algum material imundo foi enfiado em sua boca e ela foi amarrada *de novo*. Será que algum dia aprenderia a controlar o próprio temperamento? Pelo jeito, não. Mas, afinal de contas, aquele era Grizzek. Ele merecia tudo que ela pudesse fazer. O simples pensamento a fazia se retorcer com fúria impotente.

— Se você mudar de ideia, a gente cuida dela — disse o maior e mais violento.

— Não precisa, Druz — disse o covarde abominável. — Podem dar o fora. Eu cuido disso.

Safi continuou a se retorcer enquanto Grizzek dispensava os bordoeiros.

— Olá, Safi! Olá, Safi!

Ele não podia ter... mas tinha. Ali estava o papagaio lindo, exótico, que *ela* havia criado. Ah, se ao menos pudesse se soltar por dois minutos...

— Sinto muito por eles terem machucado você. Não deveriam ter feito isso.

— Mmmmmf mhfmpf uu? — repetiu incrédula, depois se lançou numa fiada de palavrões lindos, mas infelizmente ininteligíveis.

— O engraçado é que aquele grupo nem estava procurando você. Estavam atrás dos seus amigos. Eu... lamento muito, menina.

Mas você não lamenta ter me sequestrado!, ela tentou dizer. Tudo que saiu foram mais sons abafados.

— Não, não lamento isso. Além do mais — disse ele, sacudindo a cabeça, com aquelas orelhas grandes balançando ligeiramente com o movimento —, por mais maluco que pareça, acho que quando tudo isso tiver acabado você também não vai lamentar.

Dessa vez ele se encolheu diante das negativas dela.

— Se continuar assim vai ficar sem voz. — Ele fez uma pausa. — O que, pensando bem, pode não ser má ideia.

Ela mordeu o trapo de gosto terrível, fuzilando-o com o olhar. Quando sua respiração se acalmou um pouco, Grizzek se aproximou e desamarrou a mordaça, mantendo os dedos grandes longe dos dentes pequenos e afiados de Safi.

Os dois se encararam.

— Ah, Safi. Devo dizer que é bom ver você de novo.

— O prazer é todo seu — retrucou ela rispidamente.

— Sentiu minha falta?

— Sim. Repetidamente. Como você se lembra, minha Impacto de Raios 3000 falhou todas as vezes em que eu mirei.

— Eu disse que aquela bosta não iria funcionar.

— Aah, querido, também odeio você. Vou lhe dizer uma coisa, se você me desamarrar, me der comida e água e *devolver meu papagaio*, eu vou embora e não informo às autoridades.

Claro que ela informaria. Num minuto. Presumindo que houvesse alguma "autoridade" onde quer que fosse.

— Não pode fazer isso, docinho — disse ele, balançando a cabeça. — E o papagaio não é seu.

— *Claro* que é meu!

— Não, nós o fizemos juntos. Ora — disse ele, quase parecendo magoado —, você deve se lembrar. Foi nosso presente de primeiro aniversário de casamento um para o outro.

E também tinha sido o último. Safi não queria pensar em como estivera louca de paixão pelo pateta verde. *Bom*, consertou, *só louca, pelo menos.*

— Além disso. Só segure as pontas aí um pouquinho, e você vai entender.

— Seus capangas me encheram de pancada! — gritou ela enquanto ele se afastava. E ainda por cima pegaram seu lindo chapéu de safári, dado expressamente para essa missão.

— Não são meus capangas — disse ele. — Nunca teriam machucado você se fossem meus capangas. Nem seus amigos. Você sabe que não trabalho desse jeito, docinho.

— Não me chame assim! — Ela pressionou contra as cordas com toda a força de seu corpo pequeno, mas os nós eram bons. Claro que eram. *Estamos em Tanaris, perto do oceano. Todo mundo é marinheiro. Até os capangas.*

Estava com sede, fome, calor demais, queimaduras de sol e exaustão. Afrouxou o corpo nas amarras.

— Aqui — disse Grizzek quase com gentileza, e pegou uma das mãos amarradas às costas dela. Safi se retorceu com raiva, mas ele colocou algo em sua palma e fechou seus dedos.

Ela ofegou uma vez. A dor no rosto queimado de sol e machucado passou. Sua boca não estava mais seca e o estômago não roncava de fome. Estava alerta, forte, perspicaz. Seu olhar pousou no papagaio.

— Há umas cinco coisas diferentes que eu melhoraria no Penas, se você me desse uma chave de arco voltaico, três jogos de parafusos com porcas e uma boa chave de fenda — anunciou. E depois piscou.

Como sabia disso?

Grizzek soltou sua mão. Ela continuou apertando... o que quer que ele havia posto na palma.

Ele passou por trás dela, sentando-se na cadeira única, observando sua reação.

— É incrível, não é? — disse com a voz suave e cheia de reverência.

— É — ela ofegou, tão pasma quanto ele.

O silêncio se estendeu entre os dois. E finalmente Safi perguntou:

— O que é isso?

— O chefe diz que se chama azerita.

Azerita! A própria substância que ela fora levada para analisar no deserto. Agora Safi entendia o motivo. Seu cérebro estava pegando fogo, mas com calma, não frenético. Esse negócio era espantoso.

— Na verdade o chefe chama isso de "Meu Caminho Para Governar Azeroth Com Um Monte de Estátuas do Glorioso Eu".

Safi se lembrou abruptamente das coisas que ele havia dito enquanto ela gritava e lutava para escapar. *Eles não são meus capangas.* O que significava que eram capangas de outro. O que significava...

— Ah, Grizzek — disse horrorizada. — Por favor, diga que você não está trabalhando para aquele horroroso monstro verde com senso de moda terrível! — Ela fez uma pausa. — Na verdade isso poderia se aplicar a um monte de goblins. O que eu quis perguntar era...

— Sei o que você quis perguntar — interrompeu ele, baixando a cabeça e sem encará-la. — Ou melhor, de quem você quis falar. E sim.

— Jastor Gallywix?

Ele assentiu, arrasado.

— Acho que nunca fiquei mais desapontada com você. E isso quer dizer alguma coisa.

— Olha. Ele me procurou com esse negócio. Você teve um gostinho do que isso pode fazer. Ele concordou em deixar que eu decidisse o que criar e, mais importante, como a coisa vai ser usada. E me deu todos os suprimentos que eu pedi que entendesse, refinasse e fizesse invenções incríveis, fantásticas, com isso.

— Tudo, é? Acho que isso explica por que você mandou me sequestrar.

— Docinho, eu...

Ela balançou a cabeça.

— Não. Eu entendo. Eu... — Ela engasgou. Era difícil engolir o orgulho. — Eu talvez tivesse feito a mesma coisa. Talvez. Provavelmente não. Mas *talvez*.

Os olhos dele se arregalaram numa expressão de gratidão e suas orelhas baixaram ligeiramente, com alívio.

— Então... você vai me ajudar?

— Vou.

— Ah, docinho, a gente formava uma equipe daquelas.

Ela sorriu.

— É. Uma pena que a gente tenha se casado e arruinado tudo isso.

— Bom, agora não estamos casados, portanto eu digo: ao trabalho.

— Você precisa me desamarrar primeiro.

— Ah? É, certo, claro. — Ele saiu da cadeira, pegou uma faca e foi rapidamente para trás dela. As cordas foram cortadas pela segunda vez naquela manhã.

Um pouco tarde, ele fez uma pausa.

— Você... falou a sério, não foi? Não vai me acertar com alguma coisa e fugir com o Penas?

Esse pensamento havia ocorrido a ela, mas Safi não o mencionou. Não. Estava visando ao longo prazo. Qualquer coisa capaz de fazer o que essa tal de azerita podia era algo de cujo desenvolvimento ela queria participar. Que veículos, que instrumentos e bricabraques, que engenhocas eles poderiam criar!

— Não. Não vou fazer isso. — Ela se levantou com facilidade, como se não tivesse passado tempo demais num saco de aniagem sendo carregada através de um continente. — Mas tenho uma condição.

— Qualquer coisa!

— Quando tivermos acabado, eu fico com o Penas.

Ele se encolheu, depois estendeu a mão. Ela abriu a sua, minúscula e rosada, vendo o suave brilho azul-dourado da azerita que ficou entre as mãos dos dois quando foram apertadas.

19

CIDADE BAIXA

Vellzinda não sentia falta do sono.

Só depois da morte havia percebido quanto tempo fora desperdiçado com os olhos fechados e o corpo imóvel. Existia um velho ditado: "Há tempo suficiente para dormir no túmulo", mas ela havia descoberto que a realidade era o oposto. Tinha dormido demais enquanto vivia: um terço da vida, que notável! Agora que era uma Renegada, tinha feito todo o possível para aproveitar ao máximo o que — com o que restava do otimismo incorrigível que tivera em vida — ela considerava firmemente uma segunda chance.

Ao morrer, Vellzinda fora uma serviçal. Assim, claro, quando "acordou" como Renegada, a primeira coisa que fez, à medida que a mente se acostumava aos poucos com a nova realidade, foi servir. Era o que sabia fazer melhor. Foi gentil e paciente com os que acordavam aterrorizados e desorientados e ajudou a enterrar de novo os que recusaram o presente sombrio da Lady Sylvana.

Parte dela entendia a recusa. Quem, dentre eles, não tinha ficado confuso e amedrontado ao acordar e ver a própria pele apodrecendo? Ninguém que ainda tivesse pelo menos meio cérebro. E, claro, alguns pobres coitados nem isso tinham.

Vellzinda parecia ter sido uma das felizardas que acordaram com a mente totalmente intacta e tinha resolvido firmemente usá-la bem.

Sentia falta do marido, e depois de acordar quis procurá-lo. Quando Vellzinda morreu, ele estava em Ventobravo e ela em Lordaeron, visitando parentes. Estava no castelo quando Arthas retornou. Tinha esperado vislumbrar o amado paladino e sua volta triunfante ao lar, mas estava trabalhando na cozinha quando ele entrou na sala do trono através de uma chuva de pétalas de rosa. Mas ela estivera bem ao alcance do que aconteceu logo depois de Arthas cometer parricídio e regicídio com um golpe de uma espada profana.

Seu amado fora poupado, e ela se sentia feliz por isso. Outros contaram que as tentativas de contatá-lo só levariam a sofrimento para os dois. Ele acreditava que ela estava morta, e no fim Vellzinda decidiu que era melhor assim. Ele era um homem bom, gentil. Merecia encontrar uma mulher viva para amar.

Muitos outros Renegados, como seu amigo e colega, o governador Pasqual, pareciam sentir saudade dos entes queridos tanto quanto ela. Outros pareciam indecisos, e outros ainda não se importavam. Alguns eram até... malignos. O que havia acontecido com ela, com eles, para ter personalidades e modos de pensar tão diferentes? Era um dos mistérios de ser Renegado.

Não tinha lembranças do tempo passado como uma criatura sem mente, o que era bom.

Mas à medida que os anos se desdobravam, Vellzinda se cansou de servir. Seu cérebro, no entanto, estava quase tão perspicaz quanto sempre, e ela começou a querer aprender, a realizar, em vez de se limitar a fazer pelos outros.

Direcionou sua natureza genuinamente zelosa para o melhor modo de cuidar dos desafios... ahn... *especiais* de ser um cadáver ativo e pensante. Os ferimentos, por exemplo.

— Ora — dizia aos feridos —, a carne dos Renegados não se cura, vocês sabem! — Costurar; enxertar novos músculos, tendões e pele; e poções mágicas eram as opções que seu povo tinha, em vez de simplesmente limpar uma ferida, pôr uma bandagem e confiar na capacidade inata do corpo para se recuperar.

O tempo passado consertando fisicamente a carne morta-viva levou a um desejo de estudar com os boticários. Apesar de Sylvana colocar a maior parte deles trabalhando em venenos, Vellzinda estudou modos de manter os Renegados ativos e saudáveis, mental e fisicamente.

Notou que alguns feridos pareciam ter mais medo de morrer agora do que quando eram vivos. Enquanto inspecionava o encaixe de uma mão nova no braço direito de um ferreiro — um acidente com aço derretido tinha destruído a original — ele lhe disse:

— Sempre fico nervoso quando venho aqui.

— Por que, querido? — Vellzinda não era velha demais quando morreu. Era uma jovem de sessenta anos, como sempre dizia. — Eu causo muito menos medo do que o doutor Vianna.

O ferreiro, Tevan Whitfield, riu. Um som áspero e oco.

— Com certeza. Quero dizer, quando eu era vivo me sentia imortal. Não cuidava de mim e era meio imprudente. Agora sou tecnicamente imortal. Mas como os ferimentos são a única coisa que podem ameaçar essa situação, de repente percebo como a carne é frágil.

— A carne sempre foi frágil. — Vellzinda inspecionou a mão. Tinha costurado bem. Notou de novo que ela não tinha calos e que os músculos não eram fortes. O dono anterior da mão que o ferreiro Tevan usava agora provavelmente havia sido algum tipo de artista ou ator.

Ela bateu gentilmente com o indicador na palma carnuda.

— Consegue sentir isso?

— Consigo.

— Excelente. — Ela o encarou. — Devo dizer que essa mão não vai ser tão forte quanto a antiga.

— Algumas semanas martelando vão cuidar disso.

Vellzinda lhe deu um olhar de compaixão.

— Não, querido — disse com gentileza. — Não vão. Você não pode mais ganhar músculos.

O queixo dele caiu. Não literalmente. O rosto não tinha apodrecido muito. Na verdade ele era bem bonito, para um Renegado.

— Volte se você não conseguir usá-la direito. Veremos se conseguimos encontrar uma melhor. — Ela deu um tapinha na mão.

— Está vendo só? — disse Tevan. — É disso que eu estava falando. Com o tempo vamos simplesmente... nos desgastar.

— É o que acontece na vida, também — lembrou Vellzinda depressa. — Nem todos podemos ser coisas lindas e quase imortais como os elfos. A atitude correta deve ser aceitar o que temos e agradecer. Você, eu e os outros estamos aqui. E isso é ótimo. Nada dura para sempre, e se morrermos e não pudermos voltar, bom, nós tivemos uma segunda chance, e isso é mais do que muitos tiveram.

Tevan sorriu. Com o rosto intacto, era uma expressão agradável. Vellzinda não tinha falsa modéstia com relação ao seu próprio rosto, que estava um tanto desgastado por ter ficado à toa na sepultura por tanto tempo. Mesmo em vida tinha sido uma humana de rosto sem graça. Seu marido sempre dizia que, para ele, ela era linda, e ela acreditava.

O amor era isso, não era? Ver com o coração e não com os olhos, encontrar beleza.

— Tem razão — disse o ferreiro. — Não creio que eu já tenha pensado assim. Optei por receber o Presente. Sei que outros não quiseram. Na ocasião achei que eram idiotas. Mas agora fico pensando. Sei que a Lady Sylvana está tentando encontrar meios de continuarmos nossa existência. Mas e se isso não devesse acontecer? — Ele indicou sua nova mão sem calos. — O que deveríamos fazer, até onde deveríamos ir, só para continuar existindo?

Vellzinda sorriu.

— Espantoso. Para um ferreiro, seus pensamentos são bastante filosóficos.

— Talvez seja a mão nova.

Tevan tinha sido o primeiro com que Vellzinda teve essa discussão, mas não seria o último. Assim que a ideia entrou em sua cabeça, ela descobriu que não conseguia parar de pensar a respeito.

Agora, meses depois dessa conversa, a líder do Conselho Desolado estava na sala do trono da Cidade Baixa, no lugar onde Sylvana Correventos passara tanto tempo antes de partir para comandar a Horda. Ao lado de Vellzinda, no tablado de cima, estavam os outros quatro líderes do conselho governante, que eram chamados, simples e logicamente, de Governadores. No segundo degrau, logo abaixo, estavam os sete conhecidos como Ministros, que implementariam as políticas criadas pelos Governadores. Abaixo ficavam os que Vellzinda considerava os membros mais importantes do conselho: os dez Ouvintes. Todo dia eles se reuniam e falavam com os Renegados que tivessem perguntas, comentários ou reclamações sobre como a liderança governava. Eles se reportavam diretamente aos Governadores. Ainda que qualquer cidadão da Cidade Baixa estivesse livre para falar com qualquer membro do conselho — inclusive a Primeira Governadora Vellzinda —, os Ouvintes em geral eram mais acessíveis.

Até agora as coisas pareciam ir bem. Vellzinda olhou a multidão calma que lotava o salão e continuava do lado de fora. Estava satisfeita demais. Hoje, mais do que nunca, eles precisavam ficar juntos, trabalhar juntos para o bem-estar de todos até que sua Dama Sombria retornasse.

Era o dia do serviço fúnebre pelos Renegados que haviam experimentado a Última Morte, lutando contra o mal terrível da Legião Ardente. Vellzinda tinha falado com o campeão da Dama Sombria, Nathanos Arauto da Peste, em sua visita recente à Cidade Baixa, para implorar que ele persuadisse Sylvana a retornar.

— Sei que ela tem muitas responsabilidades — tinha dito a ele. — Mas sem dúvida ela pode passar algumas horas conosco. Por favor, diga para ela vir para a cerimônia que faremos pelos que aceitaram a morte de boa vontade em nome da Horda. Ela não precisa ficar muito tempo, se seus deveres a chamarem, mas sua presença significaria muito.

Nathanos tinha dito que levaria a mensagem. Mas não houvera qualquer sinal de que Sylvana compareceria.

Vellzinda esperou mais um pouco, só para garantir. Os Renegados na multidão aguardavam com paciência, como sempre. Por fim a líder suspirou.

— Imagino que vocês queiram que eu fale — disse Vellzinda. — Portanto vou tentar dizer alguma coisa. Desculpem se eu pigarrear algumas vezes; todos conhecemos bem a coceira do ícor!

Isso provocou alguns risos ásperos e guturais. Vellzinda continuou:

— Primeiro quero agradecer aos nossos amigos que viajaram para estar hoje aqui. Estou vendo elfos sangrentos, trolls, orcs e até alguns goblins e pandarens. Obrigada por estarem conosco homenageando os que tombaram, reduzindo nosso número cada vez mais. Sou particularmente agradecida aos taurens que estão aqui. Se não fossem vocês, poderíamos estar extintos.

Havia representantes de todas as raças da Horda, mas ela viu mais taurens do que de qualquer outra. Fora graças aos taurens que os Renegados tinham sido admitidos na Horda. Vellzinda estremeceu ao pensar no que teria acontecido ao seu povo sem essa proteção.

— Mesmo assim, com a exceção de nossos gentis amigos que estão aqui conosco, creio que seja tristemente exato dizer que muitos vivos ainda não nos aceitam. E esses indivíduos parecem acreditar que, porque já estamos mortos, não nos importamos com a vida, ou como quer que vocês optem por chamar nossa existência. Eles parecem achar que deveríamos sofrer menos quando nossos companheiros perecem. Bom, estão totalmente enganados. Nós nos importamos. Nós sofremos.

Ela continuou praticamente sem pausa:

— Nossa rainha está buscando um modo de aumentar nossos números trazendo de volta da morte os que tombaram. Fazendo mais Renegados. Mas o que nós, aqui reunidos, realmente desejamos é saber que ela valoriza os Renegados que já possui. Não somente nós como seu povo, coisa que obviamente somos, mas como indivíduos. Que aceita que alguns de nós estão contentes em ter apenas uma segunda chance e talvez não queiramos uma terceira ou quarta, e sim a Última Morte.

E parou um instante olhando seus ouvintes.

— Estamos aqui hoje pensando nos que experimentaram a Última Morte. Eles se foram, completamente. Seu sangue não corre nas veias de seus filhos e das gerações futuras, pelo menos das gerações que viverão aqui e vão interagir conosco. Esses Renegados se perderam, mas estão em paz. Finalmente reunidos com os seres que eles amaram em vida. Vamos honrar sua perda jamais esquecendo seus nomes. Quem eles foram. O que fizeram.

Vellzinda se firmou.

— Eu começo. Neste dia me lembro de Tevan Whitfield. Ele era um ferreiro, que certa vez me disse que tinha mais medo de morrer sendo Renegado do que quando era um homem vivo. No entanto, quando lhe pediram que servisse, ele serviu. Fez armas que permitiram a outros lutar contra os inimigos. Consertou armaduras quando eram danificadas, assim como consertamos corpos quando se danificam. Enfrentou seu maior medo e perdeu a aposta. Vou me lembrar sempre de você, Tevan. Você era um bom amigo.

Ela assentiu para Pasqual Fintallas, que estava ao lado. Ele pigarreou e começou a falar sobre uma mulher que tinha sido guerreira na vida e na não morte, até que seu corpo foi despedaçado por um aníquilus. As lembranças se espalharam como ondulações num lago. Primeiro por parte dos que estavam no tablado, depois os Ministros em seguida os Ouvintes. Então, um por um, membros da multidão também começaram a falar.

Um número tão grande deles tinha perdido suas famílias naquele dia medonho, quando Arthas retornou, que era raro ver alguma intacta. A maioria dos Renegados tinha formado famílias novas: uniões com pessoas que eles não tinham conhecido em vida, mas que eram igualmente importantes.

Enquanto escutava, mantendo seu amigo Tevan nos pensamentos, Vellzinda ficou triste, mas estava contente. Todos lamentavam, mas ninguém chorava. Ninguém falava contra a injustiça. Porém, mais importante para ela era que ninguém estava com raiva. Tinha passado a acreditar que a raiva não era boa para os Renegados. Muitos já não pensavam com muita clareza, os cérebros em geral apodrecidos em algum grau. Para Vellzinda, a raiva apenas turvava as águas até ninguém conseguir mais ver onde estava tentando nadar.

Havia alguns na Cidade Baixa que se ressentiam do papel que o Conselho Desolado havia criado para si mesmo, mas Vellzinda fora firme ao declarar que era apenas uma medida provisória. Suprimentos precisavam ser trazidos. Membros substitutos precisavam ser emendados.

— Com certeza — dissera Vellzinda uma vez numa reunião pública —, se nossa querida Sylvana entrasse por aquela porta eu teria o maior prazer em dizer: "Olá, Dama Sombria, sentimos demais sua falta. Por favor, assuma o governo da cidade. É bem cansativo!"

Como serviçal, ela havia preparado refeições, cuidado dos doentes, lavado banheiras e esvaziado penicos. Tinha feito o que era preciso e preferiria voltar a isso e deixar outros que eram melhores em ser líderes assumir o comando. Não conseguia se lembrar da última vez em que tinha simplesmente se sentado para olhar o fluxo calmante dos canais verdes.

Voltou ao presente, censurando-se pelo devaneio. Quando a última pessoa terminou de falar, olhou a multidão reunida.

— Sinto orgulho demais de todos vocês. E dos que deram tudo que tinham pela Horda. Obrigada por terem vindo.

E foi só. A multidão se dispersou e ela ficou olhando. Estava desapontada porque Sylvana não tinha aceitado o convite, mas não era algo inesperado.

— Primeira Governadora Vellzinda — disse uma voz calma. Ela se virou, surpresa e deliciada.

— Ora, Campeão Arauto da Peste. Que bom você ter vindo. Eu... não creio que...?

Ele balançou a cabeça.

— Não. Nossa rainha tinha questões urgentes para resolver. Mas me mandou para saber mais sobre o que está acontecendo na ausência dela e dizer que ela pretende fazer uma visita em breve. Ela lamenta não ter podido vir hoje.

— Ah, que gentileza da parte dela! É um prazer saber disso. — Vellzinda deu um tapinha no braço dele. — Tenho idade suficiente para ler nas entrelinhas, rapaz. A Lady Sylvana receia estar lidando com outro Putriss. Mas não se preocupe. Somos apenas um grupo de cidadãos interessados, uma espécie de zeladores, cuidando da casa enquanto a senhora não está. Por que não faz uma visita esta tarde? Adoraremos conversar sobre o que estamos tentando fazer. Você gostaria de um pouco de chá?

Vellzinda gostava de preparar chá, cheirá-lo, segurar a xícara quente nas mãos, mesmo não bebendo.

Nathanos pareceu ligeiramente pasmo e abriu a boca para responder. Mas antes que ele pudesse fazer isso, Vellzinda escutou outra voz.

— Ah, exatamente o sujeito que eu vim encontrar. Bom, não exatamente, mas quase.

Vellzinda e Nathanos se viraram e viram um Renegado baixo, vestido com roupas de sacerdote. Ela não o reconheceu, mas isso não era surpreendente. A Cidade Baixa não era vasta, mas ainda assim havia um monte de gente ali, para não mencionar os que estavam apenas de passagem.

— Não tive o prazer — disse ela.

O recém-chegado fez uma reverência.

— Arcebispo Alonso Faol — disse.

Vellzinda ficou surpresa. Não fazia muito tempo que esse havia sido um nome bem conhecido. Ficou feliz por ele não ter perecido junto com tantos outros.

— Ah. É uma honra.

Até Nathanos Arauto da Peste baixou a cabeça para o arcebispo.

— É mesmo. O que deseja de mim, senhor?

— Tenho uma carta. Duas, na verdade. A primeira é para a sua Chefe Guerreira. A segunda é para uma mulher chamada Elza Bento.

Vellzinda oscilou ligeiramente. Nathanos segurou seu braço, olhando-a com preocupação, mas ela sorriu e o dispensou.

— Faz muito tempo que não ouço esse nome. Só minha família e meus amigos mais íntimos me chamavam assim.

A expressão do arcebispo se suavizou.

— Então... aqui estão. As cartas de vocês.

Ele entregou um pergaminho bem enrolado a cada um dos dois, e Vellzinda pegou o seu com a mão trêmula. Ela arregalou os olhos ao ver o lacre de cera azul gravado com o leão de Ventobravo.

E soube imediatamente o que era.

Nathanos também.

— Isto é do rei de Ventobravo — disse rispidamente, os olhos vermelhos flamejando de raiva enquanto se virava para Faol. — O que você está fazendo, confraternizando com um inimigo da Horda?

— Mas como não sou membro da Horda, o rei não é meu inimigo — disse o arcebispo em tom afável. — Eu sirvo a Luz. Sou um sacerdote, assim como o rei Anduin. A carta é para a sua rainha, e é importante. Você deve se certificar de que ela a receba. Mas — acrescentou — não é urgente. Sugiro que faça o que pretendia. Passe algum tempo aqui na Cidade Baixa. Leve seus pensamentos e essa missiva para a Chefe Guerreira. E a senhora, minha cara...

Faol pôs a mão com gentileza no braço dela.

— Esta missiva, lamento dizer, contém más notícias. Sinto muitíssimo.

Vellzinda gostou de receber o aviso. Quebrou o lacre, abriu o pergaminho e leu:

Para Elza Bento,

Nem sei se a senhora ainda existe. Mas me sinto compelido a pedir que o Arcebispo Faol a procure enquanto estiver na Cidade Baixa. Se está lendo isto, presumo que a busca dele foi bem-sucedida.

É com a tristeza mais profunda que devo informar que seu marido, Wyll Bento, faleceu pacificamente esta tarde. Espero que lhe conforte saber que ele não morreu sozinho; eu estava com ele.

Wyll serviu dedicadamente ao meu pai e a mim por muitos anos. Não me falava sobre sua família; suspeito que era doloroso demais recordar daqueles tempos e do que achava ter sido o seu destino. Ele chamou pela senhora antes de morrer, esperando vê-la de novo.

Eu sigo o caminho do sacerdócio, como a senhora deve saber, e implorei que ele me permitisse curá-lo. Como ele recusou, respeitei seu desejo.

Resolvi fazer todo o possível para que os que são Renegados possam se reunir com seus amigos e familiares humanos, ainda que brevemente. Acredito existirem coisas que transcendem a política dos reis, das rainhas e dos generais. Família é uma delas. Com esse objetivo mandei uma missiva à sua Chefe Guerreira. Espero que ela concorde comigo.

Termino cumprindo com uma promessa pedida por meu amigo Wyll: dizer à senhora que ele sempre a amou e que irá esperá-la.

De novo, aceite minhas mais sinceras condolências.

E uma assinatura em letra elegante, educada: Rei Anduin Llane Wrynn.

— Meu pobre Wyll — disse Vellzinda com a voz trêmula. — Arcebispo, por favor agradeça ao rei Anduin por mim. Fico grata por meu marido não ter morrido sozinho. Ninguém deveria morrer sozinho. Diga ao rei que acho o plano ótimo. Espero que nossa Chefe Guerreira também ache. Eu teria ficado muito feliz se pudesse ver Wyll mais uma vez.

— Que plano? — perguntou Nathanos, olhando de Vellzinda para Faol, com suspeita.

— Este — disse Vellzinda, entregando o pergaminho a ele.

Enquanto Nathanos lia, Faol disse:

— O esboço da proposta do rei de Ventobravo está mais esclarecido no pergaminho a ser dado à Chefe Guerreira Sylvana. Eu ficarei alguns dias aqui e terei prazer em responder a qualquer pergunta que você ou Vellzinda possam ter.

Parecendo insatisfeito, Nathanos devolveu a carta. Segurando o pergaminho precioso, a Primeira Governadora do Conselho Desolado corrigiu Faol:

— Elza — disse ela. — Acho que é hora de eu ser chamada de Elza outra vez.

20

TEMPLO ETERLUZ

Lu, la lu, criança querida,
Lu, la lu, lu la lá,
Lordaeron diz: "Vem dormir."
Azeroth diz: "Dorme para sonhar."
Lu, la lu, lu la lá,
Segura em meus braços você vai ficar.

Calia cantava baixinho para a criança adormecida em seu colo. Aquela coisinha preciosa seria a herdeira do trono de Lordaeron.

Não. Não, Lordaeron não existia, não mais. Só havia a Cidade Baixa, habitada pelos mortos. A coroa do seu pai tinha sido quebrada e ensanguentada e agora estava perdida no tempo. Calia jamais iria usá-la. Esse bebê sonolento, mergulhado em sonhos, também jamais iria usá-la. E isso doía. Uma lágrima única escorreu pelo rosto dela, caindo na bochecha mais rosada e macia do mundo.

A criança que, por todos os direitos, era a herdeira legítima do trono piscou, a boquinha franzindo. Calia levantou o embrulho e enxugou a lágrima com um beijo, sentindo gosto de sal nos lábios.

E o bebê riu enquanto a mãe começava a cantar de novo o antigo acalanto, levantando os olhos enquanto o marido vinha beijar o topo da cabeça da esposa. Ele pôs a mão em seu ombro, apertando de leve...

... a garra ossuda se cravando fundo e...

Calia gritou. Saltou levantando-se, o coração batendo forte no peito, ofegando. Por um instante interminável, horrível, sentiu a dor da mão morta-viva que a agarrou. Então piscou, e o horror foi recuando na memória.

Enterrou o rosto nas mãos, percebendo-o molhado de lágrimas, e tentou conter os tremores.

Era apenas uma lembrança. Não era real.

Mas tinha sido, um dia.

Saiu da cama, pegou um roupão e depois foi andando descalça até Saa'ra.

A qualquer hora que fosse, geralmente havia alguém de pé no Templo Eterluz. Sempre havia alguém entrando ou saindo. Os que faziam desse local um lar sabiam dos terrores noturnos de Calia e tinham deixado claro que estavam à disposição a qualquer momento, se ela precisasse de companhia ou de uma conversa. Mas, sempre, ela só queria falar com Saa'ra.

O naaru a estava esperando, como sempre. Pairou sobre ela, uma entidade cristalina delineada em púrpura luminoso, e emitiu uma música baixa, exótica, interminável. Às vezes Saa'ra falava com palavras que todos podiam ouvir, e às vezes falava direta e particularmente com o coração e a cabeça de alguém, como agora.

Querida. Lamento muito que o sonho tenha voltado a perturbá-la.

Calia assentiu, abaixando-se diante de Saa'ra e torcendo os dedos, sem jeito.

— Eu vivo pensando que eles vão parar em algum momento.

E vão mesmo, garantiu o ser gentil, *assim que você estiver pronta para que eles parem.*

— Foi o que você disse. Mas por que não posso estar pronta *agora*? — Ela riu um pouco, ouvindo a petulância na própria voz.

Existem coisas que você precisa fazer antes que a paz lhe seja concedida. Coisas que você precisa entender, que você precisa integrar em si mesma. Pessoas que precisam da sua ajuda. O que nós necessitamos para a cura sempre virá em nossa direção, mas às vezes é difícil reconhecer. Às vezes os presentes mais lindos e importantes vêm embrulhados em dor e sangue.

— Isso não está fazendo eu me sentir melhor — disse Calia.

Pode fazer, quando você perceber que o que aconteceu com você esconde um presente.

Calia fechou os olhos.

— Desculpe, mas é difícil pensar assim.

A corrupção de seu irmão amado e o assassinato do seu pai, de tantas pessoas em Lordaeron... a fuga, o terror... a perda do marido e da filha, a perda de tudo...

Não. Não de tudo. Podemos nos beneficiar das coisas das quais participamos. Pois cada febre que você curou, cada osso que você consertou, cada vida que você melhorou... isso, e a alegria que veio disso, agora fazem parte de você tanto quanto sua dor. Honre as duas coisas, querida filha da Luz. Eu diria para confiar que existe um propósito, mas você já sabe disso. Você viu os frutos do seu trabalho. Não os ignore e nem os desconsidere. Prove-os. Saboreie-os. Eles são seus, tanto quanto de qualquer outra pessoa.

O peito dela se aliviou conforme a paz penetrava no coração. Calia percebeu que estivera apertando as mãos com força e, enquanto as relaxava, viu pequenos crescentes vermelhos onde as unhas foram cravadas na carne da palma. Respirou fundo e fechou os olhos.

Dessa vez não viu os horrores da sua fuga. Ou, mais difícil de suportar, a visão da sua filha brincando. Viu apenas escuridão, terna e macia. Que suavizava o que era brutal demais para suportar sob o brilho inteiro da luz. A escuridão fornecia segurança para criaturas selvagens e privacidade para quem queria criar, apenas por um tempo, um mundo onde havia apenas dois.

Calia sentiu o calor de Saa'ra roçar em sua pele como a carícia de uma pena.

Durma agora, corajosa. Chega de batalhas, chega de horrores para você. Apenas paz e descanso.

— Obrigada. — Calia baixou a cabeça. Enquanto voltava para seu quarto, uma mão em seu braço, com a carne fria e de uma maciez que não era natural, a fez parar. Era Elinor, uma sacerdotisa Renegada.

— Calia? — disse ela.

Calia só queria dormir. Mas prometera estar sempre disponível para quem precisasse, e Elinor parecia perturbada. Seus olhos brilhantes se viravam para um lado e para o outro, e sua voz estava grave.

— O que foi, Elinor? Alguma coisa errada?

Elinor balançou a cabeça.

— Não. Na verdade, algo pode estar *certo* pela primeira vez em muito, muito tempo. Podemos falar em particular?

— Claro. — Calia levou Elinor para sua pequena alcova e as duas se sentaram na cama. Assim que estavam a sós, Elinor não precisou ser instigada para falar. As palavras rolavam de seus lábios coriáceos tão depressa que Calia precisou pedir mais de uma vez para a sacerdotisa Renegada repetir.

Os olhos de Calia se arregalaram enquanto ela ouvia, sua mente logo voltando ao que o naaru lhe dissera: *Existem coisas que você precisa fazer antes que a paz lhe seja concedida. Coisas que você precisa entender, que precisa integrar em si mesma. Pessoas que precisam da sua ajuda. O que nós necessitamos para a cura sempre virá na nossa direção, mas às vezes é difícil reconhecer.*

Seus olhos se encheram de lágrimas, e ela abraçou a amiga gentilmente. Calia sentiu o coração pleno e cheio de esperança pela primeira vez desde a queda de Lordaeron. Agora tinha um objetivo.

A cura tinha vindo em sua direção.

Palácio do Prazer de Gallywix, Azshara

Havia muitos lugares em Azeroth onde Sylvana Correventos preferiria não estar. O Palácio do Prazer de Gallywix — que nome repulsivo — não ocupava o topo da lista, mas estava perto.

Antigamente Azshara tinha sido uma terra linda, cheia de espaços abertos, tons outonais e uma vista para o oceano. Então os goblins haviam entrado para a Horda sob o comando de Garrosh e acabaram desfigurando a região com seu espalhafato característico. O "palácio" onde ela estava agora, sentada numa poltrona exageradamente macia, perto de Jastor Gallywix, fora entalhado a partir de uma encosta de montanha. A escarpa tinha sido transformada numa "face" literal, de modo que a fuça grotesca de Gallywix espiava com um risinho os destroços do terreno abaixo.

O palácio em si era mais feio ainda, na opinião de Sylvana. Do lado de fora havia um vasto gramado verde com um campo para algum tipo de jogo envolvendo uma pequena bola branca, uma piscina enorme com uma área aquecida e garçons e garçonetes que no momento estavam à toa, a não ser os que atendiam a Gallywix. Do lado de dentro não era muito melhor. Mesas gemiam sob o peso de alimentos, boa parte dos quais jamais seria comida, e barris enormes serviam como decoração. Em cima ficava o quarto do príncipe mercador. Sylvana tinha ouvido dizer que ele dormia em pilhas de dinheiro. E não estava com pressa para descobrir se esses boatos eram verdade.

Ele ficara feliz em receber a mensagem dela e ficava oferecendo bebidas. Sylvana recusava todas. Enquanto ele bebia, ela contou sobre a reunião no Penhasco do Trovão, omitindo a delicada ameaça que fizera a Baine, claro. Só daria a Gallywix as informações de que ele precisava saber.

— Creio que os esforços deles para curar o mundo não prejudicarão seus esforços para coletar azerita — terminou.

Gallywix gargalhou, com a barriga gigantesca tremelicando, e tomou um gole de sua bebida espumante e frutada.

— Não, não — tranquilizou ele, balançando a grande mão verde. — Eles podem fazer suas cerimoniazinhas. No momento minha operação é vasta demais para ser impactada. E, ei, se isso os deixa felizes, esse é o ponto, não estou certo?

Sylvana ignorou o comentário.

— Até agora sua operação não produziu muita coisa que eu possa usar — lembrou.

— Relaxe, eu tenho...

— Pessoas trabalhando nisso. É, eu sei.

— Não, sério. Tenho as melhores mentes que conheço num lugarzinho em Tanaris. Dei a eles um bocado generoso da gosma dourada. Mandei pirarem de vez. — Ele tomou mais um gole e estalou os lábios.

— E?

— E eles estão trabalhando nisso. — Seu olhar se desviou para o lado.

— Em que, exatamente, eles estão trabalhando?

— Eu, ah... disse que eles poderiam fazer o que quisessem. Mas a senhora conhece os cientistas. Eles pensam em coisas que a senhora e eu jamais poderíamos imaginar. É o melhor modo de agir.

— Eu quero armas, Gallywix.

Ele terminou de tomar a bebida e acenou pedindo outra.

— Claro, claro, eles terão armas para a gente.

— Eu quero que eles se *concentrem* em armas. Caso contrário vou mandar cada Renegado, elfo sangrento, tauren, troll, orc, pandaren que possa encontrar e tomar sua "operação". Estamos entendidos?

Carrancudo, o príncipe mercador assentiu. Sem dúvida ele sabia que Sylvana mandaria seu próprio povo para tomar as armas que fossem feitas, ao passo que os tais cientistas poderiam criar outros itens que ele poderia vender por fora em troca de um belo lucro.

Uma distração para Gallywix veio na forma de um hobgoblin que entrou bamboleando na sala e balbuciou alguma coisa que apenas o chefe entendeu.

— Claro, idiota — disse o goblin. — Mande entrar o Campeão Arauto da Peste agora mesmo!

Sylvana achou que se sentiu quase tão aliviada quanto Gallywix com a interrupção. Nathanos entrou, cumprimentou Gallywix com um balanço mínimo da cabeça e fez uma reverência à rainha.

— Senhora — disse ele —, desculpe a intromissão, mas achei melhor trazer essa missiva de imediato. — Ele se ajoelhou diante dela e estendeu um pergaminho. Estava lacrado com cera azul gravada com uma cabeça de leão.

— Uhu! Conheço esse lacre! — exclamou Gallywix, depois tomou um gole do coquetel de banana. Sylvana também conhecia. Ela afastou o olhar do pergaminho e fuzilou o goblin com uma expressão gelada.

— Você vai nos dar licença — disse.

Ele esperou um momento. Quando ela continuou sentada, levantando uma sobrancelha loura e clara, Gallywix fez uma careta e saiu de sua poltrona.

— Fique à vontade — disse. — Estarei na banheira quente, se quiser se juntar a mim, quando terminar com esse sujeito aí. — Ele balançou as sobrancelhas e saiu. — Ei, coelhinha, me traz um ponche de abacaxi, está bem?

— Claro, chefe! — respondeu uma voz esganiçada de goblin fêmea.

Os olhos vermelhos de Nathanos estavam voltados para o príncipe mercador que se afastava.

— Vou matá-lo — disse.

— Ah, não. Esse prazer será totalmente meu.

Sylvana ficou de pé e olhou para o pergaminho que estava segurando.

— Bom. Isso é do filhote do Varian? Foi entregue a você na Cidade Baixa?

O rosto de Nathanos estava ilegível.

— Sim. Entregue em mãos pelo Arcebispo Faol. Agora ele é um Renegado.

Diante disso, Sylvana soltou uma gargalhada curta.

— A tal Luz dele age de modos estranhos.

— É o que parece.

Sylvana rompeu o lacre e leu.

À Rainha Sylvana Correventos, Dama Sombria dos Renegados e Chefe Guerreira da Horda, o rei Anduin Llane a saúda com respeito.

Escrevo com uma proposta que não tem nada a ver com exércitos, territórios ou bens, mas que acredito servir tanto à Horda quanto à Aliança.

Irei direto ao âmago do assunto. Quando a senhora se aproximou da Aliança procurando um lar para seu povo, foi recusada. Ainda estávamos aterrorizados com o que Arthas tinha feito com Lordaeron e não conseguimos entender que seus Renegados eram diferentes.

Recentemente conversei com um Renegado que foi muito respeitado em vida e fiquei sabendo que, apesar de tudo que sofreu, ele ainda segue a Luz. Seu nome é Alonso Faol, e ele, que já foi arcebispo de Lordaeron, concordou em ser intermediário no interesse de ajudar os vivos e os mortos-vivos.

Esta missiva tem a ver com famílias. Famílias que foram despedaçadas não somente pela Horda e pela Aliança, mas por Arthas, que fez chover desespero e devastação sobre todos nós. Esposos, filhos, pais — muitos seres separados, divididos pela morte, depois pelo medo e pela raiva. Talvez, se trabalharmos juntos, os que foram separados possam enfim se reunir.

Sylvana se enrijeceu. Ah, sim. Ela, mais do que ninguém, entendia sobre famílias divididas. Entes queridos mortos. Tinha perdido tudo por causa de Arthas: amigos, família, seu amado Quel'Thalas. Sua *vida.* Sua capacidade de se importar, importar-se de verdade, sentir de fato qualquer emoção que não ódio e ira com relação a essas coisas.

E ela tentara fazer uma reunião. Tinha aceitado a oferta de sua irmã mais velha para juntar os cacos que Arthas Menethil havia deixado de sua família, reivindicar a Torre Correventos e expulsar as coisas sombrias que moravam lá. E talvez se livrar de suas próprias trevas, voltando a um tempo em que não havia sombras dentro delas.

Mas foi uma tarefa inútil. Quando jovens, elas eram sóis e luas. A luminosa Alleria, com suas reluzentes tranças douradas, e o risonho e jovem Lirath. Sylvana tinha sido a Dama Lua, e Vereesa, a mais nova das três irmãs, era a Pequena Lua.

Vereesa ficara encurvada e conspurcada pelo sofrimento por um amor perdido. A morte de seu marido Rhonin, em Theramore, uma das tantas vítimas da bomba de mana de Garrosh Grito Infernal, a havia devastado de modo tão completo que, por um momento perdido, solitário demais, ela se voltou para sua irmã sombria, Sylvana, e as duas tramaram juntas. Vereesa chegou perto demais de se juntar a Sylvana na Cidade Baixa.

Perto demais de se juntar a ela na morte-vida.

Mas no último minuto o amor por seus filhos vivos eclipsou o sofrimento da Pequena Lua por seu esposo morto. E assim Vereesa ficou com a Aliança. E Alleria, considerada perdida por tanto tempo e retornada milagrosamente, tinha convidado a escuridão imensurável do Vazio para morar dentro dela. Isso lhe deu poderes e força. Mas mudou tanto sua aparência quanto quem ela era — quem estava se tornando. Sylvana sabia o suficiente o que esses poderes podiam fazer para reconhecer a marca de dedos frios sobre Alleria.

Quanto às próprias sombras e trevas, Sylvana as conhecia bem o bastante para se abster de examiná-las agora.

O plano do jovem rei era ingênuo. Ele ainda acreditava que as pessoas podiam mudar. Ah, certamente podiam. Alleria, Sylvana e Vereesa eram prova disso.

Mas não era uma mudança para melhor; não do modo como Anduin veria.

Por que ela estava com tanta raiva? Aquele filhote a irritava muito mais do que o Lobo.

Voltou a atenção à carta.

No momento não estamos em guerra. Mas não sou ingênuo a ponto de acreditar que isso significa que as hostilidades não permanecem. Recentemente experimentamos uma mudança tumultuosa em nosso mundo, na forma da azerita — uma manifestação da dor que a própria Azeroth está sentindo. Unidos, poderíamos direcionar a exploração dessa substância de modo a salvá-la. Portanto vamos nos concentrar num gesto de unidade, menor, mas não menos importante, como um primeiro passo para um futuro potencial que beneficie a Horda e a Aliança.

Proponho um único dia de cessar-fogo. Nesse dia, as famílias dos que foram divididos pela guerra e pela morte terão a chance de encontrar os entes perdidos. A participação será estritamente voluntária. Todos os que estão do lado da Aliança serão rigidamente avaliados, e ninguém que represente perigo para os Renegados terá permissão de participar. Eu pediria o mesmo a você. Vamos determinar um número limitado de participantes.

Um local adequado para esse evento é o Planalto Arathi. Mandarei os participantes do meu povo se reunir na antiga Bastilha de Stromgarde. A Muralha de Thoradin fica perto de um posto avançado da Horda. Lá, no campo aberto, com proteção suficiente segundo acordo entre nós dois, como líderes dos humanos e dos Renegados, essas famílias fraturadas irão se encontrar. A reunião durará do amanhecer até o crepúsculo. Com sua concordância, o Arcebispo Faol e outros sacerdotes irão facilitar, ajudar e oferecer conforto aos presentes, segundo as necessidades.

Caso algum mal aconteça com meu povo, tenha certeza de que não hesitarei em retaliar no mesmo nível.

Também entendo que, caso meu povo faça mal a qualquer Renegado, a senhora fará o mesmo.

Como sacerdote, como rei de Ventobravo e como filho de Varian Wrynn, garantirei salvaguarda aos Renegados que optarem por se envolver. Se esse cessar-fogo for bem-sucedido, poderia se repetir.

Não confunda isso com uma oferta de paz. É apenas a oferta de um único dia de compaixão por pessoas que foram cruelmente separadas por uma força que não a Horda ou a Aliança.

A senhora e eu perdemos familiares, Chefe Guerreira. Não vamos impor a mesma coisa a outros que, como nós, não escolheram isso.

Escrita no dia de hoje por minha mão,

REI ANDUIN LLANE WRYNN

— Ele é mais idiota ainda do que eu achava, se acredita que não enxergo a armadilha nessa carta — disse Sylvana, embolando o pergaminho. — O que você acha desse tal Arcebispo Faol, que lhe deu a missiva?

— Ele é de fato um Renegado. Parece honesto, mas quando sugeri que jurasse lealdade à senhora e à Horda, ele se recusou. Disse que preferia servir à Luz, e não a reis ou rainhas.

— Rá! — disse Sylvana sem humor. — Eu o liberei para ser Renegado de modo que ele tivesse livre-arbítrio, e é assim que ele agradece. Não importa. Imagino que você acredite que ele é inofensivo.

— Ele é poderoso, Dama Sombria. Mas não é nosso inimigo. Ele também levou uma carta para a chefe do Conselho Desolado.

Sylvana ficou tensa.

— Vejo que os espiões do rei estão trabalhando duro, se Wrynn sabe sobre o conselho.

Wrynn. Durante muito tempo o nome se referia a Varian. Como era estranho.

— Pode ser. Devemos nos lembrar de que muitos dos nossos se movem livremente no Templo Eterluz. Além disso, a carta que ele mandou para ela nem mencionava o conselho. Por acaso, até muito recentemente, a própria Elza estava entre os Renegados que tinham familiares vivos. O marido dela, Wyll Bento, serviu a Varian e Anduin Wrynn.

— Elza?

— Era como Wyll chamava Vellzinda, e agora ela reivindicou o nome — explicou Nathanos.

A maioria dos Renegados assumira nomes ou sobrenomes novos. Faziam isso para marcar seu renascimento como Renegados, para deixar de lado as identidades antigas e formar um grupo unificado. Sylvana ficou surpresa ao descobrir uma dor em seu peito com a ideia de que Vellzinda tinha rejeitado seu nome de Renegada. "Elza"... bom, evocava o que a mulher tinha sido em vida, provavelmente. Um nome comum e sem graça. E *humano*.

Sylvana se concentrou na outra informação que seu campeão trouxera. Esse plano de Anduin parecia subitamente muito menos estratégico do que pessoal, se ele havia perdido um serviçal devotado. O que o tornava muito menos ameaçador. Mesmo assim...

— Vellzinda deve ter servido também à família real. — Sylvana não daria dignidade ao nome novo e ofensivo da Primeira Governadora usando-o.

— É. Ela trabalhava na cozinha — continuou Nathanos. — E ficou triste ao saber do falecimento do marido. Ela aprova essa proposta, já que acredita que nem de longe é a única a reter lembranças boas de familiares.

Sylvana balançou a cabeça.

— Esse cessar-fogo é um erro. Só vai trazer dor ao meu povo. Eles *não podem* ser humanos, e apresentar essa tentação de se reunir com entes queridos resultará em descontentamento com quem eles são de verdade: Renegados. Vão se deteriorar, virando cascas sofridas, querendo algo que jamais poderão ter. Não desejo vê-los sofrer assim. — Novamente ela pensou em sua tentativa de conexão com os vivos e como isso só conseguira despertar velhos fantasmas que deveriam descansar em paz.

— A senhora pode usar o evento em vantagem própria — argumentou Nathanos. — Vellzinda disse que muitos Renegados querem que sua próxima morte seja a última. Eles não querem continuar existindo. E um motivo que costumam citar é que querem ficar com os que amavam enquanto eram vivos.

Sylvana virou a cabeça lentamente para ele, avaliando as palavras.

— Se a senhora autorizar essa experiência, esse contato com pessoas que eles amavam em vida, e apresentá-la como algo que *a senhora* lhes concedeu generosamente, talvez eles fiquem mais receptivos à sua solução de encontrar meios de impedir a extinção dos Renegados como raça.

— Isso é confraternizar com o inimigo. Deixar que eles interajam com a vida e os vivos.

— Talvez. Mas mesmo assim é só por um dia. Dê essa esperança a eles, esse momento com pessoas que eles achavam que nunca mais veriam. Então...

— Então terei o poder sobre a felicidade deles, pelo menos nesse aspecto — terminou ela. — Ou eles podem decidir que odeiam os vivos e ficar mais dedicados ainda à sua Dama Sombria.

De qualquer modo, Sylvana só teria a ganhar.

Ele assentiu.

— Isso, no mínimo, vai demonstrar que a senhora está ouvindo as preocupações deles. Acredito mesmo que o Conselho Desolado é inofensivo, em última instância. Não são traidores radicais. Dê-lhes essa chance, uma vez. Se enxergar benefícios, a senhora pode determinar se quer repeti-la.

— É um bom argumento. — Ela desamassou a carta e leu de novo.

— Vai ser difícil minhas arqueiras se segurarem com tantos humanos à frente.

— Eles vão lhe obedecer, minha rainha.

Era verdade. Seus patrulheiros jamais disparariam uma flecha sem sua ordem. E Sylvana não estava pronta para uma guerra com a Aliança, pelo menos não por causa disso.

Tomou a decisão.

— Vou aceitar esse convite em nome dos Renegados. Volte à Cidade Baixa. Informe a Vellzinda Bento que sua rainha é simpática com relação ao desejo dela e que irá visitá-la para discutir esse encontro com mais detalhes. Peça que ela comece a fazer uma lista dos membros do conselho que têm parentes vivos em Ventobravo. Pegue os nomes e informações sobre eles. Darei a lista a Anduin, para que ele possa localizar e determinar se eles também querem participar.

— Há mais Renegados que gostariam de se envolver, além dos membros do conselho. Muitos compareceram ao serviço memorial e são simpáticos à causa.

Mas Sylvana balançou a cabeça.

— Não. Preciso de um número menor para controlar melhor a situação. Só membros do conselho.

— Como minha rainha desejar. Se posso falar livremente, acredito que seja uma sábia decisão. Pelo que vi, acredito que vá aplacar qualquer reação de descontentamento.

— De um modo ou de outro. — Ela deu um sorriso frio. — E também pode pavimentar um modo de reivindicar Ventobravo. Eu tinha pensado que o único meio de fazer isso seria um ataque. Mas se o jovem rei confiar em nós, um dia poderemos passar por aqueles portões magníficos e ter uma recepção amistosa.

De novo seus pensamentos se voltaram para a azerita, aquela substância espantosa. O que ela poderia fazer. O que ela poderia criar.

O que ela poderia destruir.

21

TANARIS

Pouco depois de Safi concordar ("agora por livre e espontânea vontade", enfatizara Grizzek) em ajudá-lo a aproveitar o potencial da mágica e maravilhosa azerita, Gallywix havia mandado para eles um enorme tonel cheio da substância, junto com um bilhete: *Podem pirar, crianças criativas!*

A primeira experiência tinha seguido os passos básicos: identificar as propriedades do material, testá-lo em várias condições. Exposto à luz do sol e da lua. Lacrado, exposto ao ar. Imerso em vários líquidos, inclusive ácido e outras substâncias químicas altamente perigosas. Até agora essa fora a parte predileta de Grizzek.

Durante uma dessas experiências, Safi notou que a substância densa e pegajosa de um veneno mortal que eles tinham passado sobre um pedaço da amostra mudou de cor.

— Veja isso — disse ela. Depressa, pegou um frasco do antídoto e o deixou ao alcance. Então, antes que Grizzek pudesse ao menos ganir de surpresa, estendeu a mão e tocou o veneno descolorido.

— Safi, não! — Ele agarrou seu braço com uma das mãos e o antídoto com a outra.

— Peraí. Esse negócio já deveria estar corroendo minha pele. Mas veja só: nem sinal de ferimento.

Os dois olharam o veneno na mão dela, depois se fitaram mutuamente.

— Sem risco não há recompensa — murmurou Safi. E lambeu o negócio que estava em seus dedos.

Grizzek soltou um grito estrangulado. Safi estalou os lábios.

— Espantoso! Essa substância tremendamente venenosa e corrosiva agora tem gosto de frutassol e cereja — disse.

— Talvez sempre tenha tido esse gosto — sugeriu Grizzek. Sua voz tremia um pouco.

— Não, ela deveria ser sem gosto.

— É, tanto faz, só... só não *faça* coisas assim, Safi, está bem? — Ela o encarou e viu que ele tinha empalidecido. Ficou preocupado com ela. Não simplesmente preocupado tipo *ah, vou perder minha parceira de laboratório*, mas preocupado tipo...

Safi não se permitiu pensar nisso. Tinham trabalho a fazer. Trazer antigos sentimentos de volta só atrapalharia o andamento do trabalho. De qualquer modo, eles sempre tinham sido melhores como parceiros de laboratório.

Ela olhou de novo para a mão.

— Isso é... importante, Grizzy. Muito importante. No longo prazo, quem sabe o que essa coisa pode fazer? Acabamos de ver que ela pode neutralizar um veneno. Aposto que também pode curar ferimentos. Talvez possa estender a vida. — Ela balançou a cabeça, incrédula. — Que presente! Venha, vamos voltar ao trabalho. Há muito que precisamos saber!

Depois de terem feito tudo que podiam para testar a azerita em forma líquida, em seguida vieram os testes para determinar se alguma coisa poderia quebrá-la depois de ter endurecido.

Nada.

Nem uma espada, um martelo ou um retalhador de goblin, nem mesmo um instrumento que Grizzek tinha chamado de Esmagator, que ele exibiu a Safi. Era um retalhador modificado, mas seus membros operados mecanicamente possuíam uma mão cuja força era aumentada por um raio de energia.

— A ideia — explicou Grizzek — é que o pulso de energia aumenta a pressão, de modo a ter sete vezes a força da mão comum.

— Que número curioso — observou Safi, perplexa.

186

— É mesmo!

— Por que não dez ou quinze?

Ele deu de ombros.

— Sete é para dar sorte.

Safi revirou os olhos. Pegaram um balde de azerita líquida do tonel bem fechado que Gallywix mandara e deixaram para endurecer ao ar livre. A substância se soltou facilmente depois de sólida e era surpreendentemente leve. O Esmagator, ou "Esmago", como chamava Grizzek, que parecia gostar inexplicavelmente daquela coisa, pegou o pedaço de azerita com a mão septuplicada pela energia. Grizzek apertou o interruptor. O Esmagator apertou. Com força. Mais força.

Então Grizzek berrou consternado quando os quatro dedos da máquina se quebraram.

— Sua mão! — gritou ele. — Esmago, sinto muito!

Safi olhou para as anotações e riscou onde estava escrito "TESTE NÚMERO 345: Esmagator" e escreveu: "Azerita 1, Esmagator 0".

— Uma coisa que não temos é um mago — comentou Safi, olhando o pedaço de azerita intacto, em forma de balde. — Seria fascinante ver como isso é afetado por magia!

— Se você quiser mesmo que um mago se junte a nós, posso pedir ao Gallywix. — Grizzek não parecia gostar muito da ideia, e Safi se enrijeceu diante do pensamento.

— Talvez mais tarde. Nesse momento o ritmo já está ótimo só com nós dois. — Ela ficou surpresa por dizer isso, mas era inegável. A ideia de um terceiro participante no laboratório parecia errada, de algum modo.

Grizzek pareceu se animar com as palavras dela.

— É, isso é verdade. — Ele desceu de cima do Esmagator, dando um tapinha triste no braço da máquina. — Vou consertar você, meu chapa — prometeu. Depois respirou fundo e se virou para Safi.

— A magia pode ser a segunda fase — disse. — Primeiro vamos esgotar nossos recursos e nossa imaginação. Vamos dar ao Gallynho uma base do que podemos fazer com ciência pura.

Safi deu uma risada.

— Gallynho?

Grizzek coçou seu nariz enorme e riu um pouco.

— É. É idiota, mas o cara me incomoda demais.

— Acho perfeito — anunciou Safi. Os olhares dos dois se encontraram, e a expressão de Grizzek não estava resguardada.

— Acha? — perguntou ele, surpreso.

— Acho. Às vezes esses sacos de ar metidos a besta precisam ser cutucados. Desinflar é melhor do que explodir.

— Para ele ou para nós?

— Ah, para nós, sem dúvida. Ele que se exploda.

Os dois riram juntos, como nos velhos tempos, naquele breve período em que tudo havia sido perfeito e eles eram loucos um *pelo* outro, em vez de ficarem loucos um com o outro.

Cuidado, Safi, lembrou a gnoma. *Não estrague isso. Tudo está indo bem demais para ficar ruim.*

— Nós conseguimos uma boa base sobre a natureza da substância isolada — disse ela. — Vou compilar minhas anotações, aí podemos passar a ver o que acontece quando tentamos moldá-la, manipulá-la ou combiná-la com outros itens.

— Uuuuh! Deveríamos fazer adereços.

— Como anéis ou colares?

— É! O Gallynho que me deu a ideia sem nem perceber. Ele usou o primeiro pedaço conhecido dessa coisa como enfeite para a bengala. Podemos experimentar e descobrir como fazer amuletos, anéis e outros badulaques. Acha que podemos misturá-la com outros metais?

— Vamos descobrir! — Essa era a especialidade dela. — Mas primeiro é melhor eu compilar essas anotações.

Mas Grizzek estava balançando a cabeça.

— Não. Isso pode esperar. Vá lá fora, dê uma clareada na cabeça.

— Eu nunca saio.

— Eu sei. Mas deveria. As luas vão aparecer logo. Vá, dê o fora. Eu cuido do jantar. — Isso não foi dito sem gentileza.

— Você ainda queima as coisas quando cozinha?

— Não muito, hoje em dia. — Ele fez um gesto de enxotá-la.

Dando de ombros, Safi saiu para a praia. Não estava sozinha, claro; os capangas de Gallywix estavam ao redor de todo o enclave e até patrulhavam as praias. Mas mantinham distância e não incomodavam muito.

Grizzek havia disposto uma cadeira e uma mesa do lado de fora. Uma sombrinha também estava aberta, não que fosse necessária a essa hora. Enquanto se acomodava na cadeira, Safi precisou admitir que o céu estava glorioso e a luz das luas no oceano era espantosamente tranquilizadora.

Em geral ela demorava um tempo para relaxar quando seu cérebro estava acelerado. Ouviu um barulho atrás, virou-se e viu Grizzek equilibrando uma bandeja numa das mãos e puxando uma cadeira com a outra. Ele não disse nada enquanto colocava a bandeja na mesa e ajeitava a cadeira.

— Vinho — disse Safi, espantada. — Você serviu vinho.

— É — grunhiu ele. — Tinha uma garrafa por aí. Sabia que você gostava.

Ele não tinha de fato cozinhado, provável motivo pelo qual o lugar ainda estava de pé. Só tinha esquentado um pouco de cozido de frutos do mar que ela preparara para o almoço e pegou um pouco de pão. Comeram em silêncio, ouvindo o som do mar. Safi estava pensando com muita, muita intensidade, e não era sobre a azerita, ainda que isso quisesse se esgueirar nos cantos de seu pensamento.

— Grizzek — disse.

— Sim?

— Quando eu cheguei aqui você me chamou pelo meu apelido. — Um deles, pelo menos; os dois tinham tido vários apelidos no curto período de tempo em que as coisas iam bem.

O casamento tinha sido tão... curto quanto a altura dos dois. Primeiro haviam sido parceiros de laboratório, o que correu muito bem, mas então cometeram a idiotice de se apaixonar um pelo outro. O primeiro mês foi glorioso, o exemplo perfeito de uma história de amor. Depois tudo desmoronou como uma das engenhocas defeituosas e malprojetadas de Grizzek. De repente tudo que um fazia irritava o outro de modo intolerável. Muitas coisas eram jogadas ou quebradas, e certa vez Safi se pegou gritando tão alto que perdeu a voz. Foi um dia péssimo. Grizzek tinha se sentido à vontade para provocá-la e ela não conseguiu evitar uma resposta ferina.

Mas nem mesmo o aborrecimento daquele tempo pavoroso parecia atrapalhar a colaboração dos dois agora. Trabalhavam juntos praticamente sem entraves, cada um ouvindo o que o outro dizia, oferecendo sugestões, formando uma verdadeira parceria. Safi odiava admitir, mas as últimas semanas trabalhando ao lado de Grizzek tinham sido bastante boas. Maravilhosas, na verdade. Só isso já era quase tão inacreditável quanto o material estranho com que ela e seu ex-marido estavam trabalhando.

Ouviu-o fungando e pigarreando.

— É — disse ele. — Acho que eu chamei você de docinho. Desculpe, acho.

Safi tomou um gole de vinho e pensou mais um pouco.

— Essas semanas têm sido boas.

— É.

— Me fazem lembrar dos velhos tempos — disse ela cautelosamente.

— A mim também.

Ela queria fazer mil perguntas. *Ainda sente minha falta? Por que acha que não nos odiamos mais? Será que a azerita está afetando o que sentimos um pelo outro? Será que só podemos ficar bem quando estamos trabalhando? Seria um erro tentar de novo?*

Em vez disso falou:

— Essa azerita... é incrível. Poderia ajudar a um monte de gente.

— Você é um gênio, Safi. Um gênio absoluto. Vai fazer coisas tão...

— Você também é, Grizzy — disse Safi com entusiasmo. — Seus robôs, seus lançadores, e aquelas aeronaves pequenas, para uma pessoa só... a azerita também vai ajudar com tudo isso!

— Você acha?

— Eu *tenho certeza.*

— Safi, nós vamos fazer esse mundo se levantar e prestar atenção, você e eu. O céu é o limite.

Devagar, com o coração começando a bater rápido como o de um coelho, Safroneta Flaivvers deslizou a mão pela mesa. E sentiu a grande pata verde e calejada de Grizzek se fechar em volta dela. Com gentileza e de modo protetor, como se fosse a coisa mais preciosa do mundo.

E Safi sorriu.

Entre beijos e carinhos, o casal reunido, envolvido outra vez, fez uma quantidade espantosa de pesquisas. Os dois misturaram a azerita com uma variedade de diferentes metais e até a usaram como tinta. Confeccionaram pendentes, anéis, braceletes e brincos. E armaduras. Era um negócio feio, com projeto de goblin, mas não foi projetada para ser bonita. Sobreviveu a três minutos inteiros de bombardeio disparado pela Impacto de Raios 3000. O único dano foi um pequeno derretimento do metal.

Tudo isso tinha exigido apenas uma pequena quantidade de azerita.

Então Safi decidiu partir para a alquimia gnomesca total. Começou a experimentar com poções. Uma única gota de uma delas na careca completamente lisa de Grizzy fez brotar uma luxuriante juba de cabelos pretos e lustrosos que escorriam pelas costas.

— Aaaah! — gritou ele. — Corta isso, corta!

Quando uma gota de veneno foi misturada com azerita aquecida, foi obtido um resultado semelhante ao que Safi havia lambido antes. Quando ela derramou a mistura numa planta meio morta, a palmeira dobrou de tamanho.

— Isso é uma quantidade alta de azerita com relação ao veneno — disse ela. — Vamos ver o que acontece quando mudamos a proporção.

— Cuidado aí, docinho — observou Grizzek, preocupado. — Acabei de reencontrar você.

O coração de Safi se aqueceu, deu uma cambalhota no peito e virou mingau. Em linguagem figurada, claro. Ela foi até ele e lhe deu um beijo estalado.

— Vou tomar todas as precauções e mais algumas.

Grizzek ficou por perto, ansioso, enquanto ela preparava as poções, depois se ofereceu para misturá-las com a azerita.

— Ah, Grizzy, você é tão gentil! Mas não sabe exatamente quanto eu usei.

Pondo a língua para fora para se concentrar melhor, Safi derramou a quantidade exata de azerita no béquer de veneno. Não aconteceu nenhuma mudança visível na substância enquanto ela misturava suavemente o conteúdo. Depois respirou fundo e pingou uma única gota na planta.

A reação foi imediata.

A planta passou do verde esmeralda absurdamente saudável para um amarelo doentio, depois preto. E caiu, morta.

Os dois ficaram olhando a planta, depois um para o outro. Não disseram nada. Safi experimentou em outra planta. Mas dessa vez, antes que os efeitos do veneno se manifestassem visualmente, cortou um segmento. Os dois cientistas juntaram as cabeças enquanto olhavam o segmento apodrecer bem diante dos olhos, como se cada fragmento que compusesse a planta tivesse sido atacado no mesmo instante.

Safi falou primeiro:

— Vamos aumentar a quantidade de azerita.

Enquanto ela fazia isso, Penas entrou voando na sala e circulou em volta das cabeças, grasnando:

— Visitantes grandes e feios! Visitantes grandes e feios!

Os dois se encararam, os olhos arregalados.

— Espero que não seja Gallywix — murmurou Grizzek. — Espero que sejam só os capangas. Vou me livrar deles. Já volto.

O olhar de Safi acompanhou sua saída. Nunca tinha considerado que "só os capangas" poderia ser uma expressão esperançosa, mas a alternativa seria muito pior. Não estavam preparados para exibir nada ao líder do cartel Borraquilha. E dizer que o que tinham acabado de testemunhar a deixava inquieta era um eufemismo tão grande quanto afirmar que a Espada de Sargeras era uma faca enfiada no chão.

Ela demorou um momento juntando as anotações, catalogando as relações de quantidades exatas, depois dobrou a quantidade de azerita na mistura mortal. Tinha acabado de pingar uma gota em outra planta, com resultados quase idênticos, quando Grizzek voltou. Sua cor normalmente saudável, verde-esmeralda, tinha empalidecido até um verde amarelado e doentio.

— Você não parece bem, Grizzy — murmurou Safi.

— Bom — disse ele com voz pesada. — Tenho notícias boas e ruins. A boa é que eram mesmo só os capangas.

Safi soltou o ar que ela não percebera que tinha prendido.

— Graças aos céus pelas pequenas coisas — disse.

— A notícia ruim é que Gallywix quer uma demonstração em duas semanas. E — acrescentou pesadamente — quer que a gente se concentre em armas.

22

CIDADE BAIXA

Pasqual Fintallas estava com os outros membros do Conselho Desolado para o que ele esperava ser a reunião mais produtiva até então. Dessa vez estava parado um degrau abaixo do que costumava ocupar, assim como todos os membros.

A própria Primeira Governadora não estava no degrau de cima, e sim um abaixo dele. Dessa vez outra pessoa — alguém que deveria estar em absolutamente todas as reuniões do conselho — enfim estaria presente e ocupando aquele lugar. O Arcebispo Faol, que tinha se tornado figura constante na Cidade Baixa nas últimas semanas, estava ao lado de Elza. Os dois juntaram as cabeças, falando baixinho.

A sala estava lotada. Os que precisavam respirar sem dúvida teriam dificuldade para fazer isso ali dentro; Pasqual tinha plena consciência de que, ainda que alguns Renegados tivessem secado em vez de apodrecer, boa parte fora trazida de volta enquanto apodrecia, e o cheiro não devia ser agradável.

Elza estava sorrindo, assim como a maior parte dos que haviam se reunido. Sentiam-se empolgados por estar presentes nessa reunião. Pasqual também estava, mas não muito esperançoso com relação ao desfecho. Ele e alguns outros queriam resultados muito mais depressa do que a paciente e clemente Elza. Não esperava que Sylvana fosse andar num passo rápido, mas estava disposto a ouvir o que ela teria a dizer.

De súbito a sala ficou silenciosa. Pasqual se virou e viu a figura de Nathanos Arauto da Peste junto à porta no final do corredor comprido que dava na sala grande.

Nathanos esperou um momento, depois anunciou:

— Rainha Sylvana Correventos, Chefe Guerreira da Horda e amada Dama Sombria dos Renegados.

Soaram gritos de comemoração. Não tão animados quanto os bramidos dos orcs nem tão dóceis quanto o urro de um elfo sangrento, mas eram os mais genuínos que podiam de sair de gargantas mortas. E então *ela* apareceu.

Nem mesmo aqui, no lugar mais seguro para ela no mundo, Sylvana Correventos optou por tirar a armadura?, pensou Pasqual. Será que ela simplesmente jamais a tirava?

Mantinha-se ereta e alta, diferentemente de muitos dos que a adoravam. Ainda era linda, ao passo que eles tinham sido devastados pela morte e o renascimento. Então ela inclinou a cabeça, aceitando a adoração, e caminhou com passo suave e elegante até seu lugar como rainha dos Renegados.

— Senti saudades desse lugar — disse enquanto olhava ao redor com apreço, assentindo para alguns indivíduos que reconhecia. — E senti saudades de vocês, meu povo. Os orcs, os elfos sangrentos, trolls, taurens, goblins e pandarens são membros dignos e leais da Horda, mas não têm o elo especial que compartilho com vocês, os Renegados.

Houve um ribombo de apreciação por esse reconhecimento. Com outras raças seriam aplausos e pés batendo no chão. Mas os Renegados tinham aprendido que não era sensato desgastar prematuramente sem necessidade seus membros com esse tipo de gesto. Bater palmas era terrível para as mãos.

Sylvana olhou para Elza.

— Primeira Governadora. Meu leal Nathanos disse que você cuidou bem do meu reino na minha ausência.

Elza inclinou a cabeça e fez a reverência mais profunda que pôde.

— Só porque a senhora estava ausente, minha rainha. Estamos tremendamente felizes porque voltou.

— Infelizmente só por algumas horas — disse Sylvana. O pesar na voz parecia sincero. — Mas nesse meio-tempo espero poder resolver algumas coisas que agradarão a todos aqui.

Ela olhou de novo para todos.

— Sei que a Primeira Governadora também recebeu uma carta do rei de Ventobravo. Ele propõe um cessar-fogo de um dia no Planalto Arathi, com o objetivo de fazer uma reunião entre Renegados e humanos. Famílias ou amigos que foram separados pela matança que aconteceu nesta cidade há apenas alguns anos.

Sylvana virou seu olhar rubro para o Arcebispo Faol.

— O Arcebispo Faol esteve falando com ele e com o Conselho Desolado. O que pensa sobre isso, Arcebispo?

Faol não respondeu imediatamente. Olhou a multidão reunida, depois de volta para Sylvana.

— A senhora pode confiar no rei Anduin, majestade. Ele não quer o mal. Sei, pelas minhas conversas com a Primeira Governadora e com outros na Cidade Baixa, que todos que estão presentes aqui hoje, além de um bom número de Renegados que não puderam vir, são favoráveis a essa reunião. Ainda não sabemos se a metade humana deste plano também está receptiva. Se estiver, eu e outro sacerdote do Conclave ficaríamos honrados em supervisionar o evento.

Murmúrios empolgados percorreram o salão. A Dama Sombria andou de um lado para o outro por um momento, pensando. *Ou fingindo pensar,* supôs Pasqual. *Ela já sabe o que vai fazer. Esse momento é mera atuação para nós.*

Por fim ela parou e encarou a multidão.

— Permitirei que aconteça.

Gritos soaram. Não um murmúrio de aprovação, mas um grito genuíno, mais alto ainda do que aquele que havia recebido a Dama Sombria. Sylvana deixou seus lábios se curvarem num leve sorriso, depois levantou a mão pedindo silêncio.

— Mas acima de tudo preciso garantir a segurança de meus amados Renegados — disse. — Assim eis o que direi ao rei na minha resposta: cada membro do Conselho Desolado vai enviar cinco nomes, com ordem de preferência, de pessoas em Ventobravo que eles gostariam de encontrar. Se esses indivíduos ainda estiverem vivos, serão contatados e indagados se desejam participar do encontro. O rei e um sacerdote escolhidos pelo bom arcebispo só permitirão a presença dos que eles considerem sinceros. Eu direi a ele que seu povo pode se reunir na Bastilha de Stromgarde. Na data escolhida viajaremos até a Muralha de Thoradin antes do alvorecer. O Campeão Arauto da Peste, eu e duzentas das minhas melhores arqueiras estaremos lá... para o caso de o rei humano decidir trair nossa confiança.

Era possível. Era improvável — se fosse verdade metade das coisas que Pasqual tinha ouvido sobre esse rei —, mas era mesmo possível. E ele precisava admitir que as palavras de Sylvana ofereciam conforto.

— Vinte e cinco sacerdotes estarão montados em morcegos patrulhando ativamente o campo. No caso de um ataque aberto, equipes dos meus patrulheiros sombrios e outros serão mandados para defender vocês. Permitirei que o rei coloque em campo um número equivalente de sacerdotes defensores, mas não espero que algum membro do conselho inicie hostilidades.

Era muita coisa para proteger vinte e dois Renegados. Mas Pasqual tinha plena consciência do significado dessa reunião. Assim como, é claro, Anduin e Sylvana.

— Ao nascer do sol, vocês avançarão até um ponto médio que será marcado por estandartes da Horda e da Aliança. O Arcebispo Faol e seu assistente irão encontrá-los lá. Assim como sua contraparte da Aliança.

Pasqual pensava que havia ultrapassado o ponto em que essas coisas provocariam emoção, mas pelo jeito estivera enganado.

Philia. Será que conseguiriam achá-la? Será que ela desejaria ir? O que pensaria, se desejasse? De repente ele tinha uma consciência aguda de como seu corpo estava dobrado e retorcido, da carne que fedia, pendendo de ossos expostos. Será que ela ficaria horrorizada?

Não. Agora que essa possibilidade estava se manifestando, ele percebeu que tinha sido mau com ela ao temer sua repulsa. Não sua Philia. Tinha uma certeza calma. Se seu coração ainda pudesse bater, estaria disparando de empolgação. Sentiu um toque suave no ombro direito e se virou para Elza. Ela estava sorrindo para ele. *Ah, Elza, se ao menos o seu Wyll tivesse vivido um pouquinho mais!*

Mas Sylvana continuou, aparentemente sem perceber como suas palavras tinham afetado profundamente Pasqual e outros.

— Todos os participantes terão permissão de permanecer no campo até o crepúsculo. Nessa hora nós voltaremos à muralha e os humanos retornarão à Bastilha de Stromgarde.

Ela fez outra pausa, examinando a multidão.

— Claro que o que acabo de dizer presume que tudo corra bem. Há uma chance de não correr. Se eu perceber qualquer tipo de perigo para vocês, meu povo, vou ordenar uma retirada *imediatamente*. Uma bandeira dos Renegados, e não da Horda, será içada nas ameias da muralha e a trombeta vai soar. Se a Aliança decidir ordenar uma retirada, farão o mesmo, só que eles balançarão a bandeira de Ventobravo na Bastilha de Stromgarde e tocarão sua trombeta. Se qualquer trombeta soar, vocês devem dar meia-volta e *retornar à muralha na mesma hora*.

Sua voz estalou feito um chicote e ecoou na câmara vasta. O efeito era arrepiante, e a multidão ficou em silêncio total.

— Bom. Alguma pergunta?

Pasqual se firmou e levantou a mão. O olhar vermelho e reluzente pousou sobre ele.

— Fale — disse Sylvana.

— Nós teremos permissão de trocar alguma coisa?

— As trocas de pequenos objetos serão permitidas do seguinte modo: antes do evento, qualquer coisa que vocês queiram dar às suas contrapartidas serão examinadas. Haverá áreas no campo em que eles poderão ser postos em mesas quando vocês chegarem ao local da reunião. A Aliança fará o mesmo. Não toquem em nada que eles deixarem nas mesas enquanto vocês estiverem no campo. No fim do dia esses itens serão coletados e examinados para garantir que são seguros e não contêm nada sedicioso. Eles serão entregues a vocês numa data posterior. Imagino que a Aliança fará o mesmo com os presentes de vocês.

— Nossa Dama Sombria é muito generosa — disse Pasqual.

Sylvana inclinou a cabeça.

— Imagino que você tenha alguma coisa que queira dar.

— Tenho. — Ele pensou com carinho num brinquedo que Philia havia amado. Ela o deixara para trás quando...

— Então minha esperança sincera é de que a Aliança não decida jogá-lo fora — disse Sylvana naquela voz suave, ronronante. Era um pensamento cruel, e Pasqual não gostou dele.

— Mais alguma pergunta?

Outra mão se ergueu.

— Podemos tocar neles? Nos nossos entes queridos?

— Podem — respondeu Sylvana. — Mas não garanto que um toque assim será bem-vindo.

De novo era um pensamento pouco gentil. A dúvida se agitou na mente de Pasqual, mas ele a forçou para trás. Não sua Philia. Tinha esperado que as palavras de sua líder o fizessem sentir-se melhor, mas em vez disso estava inquieto e infeliz. Outros pareciam sentir o mesmo. E então entendeu.

Sylvana não queria que eles fizessem isso, mas não tinha como só proibir. Eram muitos os que desejavam aquilo. Suas ideias estavam se espalhando. Até pessoas como Elza, completamente leais à Dama Sombria, que a amavam... até Elza queria levar os Renegados numa direção diferente. Assim Sylvana estava fazendo o que podia para lhes roubar qualquer prazer no planejamento.

De repente viu sua "rainha" sob uma nova luz. Via muitas, muitas coisas sob uma nova luz.

Como se lesse sua mente, Sylvana disse:

— Sei que não estou parecendo otimista. É porque eu não estou. Confesso que gostaria de não fazer isso. Não porque desejo negar qualquer alegria a vocês, mas porque não quero vê-los sofrer. Vocês estão prontos para abraçar seus parentes vivos. Mas será que eles sentem o mesmo? O que vocês farão se eles não quiserem vê-los? Se acharem que vocês são abominações, monstruosidades, em vez de os Renegados notáveis e corajosos que são? Se estou sendo cruel, é apenas por compaixão.

— Todo mundo sabe disso, senhora! — exclamou Elza.

— Obrigada, Primeira Governadora. Mais alguma pergunta?

Certamente havia. Mas ninguém estava ousando fazê-las, e Pasqual achou que já tinha atraído atenção suficiente.

— Se não há, Primeira Governadora, eu tenho algumas para você. Pode se juntar a mim mais tarde para discuti-las?

— Como minha rainha desejar — respondeu Elza. Em seguida se virou para a multidão. — Espero que todos vocês compartilhem meu prazer e a ansiedade pelo reencontro com nossos entes queridos. Eu gostaria de agradecer novamente à Chefe Guerreira Sylvana por permitir que isso aconteça. Meu desejo mais profundo é que isso aconteça de modo tranquilo, para que vejamos mais nossos amigos e familiares no futuro. Pela Dama Sombria!

Outro grito soou e Sylvana deu um sorriso fugaz, em seguida desceu do tablado. A multidão de Renegados se abriu para a sua passagem. Os gritos de comemoração continuaram até que Sylvana, flanqueada por dois patrulheiros, desapareceu no corredor.

Pasqual se virou para Elza.

— Você parece um pouco melancólica — disse. — Achei que você estaria feliz.

— Ah! Ah, sim, estou. Mas admito que sinto um pouco de pena de mim. Gostaria de poder ver o meu Wyll. Mostrar que, depois de todo esse tempo, ainda tenho a aliança de casamento.

Surpreso, Pasqual olhou para a mão dela. Elza deu um risinho.

— Ah, não, claro que não cabe mais no meu dedo. Minhas mãos estão ossudas demais e eu não gostaria de me arriscar a perdê-la. Mas ela fica bem segura no meu quarto na estalagem.

Ele pensou em Philia.

— Elza, sinto muito.

Ela balançou a mão.

— Não se preocupe comigo. Tive mais sorte e amor do que a maioria. O legado de Wyll será que muitos outros poderão experimentar uma coisa maravilhosa graças a ele. Tudo bem se nós dois não pudemos ter. Não se pode ter tudo.

Ela se inclinou de modo conspirador e sussurrou:

— Mesmo assim vou pendurar a aliança numa corrente e usá-la no encontro.

— De algum modo acho que ele vai saber — disse Pasqual com sinceridade.

23

VENTOBRAVO

Francamente, Anduin estivera esperando ou uma recusa imediata por parte de Sylvana ou uma sequência arrastada de correspondências de um a outro. Para seu prazer — e surpresa — a líder da Horda havia respondido imediatamente que estava interessada em apoiar sua proposta. *Mas,* tinha escrito Sylvana, *começaremos com um grupo pequeno e bem controlado. Não vou me arriscar tentando os menos nobres do seu povo ao assassinato.*

Havia uma segunda carta, também. Esta havia firmado sua resolução em levar aquilo adiante — e além disso tocara seu coração.

Caro rei Anduin

Obrigada por ter dispendido tempo para escrever um bilhete tão gentil informando sobre o falecimento do meu querido Wyll. Ele gostava tremendamente da sua família, e fico feliz em saber que o menino de quem ele cuidou se tornou o homem que o reconfortou enquanto ele deixava este mundo.

Todos morreremos um dia, até os Renegados. Fico mais comovida do que o senhor pode imaginar ao saber que os últimos pensamentos dele foram em mim. Ele nunca esteve longe dos meus.

O Arcebispo Faol tem sido uma presença muito gentil aqui, e escrevo hoje não só para agradecer, mas para informar que todos os 22 membros do Conselho Desolado aceitaram sua oferta do encontro com nossos entes queridos que ainda respiram — se eles quiserem se encontrar conosco.

Nossa amada Dama Sombria pediu que cada membro do conselho submetesse cinco nomes ao senhor. Assim, se uma pessoa não estiver mais viva ou não quiser comparecer, há outras opções para o encontro.

Quanto a mim, não me resta nenhum conhecido para encontrar nessa reunião entre os vivos e os mortos-vivos. Wyll e eu não éramos jovens quando a morte nos separou, e a maioria das nossas ligações eram com os membros da família real e seus serviçais.

Se fosse pressionada, eu diria que gostaria muito de me encontrar com o senhor para expressar a gratidão em pessoa, mas entendo que isso seria arriscado demais para o senhor. Até mesmo sugerir esse encontro demonstra muita coragem, e eu só posso elogiá-lo.

Saiba que agora sua carta é um dos meus pertences mais queridos, abaixo apenas da aliança que Wyll me deu tanto tempo atrás, quando éramos jovens e felizes e o mundo estava cheio de esperança.

Obrigada por enchê-lo de esperança outra vez, ainda que somente por um dia.

Com respeito,

ELZA BENTO

Anduin se flagrou sorrindo. O sorriso sumiu aos poucos enquanto ele reconhecia que havia outros que, apesar de sem dúvida ficarem surpresos com as duas respostas, não ficariam nem um pouco satisfeitos.

Uma batida à porta o retirou do devaneio.

— Entre — gritou.

Preparou-se para mais uma repreensão por parte de seus conselheiros, mas ficou surpreso quando o guarda abriu a porta e deu lugar a Calia Menethil.

Anduin levantou-se e foi até ela.

— Calia! — exclamou. — Que bom ver você! A que devo esse prazer inesperado? — Ele estivera trabalhando à mesa e puxou uma segunda cadeira para a visitante.

Ela sentou-se.

— Eu procurei Laurena. Estava preocupada com seu amigo. Sinto muito, Anduin. — Seus olhos, do mesmo azul-mar que Anduin tinha visto em antigas pinturas representando Arthas, estavam cheios de simpatia. — Sei que Wyll pediu para você não curá-lo. Como sacerdote, sei como esse é um pedido difícil de ser honrado. Especialmente quando é alguém que a gente ama.

— Obrigado. Wyll era uma presença constante na minha vida e também na do meu pai. Sinto vergonha de saber tão pouco sobre ele. Para mim ele era apenas... o Wyll. — Anduin fez uma pausa. — Você já esteve com moribundos, Calia. Sabe que às vezes, quando falecem, eles acreditam que veem os entes queridos.

Ela assentiu com a cabeça dourada.

— É. Isso acontece com frequência.

— Wyll passou seus últimos momentos procurando a esposa, Elza. — Ele a encarou com intensidade. — Ela estava em Lordaeron.

Calia inalou depressa.

— Ah. E agora você está mais decidido ainda a fazer com que esse encontro aconteça.

— Estou cem por cento comprometido com ele. Meus conselheiros não ficaram... lá muito felizes com a ideia, mas o encontro vai acontecer. — Anduin levantou as duas cartas. — Duas cartas. Uma da própria Chefe Guerreira. Ela aceitou.

O rosto de Calia se moldou num sorriso.

— Ah, Anduin, que bom! E a segunda?

— De Elza Bento. Chefe do Conselho Desolado da Cidade Baixa. Ela era a mulher de Wyll. E também quer o encontro.

De repente Calia estava fora da cadeira e abraçando-o, rindo deliciada. Ele também riu um pouco, o primeiro riso em seus lábios desde a morte de Wyll. Abraçou-a de volta. Calia tinha mais ou menos a idade de Jaina, era um pouco mais velha. Ele havia sentido falta da "tia" e ficou feliz em encontrar em Calia alguém parecido.

Ela recuou, percebendo subitamente o que tinha feito.

— Peço desculpas, majestade. É que fiquei tão feliz...

— Não precisa se desculpar. É bom ter alguém que... bom, que pareça comigo em certos sentidos. Nós dois crescemos como filhos de reis e ambos fomos chamados pela Luz para nos tornarmos sacerdotes. Se Moira aparecesse aqui agora poderíamos formar um clube.

Anduin se arrependeu quase que de imediato por ter mencionado a vida anterior de Calia. Ela se enrijeceu e olhou para baixo. Ficava claro que aquilo ainda era algo que ela não desejava discutir. Antes que a situação ficasse incômoda, ele falou de novo, mudando de assunto:

— Sylvana mandou uma lista de nomes indicados por todos os membros do Conselho Desolado. Estou imaginando: será que você gostaria de me ajudar enquanto entrevisto essas pessoas?

Os dois sabiam, mas Anduin não disse, que Calia seria especialmente útil porque poderia se lembrar de algumas pessoas do Conselho Desolado, do tempo em que eram seres humanos. E também poderia reconhecer alguns nomes na lista feita pelo conselho.

Ela assentiu.

— Claro. Ficaria feliz em ajudar.

— Antes de começarmos com as entrevistas, há alguém que acho que deveríamos encontrar. Ele vai estar aqui hoje à tarde.

— É? Quem?

— Alguém que, espero, vai nos dar a sensação de como outros podem reagir. Um teste preliminar, digamos.

Fredrik Farley estava acostumado a fornecer comida, bebida e entretenimento para uma estalagem apinhada. Também estava acostumado a apartar as brigas que costumavam resultar da combinação dessas coisas. Tinha limpado sangue uma ou duas vezes e precisou expulsar alguns arruaceiros da Estalagem do Leão Orgulhoso, mas na maior parte do tempo ele se limitava a deixar as pessoas felizes. Seus fregueses, fossem da cidade ou só estivessem de passagem, vinham cantar, contar histórias ou se sentar junto ao fogo com uma caneca de cerveja. Às vezes abriam o coração para ele ou sua mulher, Verina, enquanto eles ouviam com simpatia.

O que Fredrik Farley *não* estava acostumado a fazer era se apresentar ao rei de Ventobravo.

Sua primeira reação ao ser convocado foi de terror. Ele e a esposa se esforçavam para que o Leão Orgulhoso fosse uma estalagem acima da média. O estabelecimento era da família Farley havia anos e oferecia bebidas a visitantes sedentos desde a época do rei Llane. Será que alguém fizera alguma reclamação por causa de uma briga recente? Poderiam tê-los acusado de misturar água na cerveja?

— O jovem rei Anduin tem reputação de ser bom — dissera Verina, tentando animar os dois. — Não o imagino jogando você na cadeia ou fechando nosso estabelecimento. Talvez ele queria falar com você sobre uma festa particular.

Fredrik amava Verina, amava-a desde que os dois tinham vinte e poucos anos. E agora a amava mais do que nunca.

— Acho que se o rei Anduin Wrynn quiser dar uma festa, ele tem um castelo lindo para isso — respondeu ele, dando um beijo leve na testa dela. — Mas quem sabe, não é?

A carta que o mensageiro lhe entregou falava de uma "questão pessoal" e pedia que ele viesse "o mais rápido que fosse conveniente". Isso, claro, significava pegar seu casaco e o chapéu logo após a breve conversa com a mulher e acompanhar o mensageiro de volta à Bastilha Ventobravo.

Foi acompanhado até a Câmara dos Solicitantes. Era uma sala grande e austera. Iluminada com lampiões e velas, incluía uma área com um tapete grosso, bordado, e alguns bancos, além de uma mesa pequena no centro, com quatro cadeiras. Um nobre com barba elegantemente aparada e duas tranças longas e grisalhas o recebeu, apresentando-se como o conde Capistrano de Espargosa. Fredrik foi convidado a sentar-se.

— Não, obrigado, milorde... é... conde — gaguejou ele. Como alguém se dirigia a um conde, afinal? — Prefiro ficar de pé, se não se incomodar.

— Por mim, tanto faz — disse o conde. Em seguida recuou alguns passos e cruzou as mãos às costas, esperando.

Fredrik tirou o chapéu e o segurou, passando a mão de vez em quando pela careca. Achava que precisaria esperar algum tempo. Supunha que reis tivessem muitas coisas para fazer num dia. Deu uma olhada no aposento grandioso. *Tão grande! Dava para colocar o Leão Orgulhoso inteiro aqui dentro, e ainda sobraria espaço.*

— Estou falando com o estalajadeiro Fredrik Farley? — perguntou uma voz agradável e juvenil.

Fredrik se virou, esperando ver um lacaio, e em vez disso se pegou frente a frente com o rei Anduin Wrynn. Mas o governante de Ventobravo não estava sozinho. Uma mulher mais velha se encontrava ao lado dele, vestindo um manto branco e amplo. E de perto os seguia um homem mais velho e musculoso, de cabelo branco, barba aparada e olhos azuis penetrantes.

— Majestade! — disse Fredrik, a voz subindo com surpresa. — Perdão... eu não estava...

Ele é tão jovem!, pensou Farley. *Anna é mais velha do que ele. Eu não tinha percebido...*

O rei espantosamente jovem deu um sorriso descontraído, gentil, e indicou uma cadeira.

— Por favor, sente-se. Obrigado por vir.

Fredrik se esgueirou até a cadeira e se sentou, ainda segurando o chapéu. O rei sentou-se à sua frente e a sacerdotisa e o homem mais velho que o acompanhavam fizeram o mesmo. O rei Anduin cruzou os braços e olhou para Fredrik com firmeza, mas sempre gentil. O mais velho cruzou os braços e se recostou na cadeira. Ao contrário do rei e da sacerdotisa, ele parecia quase zangado. Parecia familiar a Fredrik, que no entanto não conseguiu situá-lo.

— Lamento pelo mistério disso tudo, mas é uma questão um tanto delicada e eu queria falar pessoalmente com você.

Fredrik sabia que seus olhos estavam grandes como ovos, mas não podia fazer absolutamente nada com relação a isso. Engoliu em seco. Anduin fez um gesto para o nobre que estava de serviço.

— Vinho para o Sr. Farley, por favor, conde de Espargosa. Ou o senhor prefere cerveja?

O rei de Ventobravo está perguntando se eu quero vinho ou cerveja, pensou Fredrik. O mundo tinha mesmo enlouquecido.

— O... o que o senhor quiser, majestade.

— Uma garrafa de Tinto de Dalaran Maduro — disse, e o conde assentiu e saiu. O rei voltou a olhar para Fredrik. — Você é estalajadeiro. Deve estar familiarizado com o que escolhi.

Fredrik de fato conhecia a safra, mas ela não era uma bebida muito pedida no Leão Orgulhoso, por conta do preço exorbitante.

— Estou oferecendo uma taça agora porque vamos brindar a um homem muito corajoso — continuou o rei. — Depois vou lhe perguntar se você estaria inclinado, caso fosse possível, a fazer uma coisa muito corajosa.

Fredrik assentiu.

— Claro, senhor. Como o senhor desejar.

A sacerdotisa pôs uma das mãos em seu braço, com gentileza.

— Sei que é difícil não ficar nervoso, mas garanto que você está livre para ir embora a qualquer momento. O pedido de sua majestade é apenas isso, e não uma ordem.

Fredrik sentiu parte do nervosismo diminuir, e o ritmo de seu coração, que estivera batendo de modo feroz desde que o mensageiro chegara à estalagem, enfim começou a se assentar, apesar da carranca do sujeito mais velho.

— Obrigado, sacerdotisa.

Anduin continuou:

— Eu soube que você perdeu seu irmão durante a peste. Quero que saiba que lamento muito sua perda.

Não era de jeito nenhum o que Fredrik estava esperando. Sentiu que tinha levado um soco na barriga. No entanto, os olhos azuis do jovem rei permaneceram amistosos e simpáticos, e Fredrik se pegou falando com liberdade.

— É — disse. — Nós éramos chegados quando éramos garotos. Frandis sempre gostou de brincar com espadas. Era bom nisso, muito melhor do que eu. Arranjou trabalho como guarda de caravanas de suprimento contra os rufiões. Ele ia daqui até Altaforja ou a qualquer lugar aonde as caravanas fossem. Naquele dia, eles foram para Lordaeron.

O garoto — *não, Fredrik, o rei!* — baixou os olhos por um minuto.

— E você pensou que Frandis tivesse morrido, não foi?

Uma esperança súbita tomou conta do estalajadeiro.

— Ele não... ele está vivo?

O rei balançou com tristeza a cabeça loura.

— Não. Mas se tornou Renegado. E foi como Renegado que virou herói. Frandis foi morto porque desafiou um tirano, o Chefe Guerreiro da Horda, Garrosh Grito Infernal. Morreu porque não quis cumprir ordens que sabia serem erradas e cruéis.

O conde de Espargosa voltou trazendo uma bandeja com quatro taças e o vinho prometido. O rei assentiu em agradecimento e encheu as taças. Fredrik pegou a dele, tendo cuidado para não apertar demais o vidro frágil. Não era uma das canecas pesadas com as quais estava acostumado na taverna, com certeza.

Frandis — seu irmão — tinha sido um Renegado. De súbito Fredrik começou a tremer e o vinho balançou na taça linda. Tomou um gole para acalmar os nervos, depois se censurou por não ter saboreado aquela bebida rara.

— Herói — disse Fredrik, repetindo as palavras do rei Anduin.

— Não me parece coisa de Renegado — acrescentou com cautela, imaginando se aquilo seria algum tipo de teste.

— Não do modo como pensamos sobre os Renegados — disse a mulher.

Ao lado dela, o sujeito grisalho parecia cada vez mais irritado.

— Mas não parece coisa do Frandis? — perguntou o rei.

Lágrimas brotaram nos olhos de Fredrik.

— Parece. Ele era um homem bom, majestade.

— Eu sei — disse o rei. — E foi um homem bom mesmo depois de morrer. Existem outros Renegados que também retêm o que eram, mesmo depois... da transição. Nem todos, sem dúvida. Mas alguns.

— Isso... não parece possível — murmurou Fredrik.

— Deixe-me fazer uma pergunta. Vamos supor que, por algum acaso, Frandis ainda estivesse conosco, que ainda fosse o homem bom que era seu irmão. Você gostaria de se encontrar com ele?

Fredrik baixou o olhar para o colo. Viu que suas mãos grandes e fortes estavam apertando e torcendo o chapéu, até ele ficar todo amassado e disforme.

Que pergunta! Ele *quereria* isso?

O velho falou pela primeira vez:

— Ao responder tenha em mente que ele seria seu irmão, mas seria um Renegado, também. — Sua voz era profunda e quase parecia um rosnado. — Não estaria vivo. Poderia estar apodrecendo. Provavelmente haveria ossos se projetando da pele. Ele teria feito coisas terríveis como parte do Flagelo. E estaria servindo à Rainha Banshee. Você ainda estaria interessado em encontrar seu "irmão"?

O rei Anduin não pareceu satisfeito com as palavras do velho, mas tampouco o silenciou. Fredrik sentiu-se frio, tentando afastar a imagem que fora pintada. Seria aterrorizante ficar cara a cara com...

Com o quê? Ou, mais importante, com quem? Com um monstro? Ou com seu irmão?

Fredrik teria de descobrir isso pessoalmente, não era?

O estalajadeiro engoliu em seco e olhou primeiro para o rosto jovem do rei, depois para o rosto gentil da sacerdotisa. Em seguida, com menos vontade, para o homem mais velho, quase raivoso.

Sua resposta foi para o rei.

— Sim, majestade — declarou. — Eu quereria vê-lo. E se ele fosse como o senhor disse, uma pessoa que tentou impedir uma coisa ruim, ainda seria o meu irmão.

O rei e a sacerdotisa trocaram olhares satisfeitos, e o rei encheu de novo a taça de Fredrik, enquanto o homem mais velho balançava a cabeça e suspirava frustrado.

24

VENTOBRAVO

Nos dias seguintes Anduin e Calia pegaram a lista de nomes de humanos que Sylvana tinha enviado e despacharam cartas para todos os mencionados. O próprio Anduin as escreveu, em vez de mandar um escriba fazer isso, deixando claro que a participação no Encontro, como ele e Calia tinham começado a chamar, era completamente voluntária.

Nenhum mal acontecerá com você ou com sua família caso se recuse, disse na missiva. *Isto não é uma ordem, e sim um convite, uma chance de ver outra vez seus entes queridos, ainda que estejam diferentes de suas lembranças.*

Os mensageiros que entregariam as cartas foram instruídos a não ir embora sem uma resposta. Alguns que estavam na lista sabiam escrever e redigiram as respostas; outros as ditaram ao mensageiro. Anduin olhou a pilha de respostas e suspirou:

— Contando o lote de hoje, há mais recusas do que aceitações — disse.

Calia deu um sorriso triste, mas gentil.

— Isso não deveria ser surpreendente — respondeu.

— Não, não surpreende. — *E por isso é doloroso,* pensou ele, mas não disse.

— Mas houve alguns que aceitaram na mesma hora — lembrou.

— E cada membro do conselho submeteu cinco nomes, prevendo que alguns não quisessem se envolver.

— Verdade. — Fazia-lhe bem lembrar isso. A tarefa estava apenas começando; todas as pessoas que tinham respondido positivamente precisariam ser entrevistadas para garantir que seu desejo de se reunir com parentes ou amigos vinha do amor e da preocupação, e não da vingança. Outros conselheiros tinham se oferecido para ajudar Calia e Anduin no processo, mas o jovem rei recusou. Era amargo, mas ele não confiava na imparcialidade deles. Vira como Genn tinha ficado insatisfeito com Fredrik Farley. As pessoas precisavam entender o que poderiam encontrar, mas não precisavam ser convencidas a recusar.

Anduin foi informado de que o sentimento negativo não estava limitado aos seus conselheiros. Guardas e pessoas que trabalhavam com Shaw tinham informado que havia murmúrios em algumas tavernas e nas ruas. Os guardas tinham sido instruídos a interromper essas conversas caso elas se aproximassem da sedição ou ficassem violentas. Até agora nada ruim havia acontecido; segundo os guardas, o ódio expresso era com relação a Sylvana e à Horda pelo que tinham feito com seus entes queridos. Alguns ainda acreditavam que a morte era melhor do que virarem "monstros".

A comunicação entre ele e a Rainha Banshee continuava correndo surpreendentemente bem. Já haviam estabelecido uma série de regras com as quais ambos concordavam e até consultado os conselheiros por motivos de segurança. Todos, se não estavam felizes, pelo menos aprovavam o local escolhido, os números escolhidos e os passos que seriam dados desde a chegada das forças de cada facção até a hora e o modo de partirem.

Num determinado ponto Genn confrontou Anduin e perguntou sem rodeios:

— Como você pode trabalhar tão facilmente com a criatura que traiu o seu pai? Há mais sangue nas mãos dela do que água no oceano!

— Não é fácil — respondeu Anduin. — E ela tem mesmo sangue nas mãos. Todos nós temos. Não, Genn. Não posso mudar o passado. Mas se isso correr bem, posso mudar o futuro: uma pessoa, uma mente, um coração de cada vez. E talvez isso baste para que uma nova erupção de guerra alimentada pela azerita não apague todos nós.

Os dias passaram. Anduin e Calia continuaram a se reunir com as pessoas cujos nomes estavam na lista. Algumas eram como Fredrik: indivíduos que tinham dificuldade com o conceito de Renegados como "pessoas", mas que ansiavam por conexão. Outros, mesmo podendo ter exprimido a disposição de se encontrar com os parentes Renegados, foram considerados inadequados. Calia era uma observadora atenta e Anduin confiava nos antigos ferimentos recebidos do Sino Divino para guiar suas decisões. E às vezes, por mais triste que fosse, ficava bastante óbvio que a "reunião" poderia resultar em violência.

Havia uma corrente oculta de hostilidade, um desejo não verbalizado de castigar os Renegados pelo simples fato de terem morrido e renascido. Outros, em geral com motivo mais do que suficiente, sentiam raiva explícita de Sylvana. Esses recebiam uma moeda e um lanche pelo tempo perdido e eram dispensados.

— O ódio sempre me surpreende — disse Anduin uma vez a Calia.

— Não deveria. Mas surpreende.

Ela assentiu com tristeza.

— Como sacerdotes, não podemos endurecer o coração e ainda fazer o que a Luz pede. A vulnerabilidade é nossa força e nossa fraqueza. Mas eu não gostaria que fosse diferente.

No último dia as velas tinham ardido até quase o final na câmara quando a última pessoa se sentou na cadeira. Chamava-se Philia Fintallas, e a pessoa que tinha pedido a presença dela era o pai, Pasqual.

Philia devia ter uns 15 anos, no máximo. Tinha olhos grandes e expressivos e nariz pequeno. Vibrante como se mostrava ser, parecia tão distante de um Renegado quanto o verão do inverno.

— Meu pai era historiador em Lordaeron, e eu nasci lá — disse ela. — Mas tínhamos parentes aqui. Tios, tias, primos. Eu tinha vindo fazer uma visita. Deveria ir para casa logo no dia depois da...

Ela parou, com lágrimas brotando nos olhos. Anduin pegou um lenço e lhe entregou. Ela o aceitou com um trêmulo sorriso de agradecimento e tomou um gole da água dada por Calia.

— Depois da chegada de Arthas — terminou Anduin por ela. Em seguida olhou de lado para Calia. Não podia se lembrar da quantidade de vezes que o nome do irmão dela fora mencionado naqueles encontros com sobreviventes. E cada um deles o havia xingado com ênfase. Em algum nível isso deveria magoar a irmã do sujeito. Anduin jamais identificou Calia pelo nome, e ela jamais reagiu às coisas malignas ditas sobre o já falecido Lich Rei. Ele admirou sua força, principalmente por causa do que ela havia dito sobre não endurecer o próprio coração.

Philia assentiu, triste, depois respirou fundo e continuou:

— Nós nunca soubemos nada sobre mamãe e papai, por isso presumimos que eles estivessem mortos. *Esperávamos* que eles estivessem mortos, depois de tudo que ficamos sabendo sobre o Flagelo. Ah, não é tão horrível agora que sei... devo dizer que meu tio não quis que eu viesse quando recebi sua carta, majestade. Mas eu precisava vir. Se, por algum milagre, ainda for ele, preciso vê-lo. Preciso ver meu pai!

Sua voz ficou embargada quando as lágrimas que ela havia se esforçado tanto para conter começaram a se derramar pelas bochechas.

Calia tinha sido gentil e generosa com todos com quem ela e Anduin haviam falado, mas o amor óbvio dessa jovem claramente a impressionou de modo intenso. Ela se levantou e foi até Philia, abraçando-a com força, deixando-a soluçar em seu ombro. Anduin pensou ter vislumbrado lágrimas nos olhos da sacerdotisa enquanto as duas mulheres se abraçavam, e um pensamento lhe veio. Era uma questão delicada, mas que ele precisava abordar com Calia assim que a tarefa ali estivesse terminada.

— É verdade, garanto — disse a Philia. — Não conheci seu pai, mas encontrei muitos Renegados que se lembram de quem eram e que ficariam muito felizes em se reunir com aqueles que os consideravam mortos ou destruídos para além de qualquer reconhecimento.

Calia deu um passo atrás, afastando-se da jovem, pondo as mãos nos ombros dela.

— Philia? Olhe para mim.

A garota fez isso, engolindo em seco, os olhos vermelhos e inchados.

— Ouvi alguém, que conhece seu pai como ele está agora, falar sobre ele. A pessoa fala muito bem dele e diz que continua gentil e inteligente. Acredito que vai ser um encontro jubiloso para vocês dois.

— Obrigada! Muito obrigada! Quando isso vai acontecer?

— Vamos mandar um mensageiro com instruções — prometeu Anduin. — Esperemos que em breve.

Quando a garota foi embora, sorrindo de alegria, Calia deu um sorriso para Anduin, ainda que seu rosto continuasse molhado com as lágrimas de empatia.

— Espero que agora você veja o bem que está fazendo, Anduin Wrynn.

Ele lhe deu um sorriso torto.

— Espero que seja um bem mesmo. Vou relaxar quando tudo isso estiver terminado. Eu não poderia ter feito isso sem você, Calia. Você tem um dom para entender as pessoas.

— Foi uma coisa que aprendi desde cedo, como filha de uma família real, e como tenho certeza de que você também aprendeu. Trabalhar tão de perto com tantos colegas sacerdotes só ajudou a melhorar essa habilidade e temperá-la com compaixão.

Houve uma pausa. A própria Calia tinha acabado de lhe dar um modo de continuar com a conversa que ele desejava ter com ela, mas mesmo assim Anduin se conteve.

— Calia — começou ele com cuidado. — Você tem sido de uma ajuda tremenda. E não é cidadã de Ventobravo. Se esse plano acabar levando à paz, você será uma heroína da Aliança.

Ela deu um sorriso um tanto pesaroso.

— Obrigada, mas não me considero membro da Aliança. No momento sou cidadã de lugar nenhum, a não ser, talvez, do Templo Eterluz. Vou aonde a Luz mandar. Acredito que este de fato é o caminho para curar outras feridas maiores.

Anduin não podia abandonar o assunto sem ter certeza absoluta. Havia muita coisa em jogo.

— O reino de Lordaeron é seu, por direito de nascença. Poucos estariam dispostos a abrir mão do título e do poder que ele concederia. Entendo seu raciocínio, mas a maioria das pessoas não. Pode haver alguns defensores nacionalistas surgindo, prontos para tomar a cidade em seu nome.

De repente a expressão de Calia ficou pensativa, e ela o encarou.

— Você estaria entre eles, Anduin? É por isso que está perguntando? O rei de Ventobravo entraria em guerra contra a Horda, atacaria a Cidade Baixa, para conceder à rainha de Lordaeron seu reino vazio?

O trono era mesmo dela, por todos os direitos. Mas valeria uma guerra, caso ela expressasse o desejo de reivindicá-lo? Calia viu o dilema em seu rosto e pôs a mão sobre a dele.

— Entendo. Não se preocupe. Os que habitam Lordaeron viveram lá em vida. Os Renegados são os herdeiros de verdade. Agora o reino pertence a eles. O melhor que posso fazer por aqueles que eu teria governado é exatamente o que já estou fazendo. Encontrei a paz e uma vocação onde sou mesmo importante. Isso é mais vital do que uma coroa ensanguentada.

— Sacrificar a paz e uma vocação costumam ser o *preço* de uma coroa — disse Anduin.

— Você não deixou que fossem. Ventobravo tem sorte em ter você. Mas se quer mesmo me agradecer, tenho um favor a pedir. A você e ao arcebispo. Eu gostaria de participar do Encontro.

Anduin franziu a testa ligeiramente.

— Não creio que seja sensato. Pode haver quem a reconheça. Poderia ser perigoso. Poderia ser... mal interpretado.

Na verdade, poderia levar a uma guerra.

— Se algum Renegado me reconhecer, isso me dará a chance de mostrar que não desejo mal a eles — contrapôs ela. — Que não tenho desejo de expulsá-los do lugar que é seu lar por tanto tempo. Quero que fiquem lá. Quero que estejam em segurança.

Anduin a observou com atenção, respirando fundo e se concentrando. *Luz — faça com que eu saiba se ela deseja mal a eles.* Não sentiu nenhuma dor nos ossos em resposta, nenhuma sugestão de que Calia Menethil planejasse algum tipo de golpe assassino. As intenções dela estavam alinhadas com a Luz à qual os dois serviam.

— Já estabeleci um elo de confiança com as pessoas que entrevistamos — continuou ela. — E ninguém conhece o arcebispo melhor do que eu.

Era verdade. E ninguém a conhecia melhor do que Faol.

— Vou falar com o arcebispo — disse Anduin finalmente. — Se ele concordar, eu também concordo.

Calia sorriu.

— Obrigada. Isso significa mais do que você imagina.

Havia uma última coisa que ele se sentia compelido a dizer.

— Tenho uma pergunta, e a resposta é importante.

O cabelo dourado de Calia, tão dourado quanto o de Arthas, tão dourado quanto o de Anduin, caiu numa cortina brilhante cobrindo o rosto quando ela olhou para baixo. Sua voz saiu pequena quando falou.

— Confio em você, Anduin. Se você acha que precisa da resposta, pergunte.

Ele respirou fundo.

— Calia... existe algum filho? Você tem um herdeiro?

25

VENTOBRAVO

As palavras não ditas pendiam entre os dois, pesadas e tristes, e Anduin soube da resposta antes que ela dissesse.

— Houve uma criança — disse Calia Menethil, tão baixinho que ele precisou se esforçar para ouvir.

Só isso já bastava, mas Anduin esperou para ver se ela estava preparada para contar a história. Logo que ele respirou fundo para mudar de assunto, ela começou a falar:

— Você precisa entender... meu pai em geral era um homem gentil e compreensivo, mas em uma questão era irredutível: ele escolheria o homem com quem eu deveria me casar, e a mim só caberia concordar.

Seus olhos verde-mar, cheios de tristeza, se levantaram, afastando-se das mãos apertadas no colo.

— Eu cometi muitos erros e fiz escolhas ruins na vida. Todo mundo já fez isso. Mas, como alguém da realeza, nossas decisões importam mais do que as dos outros, porque afetam muitas pessoas. Você pode sentir que precisa encontrar uma rainha, ter um herdeiro. Seus conselheiros lhe dirão para fazer um bom casamento político. Outros podem ser capazes de viver com isso. Mas não gente como nós. Prometa, Anduin: o que quer que lhe digam para fazer, não se case se não for o desejo do seu coração.

O rosto dela estava feroz, mas ainda lindo e perturbado, e suas palavras o golpearam com a força da verdade. No entanto, Anduin sabia que, no fim, precisaria fazer o que fosse melhor para o reino.

— Não posso fazer uma promessa que talvez não consiga cumprir — disse. — Mas, se é que vale alguma coisa, eu compartilho seus sentimentos nesse aspecto.

— Todos fazemos o que precisamos. Eu não era a herdeira direta. Não tenho as suas responsabilidades. Se tivesse, talvez concordasse sem protestar. Mas Arthas era o herdeiro, o primogênito, e conforme ele crescia meu pai passava a se concentrar mais nele. Parecia que Arthas formaria um casal perfeito com Jaina: um casamento com amor e vantagens políticas. Pelo menos até que, de algum modo, Arthas decidiu que não era o que ele queria.

Ela fez uma pausa, depois o encarou.

— Jaina... eu estive com medo de lhe perguntar. Ela...

— Está viva — Anduin se apressou em garantir. — Não sabemos onde, mas Jaina é capaz de cuidar de si mesma.

Não contou as dificuldades de Jaina ou que ela parecia ter abandonado a Aliança. Calia tinha sofrimentos suficientes no coração. Anduin não tinha vontade de aumentá-los, a não ser que ela indagasse.

Suas palavras pareceram bastar para Calia. Ela sorriu, com um olhar distante, e disse:

— Fico feliz. Ela era uma pessoa muito querida, quando éramos mais novas. Quando o mundo era menos cruel do que é hoje. E com o que Arthas... virou... fico muito satisfeita por eles não terem se casado.

Ela respirou fundo e continuou:

— Mas enquanto os olhos do meu pai estavam voltados para o meu irmão, eu fiz minha própria rebelião discreta. Me apaixonei por uma pessoa que meu pai jamais aprovaria: um lacaio. Nós aproveitávamos cada raro momento possível. E, certa vez, na escuridão da noite, fugimos e pedimos que uma sacerdotisa nos casasse. A princípio ela recusou, mas insistimos. Voltamos lá, de novo e de novo, meu doce amor e eu, e, enfim, com a bênção da Luz, fomos casados.

Sua mão baixou para a barriga, agora lisa, mas que um dia já estivera redonda com um filho.

— Quando tive certeza de que estava grávida, contei à minha mãe. Ah, como ela ficou furiosa! Mas ela podia ver no meu rosto que era um amor verdadeiro, e eu lhe garanti que meu filho seria legítimo. Meu pai estava ocupado demais com Arthas para protestar quando minha mãe e eu fomos num "longo retiro" para partes mais remotas do reino.

A mão de Calia parou de se mexer sobre o abdômen e os dois punhos se fecharam.

— Pude abraçar minha menininha e cuidar dela durante algumas semanas antes de decidirmos que meu marido iria criá-la, longe de Lordaeron e ignorando a própria linhagem. Minha mãe prometeu que, quando chegasse a hora certa, quando Arthas enfim se casasse e produzisse um herdeiro, poderíamos reconhecer minha filha e elevar meu marido à nobreza, para que o nome dela fosse imaculado. Mas esse dia nunca chegou. O que chegou foi o Flagelo.

Anduin ficou escutando com o coração tomado de simpatia. Calia estava descrevendo que seria vendida como gado para quem pagasse mais. Tinha se rebelado, se apaixonado e concebido uma criança. Uma filha. Por um breve momento, Anduin se perguntou como seria um filho ou uma filha que ele tivesse. Independentemente da aparência ou do sexo, um dia o bebê iria governar... e até então seria profundamente amado.

— Não me lembro muito daquela época. Eu me lembro de estar deitada numa vala, o Flagelo passando acima de mim. Até hoje acredito que foi graças à Luz que não me encontraram. Segui para a Costa Sul, onde meu marido e minha filha estavam escondidos. Nós três choramos com o reencontro. Mas não durou.

Não. Pela segunda vez, não. Anduin segurou um dos punhos fechados dela. Por um momento a mão ficou tensa sob a dele. E depois, devagar, ela se desenrolou enquanto Calia permitia que seus dedos se entrelaçassem.

— Não precisa dizer mais nada, Calia. Sinto muito se perturbei você.

— Tudo bem. Já que comecei, acho que quero terminar.

— Só se você desejar — garantiu ele.

Ela lhe deu um sorriso triste.

— Talvez, se eu contar a alguém, os pesadelos parem.

Ele se encolheu por dentro; não tinha o que responder. Ela continuou:

— Ninguém me reconheceu. Todos presumiam que eu havia morrido. Ficamos felizes por um tempo. E então veio a praga. Nós fugimos. Eu não abandonaria minha família de novo, mas fomos separados na multidão. Eu me vi sozinha no meio da rua, gritando por eles. Alguém sentiu pena de mim, me puxou para cima do cavalo e galopamos para fora dos limites da cidade bem a tempo.

"Havia um grupo de refugiados na floresta. Muitos de nós ficamos esperando, desesperados por notícias dos nossos entes queridos. Às vezes as orações eram atendidas, e havia reencontros que eram... — Calia mordeu o lábio. — Eu rezei para que minha família também fosse poupada. Mas... — Sua voz ficou no ar. — Nunca mais os vi.

E então, com uma percepção que fez sua respiração parar, em choque, Anduin entendeu por que Calia decidira aproximar-se dos Renegados. Por que, em vez de vê-los como destruidores de sua cidade, de seu modo de vida e de toda a sua família, ela havia optado por se identificar com eles.

— Você espera que seu marido e sua filha também tenham se tornado Renegados, em vez de morrer como parte do Flagelo — disse baixinho. — Você espera ter notícias deles no Encontro.

Calia assentiu, enxugando as lágrimas com uma das mãos. A outra permaneceu apertando a do jovem rei.

— Sim. Só quando conheci o arcebispo comecei a entender que os Renegados não eram monstros. Eram apenas... *nós*. As mesmas pessoas que você e eu seríamos se tivéssemos sido mortos e recebido uma vida diferente.

— Você não sabe se sua família estaria desse jeito — alertou Anduin. — Eles podem ter enlouquecido ou se tornado cruéis. Poderia ser devastador vê-los. — As palavras de Genn para Fredrik voltaram para ele agora, enquanto falava.

— Eu sei. Mas preciso aproveitar a chance. Não é disso que se trata a Luz, Anduin? De esperança?

A mente de Anduin voltou para o julgamento de Garrosh Grito Infernal. A fuga daquele orc fora executada graças ao caos semeado por um ataque inesperado contra o templo. Naquela batalha, Jaina acabou seriamente ferida.

Não, corrigiu-se. Ela acabou à beira da morte.

Muitos tentaram curá-la, membros tanto da Aliança quanto da Horda. Mas o ferimento era grande demais. Anduin se lembrou de ter se ajoelhado no piso de pedra fria do templo, observando a respiração dificultosa de Jaina, vendo bolhas vermelhas se formar nos lábios, com as mãos pousadas em seu vestido ensanguentado. *Por favor, por favor,* rezou, e a Luz veio. Mas ele, como os outros, estava exausto. E a Luz invocada não bastaria para salvá-la.

Lembrou-se de outros dizendo para ele se afastar, que tinha feito tudo que podia. Mas Anduin ficou ali, naqueles momentos tristes, impotentes, antes da morte daquela mulher que ele havia amado como uma tia. *Não,* disse aos que desejavam que ele se afastasse. *Não posso.*

E em seguida a voz de seu professor — Chi-Ji, a Garça Vermelha. *Então o aluno se lembra das lições do meu templo.*

Anduin citou as palavras de Chi-Ji para Calia.

— Esperança é o que você tem quando todas as outras coisas falham. Onde há esperança você abre espaço para a cura, para todas as coisas possíveis. E para algumas impossíveis.

Os olhos de Calia brilharam e ela deu um sorriso trêmulo.

— Você entende — disse.

— Entendo. E sei que você participar do Encontro é o certo.

Enquanto falava, Anduin sentiu um calor e uma calma dominá-lo. Essa calma passou para Calia, através das mãos cruzadas, e ele viu as linhas em volta dos olhos e da boca se suavizarem, o corpo dela relaxar.

Independentemente de qualquer coisa, esse ato de gentileza era o certo. Anduin precisava esperar que não pagariam um preço alto demais por isso.

TANARIS

A dupla de goblin engenheiro e gnoma mineralogista se apressou. Safi instigava Grizzek a dizer tudo que sabia sobre seu "chefe", e ele sofria ao ver o rosto dela, em geral tão luminoso e alegre — em especial naquelas últimas semanas — ficar mais sombrio e recolhido. Às vezes Grizzek se irritava ao ver como pensavam sobre seu povo ou, de modo mais exato, o detestavam. Nem todos os goblins só queriam vender coisas perigosas a preços absurdos. Havia alguns que até eram benquistos, como Gasganete, que atuava em Vila Catraca, ao sul de Orgrimmar.

Mas Jastor Gallywix era o exemplo do que havia de pior nos goblins. Era astuto, egoísta, arrogante, implacável e desprovido de remorso. Tinha até chegado a vender membros do próprio povo como escravos logo depois do Cataclismo. Grizzek e sua querida Docinho tinham se envolvido tanto na magnificência espantosa da azerita que haviam perdido de vista o que sem dúvida estava no âmago do desejo de Gallywix aprender sobre ela: a capacidade de matar quem ele quisesse.

— Isso tudo é minha culpa — disse Grizzek num determinado momento, arrasado como nunca. — Eu não deveria ter confiado na promessa de Gallywix. Deveria saber que ele ia me mandar fazer armas. E, pior do que tudo, eu *nunca* deveria ter arrastado você para o meio disso tudo. Sinto muito.

— Ei. — Safi deslizou para os braços dele e se aninhou em seu peito fundo e verde. — Ainda que eu não aprove seus métodos, fico feliz porque estamos trabalhando juntos nisso. Você estava certo. Sabia que eu quereria me envolver. Eu posso ter chegado aqui chutando e gritando, mas fiquei porque quis. E porque...

Grizzek prendeu o fôlego. Será que ela iria dizer...

— Porque estou feliz por termos nos encontrado de novo. Essa azerita é um negócio poderoso. Seu estado natural tende para o crescimento e a cura. Talvez até Gallywix entenda que é muito melhor usá-la nesse sentido.

— Docinho, ele é um goblin. Nós gostamos de explodir coisas.

Claro que ela não poderia negar isso.

— Bom — tentou. — Construir e curar é tão importante quanto destruir e matar.

Safroneta era muito ingênua. E ele a amava demais por isso.

Quando Gallywix apareceu, barriga grande, atitude grande e sorrisos grandes, eles estavam preparados.

— Príncipe Mercador — disse Grizzek. — Por favor, permita que eu apresente minha parceira de laboratório: Safroneta Flaivvers.

Safi fez uma reverência, o que pareceu ridículo, mas cativante, já que ela estava usando macacão e botas pesadas. Gallywix pareceu fascinado.

— É um prazer, um prazer — trovejou em sua voz abrasiva e áspera, segurando a mão dela e a encostando nos lábios. Safi empalideceu, mas não a afastou. — Sequestrá-la valeu cada moeda, minha cara, e olha que eu ainda nem vi o seu trabalho.

— Ah... obrigada. — Os olhos dela se estreitaram, e ficou óbvio que Safi só queria dar um soco na cara do goblin, mas de novo se conteve para não fazer coisas que provavelmente resultariam em sua prisão e/ou execução.

— Estivemos trabalhando numa variedade de coisas — começou Grizzek, mas Gallywix o interrompeu.

— Num monte de armas, espero — disse Gallywix passando pela porta do pátio. — Nossa Chefe Guerreira está muito, muito interessada em coisas que façam *bum*. E eu respondi: "Chefe Guerreira, não se preocupe, querida. Eu conheço um especialista em criar coisas que fazem *bum*."

— Na verdade — disse Safi, forçando um sorriso —, os goblins já são excelentes em criar coisas que fazem *bum*. Estivemos trabalhando em coisas muito mais valiosas.

Levaram-no para o laboratório. Os trabalhos preferidos dos dois estavam arrumados com intenção de impressionar. Eles começaram a apresentar os itens enquanto Gallywix espiava, os olhos minúsculos fixados famintos na azerita.

Primeiro mostraram os itens usados como adereço: as joias e badulaques.

— Nós nos inspiramos em você — disse Grizzek. — Sua bengala foi o primeiro adorno feito com azerita! — Gallywix sorriu e deu um tapinha no globo dourado. Safi abordou as propriedades dos vários badulaques e Grizzek pegou a armadura que os dois tinham feito.

— Caramba! — exclamou Gallywix enquanto olhava a armadura receber minutos e mais minutos de disparos diretos da Impacto de Raios 3000. Em seguida veio a demonstração com o Esmagator. Grizzek tinha reconstruído a mão estragada e se encolheu de novo quando, mais uma vez, ela foi destruída no momento em que o retalhador modificado tentou esmagar um pedaço de azerita.

— Ora, ora! — disse Gallywix. — Esse negócio é forte.

— Pense nos materiais de construção que você poderia fazer com isso — disse Safi. — Suportariam incêndios, terremotos...

— Pense nos retalhadores que poderíamos fazer!

— É... verdade. Vamos em frente.

Em seguida, Safi demonstrou o que Grizzek chamou de "melhor truque de salão" dela, ao neutralizar veneno e lambê-lo da mão.

— Você não vai precisar fazer antídotos específicos — disse ela. — Basta andar com um pouco disso e mantê-lo líquido. E, não importando o veneno, ele não será mais problema!

— Rá, rá! Quando *a gente* usa, veneno *nunca* é problema! — Todas as papadas e a barriga de Gallywix tremelicaram com as risadas.

Grizzek estava começando a ficar nauseado. Sua pobre Safi parecia sentir o mesmo.

No fim das demonstrações, Gallywix não aparentava estar muito feliz.

— Eu pedi armas. Especificamente. Pelo nome.

— Ah, sim — disse Grizzek. — Quanto a isso. Nós, ah...

— Certas coisas podem ser modificadas para virar armas — disse Safi, espantando Grizzek. — Mas eu insistiria para o senhor não fazer isso. O que nós mostramos poderia salvar vidas. Vidas da Horda. — Essa admissão era difícil para ela, mas Safi perseverou. — O senhor pode construir estruturas que a Aliança não poderá atacar. Pode estender vidas, curar ferimentos, salvar pessoas que de outro modo morreriam. Isso ajuda a Horda. O senhor não precisa de armas.

Gallywix suspirou e olhou para Safi com uma expressão quase gentil e quase respeitosa.

— Você é bonitinha e inteligente, portanto vou dizer de modo gentil. Nós estamos num mundo que sempre vai estar em guerra, bochechinha linda, e os únicos que sobrevivem são os que têm as maiores armas. O Grizzek aqui sabe disso. Vocês, gnomos, parecem ter problema com esse conceito. Nós *vamos* fazer construções, curar doenças e salvar vidas. Mas também vamos esmagar a Aliança. E, Srta. Espertinha, você precisa decidir se vai estar do lado vitorioso quando tudo isso acontecer. Acredite quando digo que espero isso.

Ele olhou para Grizzek, apontando um dedo para pontuar as palavras.

— Armas. Logo.

Depois inclinou a cartola horrorosa para Safi e saiu bamboleando.

Durante um longo tempo nem Grizzek nem Safi falaram nada. Então, baixinho, ela disse:

— O que ele vai fazer com a azerita... vão ser crimes contra a gno-manidade. E contra a humanidade, os goblins, os orcs e todo mundo. *Todo mundo*, Grizzy.

— Eu sei — disse ele, também baixinho.

— E nós vamos tornar isso possível.

Grizzek ficou em silêncio. Também sabia disso.

Ela se virou para ele, com os olhos arregalados e reluzindo com lágrimas.

— A azerita é parte de Azeroth. Não podemos deixar ele fazer isso com ela. Não podemos deixar ele fazer isso com *a gente*. Precisamos dar um jeito de impedi-lo.

— Não podemos impedi-lo, Safi. — Os olhos de Grizzek exami-naram as coisas magníficas que os dois tinham feito com a paixão pela ciência, por criar coisas... e um pelo outro. Todas elas faziam seu coração inchar de orgulho e depois doer de terror ao pensar em como seriam usadas.

Safi chegou perto dele e começou a chorar baixinho. Ele a abraçou, tentando apertá-la com força suficiente para afastar a dor da cumpli-cidade dos dois.

Então teve um pensamento.

— Não podemos impedi-lo — repetiu. — Mas acho que tenho um plano de como podemos impedir *alguma coisa*.

26

VENTOBRAVO

— Obrigado por terem vindo — disse Anduin aos convidados. — Sei que a hora é tardia, mas isso é importante.
— Foi o que sua carta disse — respondeu Turalyon.
Era mesmo tarde, bem depois da meia-noite, mas o jovem rei suspeitava que nem Greymane nem Turalyon já tivessem ido para a cama. Havia muita coisa acontecendo.

O rei tinha requisitado a presença deles na Catedral da Luz. Uns poucos acólitos e noviços estavam por ali, mesmo a essa hora, mas a maioria dos sacerdotes já fora embora. Após esperá-los no nártex da catedral, indicou que deveriam acompanhá-lo enquanto seguia pelo corredor entre os bancos, até o altar.

— Eu queria colocá-los a par do que está sendo preparado para o Encontro — disse Anduin.

Eles franziram a testa, trocando olhares.

— Majestade — observou Genn. — Nós já dissemos o que pensamos sobre isso.

— Dissemos — disse Turalyon. — Com todo o respeito, majestade, temos uma discordância fundamental quanto às intenções e o propósito da Luz. — Ele hesitou. — Não o condeno por seus sentimentos. Não seria a primeira vez em que um devoto entendeu mal a Luz. Eu sei que isso já aconteceu comigo. Não digo que sou perfeito nem que tenho uma compreensão verdadeira sobre ela. Ninguém pode dizer.

— Mas vocês dois sentem que isso é errado? — pressionou Anduin. — Que não há nada a ganhar com um encontro entre Renegados e humanos quando existiu um laço anterior entre eles?

— Nós deixamos isso claro, majestade — declarou Turalyon. — Se pediu que viéssemos aqui a esta hora simplesmente para repassar essa discussão com o senhor...

— Não — respondeu Anduin. — Comigo, não.

— Comigo — disse uma voz intensa, calorosa, que ecoava de modo estranho.

Eles se viraram.

O arcebispo Alonso Faol estava nos degraus azuis que levavam ao altar.

Usava uma mitra e um manto que revelavam sua posição em vida. Anduin procurara as vestes com diligência. Havia percebido que era mais fácil para os humanos reconhecer os adereços exteriores de um arcebispo do que o que restava do próprio homem.

Greymane e Turalyon pareciam atônitos. Anduin esperou, mas não falou. Isso teria de se desenrolar entre Faol e seus amigos mais antigos e queridos, sem interferência de pessoas de fora. Anduin fez uma oração silenciosa para que todos nesse lugar olhassem com os olhos da amizade rememorada e enxergassem de verdade.

— Sei que já não tenho a aparência de como vocês se lembram de mim — continuou Faol. — Mas creio que reconheçam minha voz. E meu rosto está quase intacto, ainda que não conte com a barba branca e farta da qual eu tanto gostava.

Turalyon ficou imóvel como se fosse a estátua que fica na entrada de Ventobravo. A única prova a seu favor era o peito subindo e descendo depressa. A expressão em seu rosto era de repugnância absoluta, mas ele não falou nem se mexeu.

Se a reação de Turalyon foi fria, a de Genn foi de puro fogo. Ele girou para Anduin, o rosto contorcido com fúria. Não pela primeira vez, o jovem rei percebia a força daquele homem, mesmo quando ele não estava em sua forma de worgen. Ele não precisava de garras e dentes, nem de espada, para matar. E nesse momento parecia a ponto de despedaçar Anduin com as mãos vazias.

— Você foi longe demais, Anduin Wrynn — rosnou Greymane. — Como ousa trazer essa *coisa* para a Catedral da Luz! Você está perseguindo um ideal distorcido do que a paz é de verdade. E agora trouxe isso para cá.

Sua voz tremia.

— Alonso Faol era meu amigo. Era amigo de Turalyon. Nós aceitamos que ele se foi. Nós o enterramos no Repouso de Faol. Por que está *fazendo* isso conosco?

Anduin não se abalou. Estivera esperando essa reação. Quando não obteve resposta, Greymane se virou para a fonte de seu ódio.

— Você lançou algum feitiço sobre o rapaz, desgraçado? — gritou. — Sei que há sacerdotes que podem fazer esse tipo de coisa. Solte Anduin, vá embora daqui e eu não despedaço esse cadáver podre.

E continuou, ofegando:

— Você escolheu essa... essa existência sinistra. Escolheu ser essa criatura digna de pesadelos. E *deve* saber o que aconteceu comigo. Com o meu povo. O que o seu povo fez comigo e como eu odeio o que vocês viraram. Se tivesse alguma decência, algum respeito pelos que um dia chamou de amigos, teria se jogado no fogo em sua primeira Noturnália e nos poupado disso tudo!

Anduin fechou os olhos, sentindo dor pelo ódio que Greymane lançava contra um homem que ele havia amado em vida. Soubera que seria difícil, mas não tinha esperado que Greymane fosse tão malicioso em sua raiva.

Mas Faol, que não parecia nem um pouco surpreso com essa reação, só olhou para Greymane com tristeza.

— Você fica aí, a poucos passos de um velho amigo, e me ataca com palavras escolhidas pelo poder de ferir — disse. — E sei por que faz isso.

— Faço porque você é uma monstruosidade! Porque seu povo é uma abominação e *jamais* deveria ter sido criado!

Faol balançou a cabeça. Sua voz permaneceu calma, tingida com uma sugestão de tristeza.

— Não, velho amigo. Você faz isso porque está com medo.

Anduin piscou, em choque. Genn Greymane era muitas coisas, mas não era covarde. Anduin não queria interferir, mas, se parecesse que

Faol corria perigo, faria isso. Ainda que Faol fosse provavelmente um sacerdote mais poderoso do que Anduin jamais poderia ser, mesmo no estado atual.

Greymane ficou absolutamente imóvel.

— Já matei por insultos menores do que esse. — As palavras saíram graves, um rosnado.

— Eu sei — continuou Faol. — No entanto, repito: você está com medo. Ah, não de mim, pessoalmente. — Ele pôs a mão enrugada no peito ossudo. — Tenho certeza de que você acredita que pode me destruir no intervalo de um dos seus batimentos cardíacos. Talvez tenha razão, mas eu preferiria não descobrir.

Ele balançou a cabeça com tristeza.

— Não, Genn Greymane. Você está com medo porque acredita que, se reconhecer, aqui, agora, comigo, que os Renegados não são monstros irredimíveis, se demonstrar um pouquinho sequer de compreensão, gentileza, compaixão ou amizade, isso significará que seu filho morreu por nada.

Um grito humano de dor e fúria se transformava num uivo de lobo conforme o rei de Guilnéas arqueava as costas. Sua forma se alterou, envolta em fumaça mística cinza como a pele do lobo. Mais alto, muito mais volumoso, ele se agachou nas patas lupinas e se preparou para saltar contra Faol. Turalyon segurou o worgen pelo braço, balançando a cabeça.

— Nada de derramar sangue neste lugar — disse.

— Essa coisa nem *tem* sangue — rosnou Genn, com a voz profunda e áspera. — Ele está unido como um boneco de gravetos, com ícor e magia!

— Eu conheço a perda — continuou o arcebispo. Anduin ficou maravilhado com a calma de Faol. — E conheço você, também. Você se agarrou com força a essa dor. Ela lhe serviu bem. Permitiu que você lutasse com ferocidade incontida. Mas, como qualquer arma afiada, ela pode cortar nos dois sentidos. E nesse momento ela está se colocando entre você e uma compreensão que poderia mudar seu mundo.

— Eu *não posso* mudar meu mundo! — gritou Genn com voz embargada. As palavras ainda chamejavam com fúria, mas através delas havia uma corrente arraigada de sofrimento que fez o coração de Anduin doer. — Quero meu filho de volta, mas aquela banshee o assassinou! Ela e o povo dela, o *seu* povo, quase destruíram o meu!

— No entanto, você está aqui — continuou Faol quase placidamente. — Muitos de vocês ainda estão saudáveis. Fortes. Vivos. — Pela primeira vez desde o início do confronto, o sacerdote morto-vivo se adiantou. — Responda, velho amigo. Se eu não tivesse vindo sozinho, se tivesse trazido Liam comigo, transformado como eu fui, e ainda sendo ele mesmo, como eu sou... sua resposta seria diferente?

O worgen se sacudiu para trás diante de palavras que o cortavam mais do que qualquer lâmina. Ofegou, as orelhas achatadas contra a parte de trás do crânio. Anduin, também abalado com o choque das palavras do arcebispo, levantou as mãos, juntando-as numa preparação para a Luz. Mas antes que ele pudesse agir, Greymane uivou de fúria, ficou de quatro e saiu correndo do salão.

Anduin fez menção de ir atrás dele, mas Faol o impediu.

— Deixe, Anduin. Genn Greymane sempre teve um temperamento exaltado. Agora ele foi obrigado a olhar para uma coisa triste e feia dentro de si. Ele vai voltar quando estiver pronto ou não vai voltar. Mas agora, não importa o que seja dito, ele percebe que não pode rotular todos nós do mesmo modo. É uma pequena vitória, mas vou aceitá-la.

— *Vitória.*

A palavra estava coberta com mais repugnância gelada do que Anduin jamais ouvira, tão cheia de nojo que o machucou fisicamente. Nos momentos tensos com Genn, ele quase havia se esquecido do paladino silencioso. Os dois tinham reagido de modo diferente, mas com a mesma repulsa.

Turalyon não carregava espada nem trajava armadura. Mas ainda parecia grande e poderoso na catedral ao se empertigar totalmente. Se Genn tinha sido tomado por uma fúria angustiada, Turalyon, um dos primeiros paladinos do Punho de Prata, estava transbordando com uma raiva indignada.

— Você blasfema o que já foi um homem bom — disse rispidamente. — Você roubou a forma dele e anda com ela por aí, usando-a como se ele fosse uma roupa. Sua boca quebrada só serve para cuspir mentiras imundas. Os mortos-vivos são pecaminosos. Qualquer poder sacerdotal que eles tenham veio das sombras da Luz, e não da Luz em si. Se resta *alguma coisa* em você daquele homem bom e gentil que eu tanto amei, seu pedaço de carniça trôpega, venha a mim, e vou mandá-lo para o esquecimento misericordioso.

Como Turalyon não conseguia enxergar o que Anduin via? O alto--exarca tinha abraçado um Senhor do Medo redimido como companheiro soldado! O jovem rei também se sentira horrorizado de início. Mas ainda que sem dúvida o lendário paladino tivesse encontrado mais coisas sombrias do que Anduin, inclusive Renegados de fato malignos, o filho de Varian tinha visto a coragem demonstrada por uma das criações de Sylvana. Ele se agarrava com força à lembrança de ter visto Frandis Farley ser assassinado por ousar se opor à crueldade e à violência desnecessárias. Lembrou-se da carta de Elza, de como ela quase havia partido seu coração. Tinha visto coisas que Turalyon, em seus mil anos de guerra contra a Legião, jamais testemunhara.

E agora Turalyon estava se recusando a enxergar uma coisa — alguém — que estava bem à sua frente.

— Eu criei a Ordem do Punho de Prata — censurou Faol, com a voz ficando mais forte. — Vi em você algo que mais ninguém viu. Você era um bom sacerdote, mas não era isso que a Luz queria que você fosse. A Luz precisava de defensores capazes de lutar com as armas da humanidade e o amor e a força da Luz. Os outros eram mais fortes com o punho e chegaram à Luz mais tarde. Você era o oposto. Eles eram homens bons. Eram paladinos nobres. Mas todos se foram, e você se tornou o alto-exarca da Luz. Você é sábio demais para negar a verdade, Turalyon. Negue isso e estará negando a própria Luz.

Para horror de Anduin, Faol chegou perto do paladino. Abriu os braços. Turalyon tremeu e seus punhos se fecharam, mas ele não golpeou.

— Procure a Luz em mim — instruiu Faol. — Você vai encontrá-la. E se não encontrar, então imploro que me destrua, porque não quero existir como um cadáver quebrado que a Luz abandonou.

Anduin baixou os olhos e percebeu a presença de Calia ao seu lado. Ela o olhou e ele percebeu que ela temia pelo amigo. Ele também temia, ainda que só tivesse conhecido o arcebispo recentemente.

Tudo será como a Luz quiser, pensou.

Por um momento Anduin pensou que o paladino estava tão furioso que nem tentaria. Mas então Turalyon levantou um braço. Um raio do que parecia a luz pura do sol, impossível a essa hora da noite, quando o astro se escondia, brilhou sobre as duas formas.

O rosto de Turalyon estava duro como pedra. Era a expressão implacável do justo fazendo o que achava ser justo. Mas então, enquanto Anduin olhava, fascinado pela luta silenciosa entre a crença e a fé, aquelas feições de granito se suavizaram. Os olhos de Turalyon se arregalaram; então a luz radiante e dourada que envolvia o vivo e o morto bateu no brilho de lágrimas não derramadas. O júbilo se espalhou pelo rosto dele, e então, enquanto Anduin olhava, comovido além da capacidade de falar, Turalyon, paladino do Punho de Prata, alto-exarca do Exército da Luz, caiu de joelhos.

— Excelência — ofegou ele. — Perdão, velho amigo. Minha arrogância me cegou para o que estaria claro o tempo todo se eu olhasse com os olhos certos.

Então ele baixou a cabeça para a bênção do arcebispo.

Faol também estava lutando com a emoção.

— Garoto querido — disse numa voz trêmula. — Garoto querido. Não há o que perdoar. Houve um tempo em que eu teria concordado com você. Você é o único membro vivo da ordem original, o último dos únicos filhos que eu jamais teria. Agradeço por não ter perdido você, também, nem para a morte nem para o Vazio, nem para suas próprias limitações.

Ele pôs a mão, apodrecida e sem vida, sobre a cabeça louro-grisalha do paladino. Turalyon fechou os olhos com júbilo silencioso.

— Minha bênção está sobre você. Não há ninguém, vivo, morto nem em lugar nenhum nas sombras misteriosas intermediárias, que não possa se beneficiar de sempre enxergar com olhos, coração e mente abertos. Levante-se, garoto querido, e comande ainda melhor, agora que tem um entendimento maior dos caminhos da Luz.

Turalyon fez isso, parecendo desajeitado por um momento, antes de se empertigar. Olhou para Anduin.

— Também lhe devo um pedido de desculpas — disse. — Achei que o senhor abriria mão da sabedoria no seu desejo pelo melhor. Não poderia estar mais errado.

Anduin ouviu Calia soltar um suspiro de alívio.

— Não precisa — respondeu. — Fomos ensinados a temer os Renegados. E até o arcebispo entende que há muitos cujo renascimento transformou em frios e cruéis. Mas não todos.

— É — concordou Turalyon. — Nem todos. Estou cheio de alegria por ter de volta meu velho amigo e mentor.

— Vamos trabalhar juntos — garantiu Faol.

— Se ao menos Greymane pudesse ter testemunhado isso... — disse Calia.

— Como todas as pessoas, ele vai enxergar quando estiver pronto — observou Turalyon. — Certamente vou tranquilizá-lo do melhor modo que puder. Mas por enquanto deixe-me fazer o que puder para ajudá-los. Outros devem ser capazes de ter a bênção que o arcebispo e eu recebemos esta noite.

Anduin sorriu. Não era capaz de ver o futuro. Mas podia ver esse momento, e seu coração estava pleno.

— Aceitarei sua ajuda com prazer.

27

TANARIS

— Sabe — observou Grizzek enquanto ele e Safi preparavam a fuga. — A vida com você nunca fica chata.

— Fica mesmo agitada, não é? — respondeu ela, e lançou um olhar que fez o coração dele ficar todo molenga.

Como não era um completo idiota, Grizzek tinha previsto que em algum momento alguém que não lhe desejava luz do sol, arco-íris e uma vida longa e feliz viria bater à porta. Tinha se preparado para essa eventualidade cavando — bom, na verdade modificando um segundo retalhador para cavar — um túnel que dava num local aleatório em Tanaris. Depois da partida de Gallywix, os dois tinham decidido tentar fugir por ele. Juntaram tudo que podiam no carrinho de mineração, inclusive alguns barris estanques cheios de azerita, e todo o resto... bom, uma parte não podia ser destruída, mas os dois desmantelaram o que puderam.

A bomba programada para detonar uma hora depois de terem partido também ajudaria.

Todas as anotações estavam com eles. Tinham programado Penas para voar até Teldrassil com um aviso sobre o que havia acontecido e um pedido para serem apanhados num local específico. Ofereceriam à Aliança o que tinham descoberto, com a estipulação de que só criariam coisas que pudessem ajudar, e não fazer mal.

Era arriscado. Arriscado, louco e glorioso, mas a única opção que tinham. Haviam decidido que nenhum dos dois poderia viver sabendo que suas descobertas seriam usadas para matar de modo tão eficaz.

Logo antes de partirem, Grizzek deu uma última olhada ao redor.

— Vou sentir falta desse lugar — admitiu.

— Eu sei, Grizzy — disse Safi, com os olhos grandes cheios de simpatia. — Mas vamos arranjar outro laboratório. Um laboratório onde possamos criar o que quisermos.

Ele se virou para ela.

— Em qualquer lugar no mundo. Desde que seja com você. — Então, enquanto os olhos dela se arregalavam de choque, ele se ajoelhou à sua frente. — Safroneta Flaivvers... quer casar comigo? De novo?

Em sua mão grande e verde ele segurava um dos anéis de azerita que os dois tinham criado. A base era áspera porque nenhum dos dois era joalheiro, e a azerita era uma gota imperfeita que eles tinham deixado endurecer. Mas quando Safi disse: "Ah! Grizzy, quero!" e ele o colocou em seu dedo mindinho, Grizzek achou que era o anel mais lindo do mundo.

Abraçou-a com força.

— Sou um goblin feliz. — E beijou o topo da cabeça dela. — Venha, docinho. Vamos partir para nossa próxima aventura.

Desceram para o túnel.

— Espero que não tenha desmoronado — disse Grizzek. — Faz uns dois anos que não dou uma olhada.

— Acho que vamos descobrir — declarou Safroneta, séria.

Foi uma longa caminhada subterrânea desde o laboratório de Grizzek até as colinas que separavam Tanaris de Mil Agulhas, onde Grizzek prometeu a Safi que os dois sairiam. No caminho, conversaram abertamente pela primeira vez. Sobre o quanto gostavam um do outro e sempre haviam gostado. Sobre o que tinham feito de errado e como achavam que tinham sido injustiçados. Enquanto comiam, analisaram o que havia funcionado dessa vez e não havia funcionado na anterior. E quando dormiram, fizeram isso aconchegados um no outro.

Felizmente não havia nenhum desmoronamento. E por fim os dois chegaram ao final dessa fase da jornada.

— Segundo meus cálculos, é mais ou menos meia-noite — disse Safi. Grizzek acreditou.

— Perfeito. É um local bem remoto, mas eu não gostaria de sair desse buraco em plena luz do dia. Como vocês, gnomos, suportam viver no subsolo, Safi? Eu fico maluco sem sol.

— Tem luz do sol do lado de fora — garantiu Safi.

— Mas nós vamos viver com elfos noturnos.

— Existe sol em Teldrassil também; o povo só prefere dormir enquanto ele está de fora.

— Vocês, da Aliança, são muito estranhos. — Ele a beijou. — Mas são bonitinhos. Definitivamente bonitinhos.

Grizzek tinha deixado uma escada no final, e subiu primeiro, destrancando o alçapão.

— Cuidado aí embaixo — gritou.

— Hein? — E depois: — Ei!

— Eu cobri com areia — explicou ele enquanto os grãos amarelos se derramavam sobre os dois. Grizzek não se incomodou. A liberdade e a vida com a gnoma a quem dera o coração anos antes o esperavam lá em cima. Limpou o rosto e subiu pelo resto do caminho, pondo a cabeça para fora e piscando, mesmo à luz fraca das luas e das estrelas.

Nada parecia fora do comum. Grizzek inclinou a cabeça, prestando atenção. Não ouviu nada.

— Certo, acho que a barra está limpa — disse, e subiu. Estendeu a mão para ajudar Safi a sair. Os dois se levantaram, se espreguiçaram e riram um para o outro. — Fase um concluída. Vou descer de volta e pegar o resto das coisas.

— Na verdade isso não será necessário — declarou uma voz.

Os dois giraram. Um goblin grande estava em silhueta contra o céu estrelado. Grizzek conhecia aquela voz. Estendeu a mão para Safi e a apertou com força.

— Druz, você e eu sempre nos demos bem. Vou lhe dizer uma coisa. Eu vou voltar e trabalhar para Gallywix. Sem mais truques. Vou fazer o que ele quiser. Você pode pegar tudo que nós temos. Só deixe a Safi levar um pouco de comida e deixe que ela vá embora.

— Grizzy...

— Não vou deixar você morrer, Safi — disse Grizzek. — Está combinado, Druz?

Druz desceu, seguido por nada menos do que três outros goblins grandes e de aparência irritada.

— Desculpe, meu chapa. A gente sacou a sua desde o começo. Cinco minutos depois de vocês pularem no buraco a gente desativou a bomba que vocês armaram no laboratório. E atirou no papagaio. Agora a gente só precisa do que vocês pegaram, e então... — Ele deu de ombros.

— Vocês não vão simplesmente matar a gente? A sangue frio? — gaguejou Safi.

Druz olhou para ela e suspirou.

— Mocinha, o seu queridinho aqui sabia no que estava metendo você. Ordens diretas do chefe. Está fora das minhas mãos.

Os outros goblins saltaram, agarrando Grizzek e Safi com força. Grizzek fechou o punho e o acertou na barriga do que estava mais próximo. Ouviu um ganido e um rosnado baixo vindo de Safi e achou que ela também havia conseguido dar um bom soco. Mas qualquer resistência por parte dos dois era fútil. Em alguns minutos o goblin e a gnoma tinham sido revistados, estapeados e depois amarrados, costas com costas. Até os pés foram atados.

— Ei, Druz! Peguei umas anotações com a gnoma — disse um deles.

— Bom trabalho, Kezzig — retrucou Druz.

— Isso é idiotice, Druz — murmurou Grizzek através do sangue e dos dentes quebrados na boca. — E você não é idiota. Eu valho muito mais para vocês vivo do que morto.

— Na verdade, não — respondeu Druz. — Nós temos todas as coisas que vocês fizeram lá no laboratório. Temos todas as coisas que vocês tentaram roubar. E agora temos as anotações da gnoma. Podemos continuar a partir daqui. Você é um risco grande demais.

— Me peguem como refém — gemeu Safi. — Vocês vão garantir que ele não escape.

— Safi, cale a boca! — sibilou Grizzek com raiva. — Estou tentando salvar você!

— Eu tenho as minhas ordens — disse Druz, quase parecendo pedir desculpas. — Você incomodou o chefe, e é isso que mandaram a gente fazer. — Ele assentiu para Kezzig. — Prepare a bomba.

— O... o quê? — Amarrado de costas com Safi, como estava, Grizzek não podia vê-la. Mas, pela voz, ela devia estar pálida.

— Vocês tentaram explodir nossas coisas, por isso a gente vai explodir vocês. Mas a bomba é menor. — Kezzig se aproximou e enfiou alguma coisa fria e dura entre os dois amarrados. — Desculpe se não deu certo, Grizz. Veja da seguinte forma: vai ser rápido. Não precisava ser.

E então eles se afastaram, rindo e conversando.

Grizzek analisou a situação. Não era boa. Ele e Safi estavam sentados de costas um para o outro, amarrados com o que parecia ser corda forte. As mãos estavam amarradas, presumivelmente para que não pudessem soltá-las e assim se desamarrar.

— Acho que, talvez, se a gente se retorcer, podemos nos afastar dela, não é?

Safi. Sempre pensando. Apesar da situação horrível, Grizzek se pegou sorrindo.

— Vale tentar — disse, mas não acrescentou que isso poderia fazer com que a bomba explodisse imediatamente. Na certa ela provavelmente sabia disso. — Vamos contar até três e a gente se arrasta para a esquerda. Pronta?

— Pronta.

— Um... dois... três... agora! — Os dois se moveram uns quinze centímetros para a esquerda, pela superfície irregular da trilha estreita. A bomba ainda estava presa entre eles. — Isso não vai dar certo, docinho. Você consegue se levantar?

— Eu... acho que sim.

Na contagem de três tentaram isso. Na primeira vez tombaram para a direita. Tentaram de novo assim que se ajeitaram. O pé de Grizzek se torceu numa pedra solta e eles caíram outra vez.

— Um, dois, três! — disse Grizzek de novo, e então, com um grunhido, estavam de pé.

A bomba continuava enfiada entre os dois.

— Certo, docinho, ela não vai cair sozinha. A gente precisa soltá-la sacudindo.

— Você é o especialista em explosivos, mas não consigo *imaginar* que seria produtivo ficar uma bomba que ainda não explodiu.

— Acho que é nossa única chance.

— Eu também.

De novo, na contagem de três, começaram a pular. Não acreditando, Grizzek sentiu a bomba se mexer. Ela estivera comprimindo sua cintura, silenciosamente ameaçadora. Agora estava no cóccix.

— Está funcionando! — guinchou Safi.

— Acho que sim. — Grizzek tentou não parecer muito esperançoso. Os dois continuaram pulando. A bomba escorregou mais para baixo, mais para baixo...

E então Grizzek não sentiu mais a pressão. Preparou-se para o que secretamente considerava inevitável: a detonação no contato com o solo.

Mas parecia que eles estavam com sorte. Ele a ouviu bater na areia, porém nada mais.

— Conseguimos! — gritou Safi, animada. — Grizzy, a gente...

— Quieta um segundo.

Safi obedeceu. Grizzek fechou os olhos com uma sensação doentia.

No silêncio da noite do deserto podia ouvir o tic-tac. A bomba tinha temporizador.

— Ainda não estamos livres — disse. — Pule para a direita e continue pulando.

— Quanto tempo?

— Até chegarmos a Geringontzan.

Pularam. Mesmo acreditando que a bomba estava tiquetaqueando para marcar o resto da vida dos dois, segundo a segundo, Grizzek se maravilhou com o que tinham feito juntos. Mesmo agora trabalhavam juntos numa coordenação perfeita. Era o próprio clichê da máquina bem lubrificada.

— Grizzy?

— O quê?

Pula. Pula. Pula.

— Tenho uma confissão a fazer.

— O que é, docinho?

— Não contei uma coisa que eu fiz, porque achei que você fosse ficar com raiva de mim. — Pula. Pula. Agora estavam a três metros da bomba. Se ao menos tivessem pernas mais compridas...

— Não posso ficar com raiva de você por nada, docinho.

— Eu queimei as anotações.

Grizzek ficou tão chocado que quase tropeçou, mas conseguiu manter o ritmo.

— Você... o quê?

— Rasguei todas as nossas anotações e queimei. — Pula. Pula. — De jeito nenhum Gallywix vai conseguir recriar nossas experiências. Ele tem alguns protótipos e umas duas poções já misturadas, mas é só isso. Qualquer coisa medonha que ele pretenda fazer com a azerita, não vai ser por nossa culpa.

Pula. Pula.

— Safi... ah, você é genial.

Nesse momento o pé esquerdo de Grizzek se torceu numa pedra escorregadia, coberta de areia, e ele ouviu algum coisa estalar. Os dois tombaram. E dessa vez soube com um horror doentio que não poderia se levantar de novo. Caído de cara na areia, não conseguiu determinar que distância havia entre eles e a bomba, e no escuro não pudera identificar o tipo de explosivo que Druz tinha enfiado entre os dois. Será que estariam suficientemente longe caso ela explodisse?

Trincou os dentes por causa da dor e disse:

— Safi, meu tornozelo destroncou. A gente precisa se arrastar, está bem?

Ouviu-a engolir em seco.

— Está — disse ela corajosamente, mas sua voz saiu esganiçada.

— Role para nós dois ficarmos de lado; assim eu posso empurrar com a perna boa.

Fizeram isso e começaram a se arrastar.

— Grizzy! — Safi ofegou. — Ainda estou com o anel! O anel de noivado!

O anel feito de um metal feio e comum. E adornado com uma pequena gota dourada de azerita.

— Talvez ele baste para nos proteger! — disse ela.

— É mesmo. — A esperança, estonteante e maravilhosa, o atravessou, e ele começou a se arrastar com mais intensidade. — Também tenho uma confissão a fazer, docinho.

— O que quer que seja, eu perdoo você.

Ele lambeu os lábios. Durante todos esses anos nunca tinha dito. Anos desperdiçados, idiotas. Mas tudo isso iria mudar a partir de agora.

— Safroneta Flaivvers. Eu te a...

A bomba explodiu.

28

PLANALTO ARATHI
BASTILHA DE STROMGARDE

Anduin se postava em cima da muralha arruinada da Bastilha de Stromgarde. O vento que agitava seus cabelos louros era úmido e frio, e o céu nublado não servia muito para afastar o sentimento de tristeza que permeava o lugar.

O Planalto Arathi era uma parte de Azeroth rica na história de humanos e Renegados. Ali existira a poderosa cidade de Strom, e antes dela o império de Arathor, que havia gerado a humanidade. Os antigos arathi haviam sido uma raça de conquistadores, mas tinham reconhecido a sabedoria de estender a cooperação, a paz e a igualdade às tribos derrotadas. Essas qualidades tinham fortalecido a humanidade. As tribos antigas dos Reinos do Leste haviam se reunido, criando com sucesso uma nação que mudara o mundo.

Ali também era o local de nascimento da magia para a humanidade, um dom dos elfos superiores de Quel'Thalas sitiados em troca da ajuda do poderoso exército de Strom contra seu inimigo comum, os trolls. Todas as grandes nações humanas haviam sido estabelecidas pelos que deixaram Arathor: Dalaran, fundada pelos primeiros magos instruídos pelos elfos, além de Lordaeron, Guilnéas e, mais tarde, Kul Tiraz e Alterac. Os que ficaram para trás haviam construído a bastilha onde o rei de Ventobravo estava agora.

Ele ouviu o som de botas nas pedras e se virou. Genn chegou ao seu lado, o olhar percorrendo pensativo a paisagem de pinheiros e colinas verdes onduladas.

— Na última vez em que estive aqui — disse Genn — Guilnéas era uma nação poderosa, e a estrela de Stromgarde estava se apagando. Agora os dois reinos estão em ruínas. Este é o lar apenas de criminosos, ogros e trolls. E o meu é lar *deles*.

Ele apontou por cima dos morros ondulados, em direção à pedra cinza do que era conhecido como Muralha de Thoradin. Anduin, Greymane, Turalyon, Velen, Faol e Calia, junto com exatamente duzentos dos melhores guerreiros de Ventobravo, tinham chegado algumas horas antes, vindos do porto de Ventobravo. Fora triste ver o surgimento daquelas ruínas em meio à névoa, a pedra cinza como o próprio céu; e mais triste ainda era estarem onde agora estavam.

A Muralha de Thoradin e o pequeno acampamento de Renegados do lado de fora marcavam o ponto mais distante de alcance da Horda nessa terra que era o local de nascimento da humanidade. Guilnéas não ficava muito longe, amortalhada em destruição, invadido pelos Renegados que tinham expulsado o povo de Genn e matado o filho do rei.

Genn levantou uma luneta, soltou um rosnado baixo e entregou o instrumento a Anduin. Este o imitou. Através do instrumento gnomesco podia ver figuras armadas patrulhando a muralha antiga. Assim como seu pessoal fazia nas muralhas da Bastilha de Stromgarde.

Eram todos Renegados.

No dia seguinte, às primeiras luzes, o Conselho Desolado se reuniria no arco da Muralha de Thoradin. Marcharia até um ponto intermediário marcado por uma bifurcação na estrada de terra. Ao mesmo tempo, os dezenove humanos selecionados para encontrar amigos ou parentes se aproximariam. Calia e Faol conduziriam os encontros. Não haveria qualquer outra influência da Horda ou da Aliança, ainda que cada lado tivesse concordado em deixar que um grupo de sacerdotes os sobrevoasse, só para garantir.

Anduin devolveu a luneta a Genn.

— Sei que isso deve ser difícil para você.

— Você não sabe nada disso — reagiu Genn, ríspido.

— Eu entendo mais do que você imagina. Tenho Turalyon e Velen para me ajudar. — Gentilmente, Anduin acrescentou: — Você não precisava passar por isso.

— Claro que precisava. O fantasma do seu pai iria me assombrar se eu não viesse.

Assim como o de Liam assombra você, porque você veio, pensou Anduin com tristeza.

— Tudo vai terminar logo — disse. — Até agora Sylvana parece ter cumprido com a palavra. Batedores informam que tudo parece em ordem, nos termos que discutimos.

— Se ela *honrar* uma promessa, será a primeira.

— Independentemente do que você pense, precisamos ter consciência de que ela é uma tremenda estrategista e que, portanto, acredita que concordar com isso vai beneficiá-la e à Horda de algum modo.

— É disso que tenho medo.

— Ela está preocupada em perder o controle da Cidade Baixa por causa do Conselho Desolado, mas é inteligente a ponto de saber que eles não representam uma verdadeira ameaça. Por isso concorda com um dia em que apenas membros do conselho têm permissão de encontrar os entes queridos. O conselho fica satisfeito. Além disso, é uma coisa honrosa e acalma qualquer orc, troll ou tauren. É política, e das astutas.

— Ela poderia facilmente nos trair e assassinar todos nós.

— Poderia. Mas seria uma péssima ideia. Entrar em guerra por causa disso justo quando a Horda está se recuperando de outra guerra brutal? Quando ela poderia estar se concentrando em Silithus e na azerita? — Ele balançou a cabeça. — Um terrível desperdício de recursos. Não confio que ela manterá a palavra por mera honra. *Confio* que ela não é idiota. Você não?

Genn não tinha resposta para isso.

— Majestades — disse a voz profunda de Turalyon. — Posicionei os sacerdotes. Como os senhores concordaram, 25 deles montarão nos grifos amanhã e serão seus olhos no campo de batalha.

— Não é um campo de batalha, Turalyon — lembrou Anduin. — É um local de encontro pacífico. Se tudo correr de acordo com o plano, *jamais* será um campo de batalha.

— Peço desculpas. Eu me expressei mal.

— As palavras têm poder, como você sabe. Certifique-se de que os soldados sob seu comando não usem esse termo.

Turalyon assentiu.

— Não vimos nada que indique um ardil por parte da Horda. Eles parecem estar mantendo os números adequados e as posições combinadas.

Anduin sentiu um tremor dentro do peito, que aplacou rapidamente respirando fundo. Apesar de toda a sua insistência de que isso não provocaria uma guerra, ele compartilhava das preocupações de seus conselheiros. Sylvana era mesmo uma boa estrategista, e quase certamente tinha planos que nem mesmo a AVIN fora capaz de descobrir.

Mas, por enquanto, deixaria a apreensão de lado. O Arcebispo Faol e Calia realizariam um serviço religioso em breve, e depois disso ele se encontraria com os que foram corajosos — e amorosos — o suficiente para aceitar a chance de se reunir com pessoas que não seriam como na lembrança, mas que estariam presentes. Estariam vivos — na medida em que os Renegados podiam estar.

Ainda restava parte do antigo santuário da bastilha. Era mais do que suficiente para abrigar os dezenove civis que tinham vindo participar do encontro, os sacerdotes e qualquer soldado que quisesse se juntar a eles. Faltavam algumas tábuas no telhado, e gotas de chuva fraca caíam sobre algumas pessoas reunidas. Ninguém parecia se incomodar. A esperança brilhava nos rostos num dia cinzento, e Anduin se animou com aquelas expressões. *É assim que combatemos o medo e os ressentimentos antigos*, pensou. *Com esperança e corações abertos.*

Calia e Faol esperaram até que todos estivessem reunidos, e então o arcebispo começou a falar.

— Primeiro quero dizer que poucas pessoas gostam de ficar muito tempo num serviço religioso, mesmo nas melhores ocasiões. E hoje — continuou olhando para as nuvens cinzentas — basta dizer que vou poupá-los de uma sessão demorada de pé numa construção velha e cheia de frestas por onde o vento passa.

Houve alguns risinhos e sorrisos. Turalyon estava ao lado de Anduin e disse baixinho:

— Eles ainda estão se acostumando com a ideia de um sacerdote Renegado.

Anduin assentiu.

— É de se esperar. Foi por isso que pedi que Calia também participasse. Ver os dois lado a lado, sacerdotes da Luz, tão obviamente confortáveis um com o outro, é uma boa introdução para o que vão encontrar em breve.

— Alguém já a reconheceu?

Calia tinha colocado um vestido simples, prático, e uma capa pesada com capuz. Quase todo mundo estava com os capuzes na cabeça, para proteger da chuva fraca, por isso ela não se destacava. Um dia Valira lhe dissera que os melhores disfarces eram simples: usar roupas adequadas, comportar-se como se fizesse parte do lugar. Ninguém estava procurando uma rainha dada como morta havia muito.

— Não que eu saiba. Para eles, ela é apenas uma sacerdotisa de cabelos claros.

Turalyon assentiu, mas continuou com um semblante preocupado. Faol prosseguiu com o discurso:

— O seu rei já lhes disse o que esperamos que aconteça e os aconselhou quanto ao que fazer se um estandarte for levantado na Muralha de Thoradin ou aqui na bastilha. Quero evitar repetições tediosas, por isso só vou dizer para ficarem alertas e se moverem depressa.

Ele continuou praticamente sem pausa:

— Mas espero de fato que isso não aconteça. Eu e meus colegas sacerdotes estaremos lá, com vocês. Outros estarão a postos para ajudar, se necessário. Vocês podem ser vendedores, ferreiros ou agricultores. Mas hoje são meus irmãos e irmãs. Hoje somos todos servidores da Luz. Se tiverem medo, não sintam vergonha. Vocês estão fazendo algo que ninguém fez antes, e isso sempre pode dar medo. Mas saibam que estão fazendo a obra da Luz. E agora aceitem a bênção dela.

Ele e Calia levantaram os braços virando o rosto para o céu. O sol podia estar escondido atrás das nuvens, mas isso não queria dizer que não estivesse lá, mandando seus raios de vida aos que moravam na face desse mundo. Acontecia o mesmo com a Luz, pensou Anduin. Ela estava sempre presente, mesmo quando parecia fora de alcance.

Uma claridade dourada preencheu o lugar: não uma explosão de iluminação ofuscante, e sim um brilho suave que fez o peito de Anduin relaxar com cada profunda inalação. Estivera acordado a noite inteira, não conseguindo e não querendo dormir, mas quando fechou os olhos e se abriu à energia curativa, sentiu-se renovado, revigorado e calmo.

Saiu do templo justo quando as nuvens se dissipavam por um momento e uns poucos raios solitários e belos de luz do sol caíram sobre o grupo. Isso também era uma bênção da Luz, ainda que simples e comum, como se algo tão magnífico quanto o sol pudesse ser chamado de comum.

Muitos dos presentes — inclusive o próprio Anduin — nunca haviam estado nesse local histórico. Todos tinham permissão de percorrer o interior da bastilha, mas não o lado de fora. Anduin não colocaria ninguém em risco desnecessário permitindo que se aventurassem longe demais. Acreditava que Sylvana cumpriria com a palavra, mas nenhum deles dissera nada sobre espiões. Ele tinha a AVIN para observar e informar; ela tinha seus sicários para fazer o mesmo. A presença deles era outro motivo para estar preocupado com relação a Calia, que fora severamente instruída a manter o capuz na cabeça sempre que saísse de algum espaço fechado.

A maior parte retornaria aos navios para dormir, mas alguns tinham pedido para permanecer dentro da Bastilha de Stromgarde. Comida suficiente, água limpa, barracas e lenha seca tinham sido fornecidas para seu conforto. Anduin ficou olhando-os sair da capela, alguns em grupos de amigos recém-encontrados, outros sozinhos. Alguns ficaram para conversar com Calia e Faol, o que levou um sorriso aos lábios de Anduin. Dentre eles notou a passional e teimosa Philia, que parecia irradiar uma alegria quase palpável para Emma, uma mulher idosa que perdera muitas pessoas na guerra de Arthas contra os vivos: uma irmã e a família dela e, mais tragicamente ainda, os três filhos. A "Velha Emma", como Anduin ficara sabendo que alguns a chamavam, não era a mulher mais destemida, e sua mente tinha a tendência a vaguear. Mas parecia alerta e sua cor estava boa enquanto falava com Calia e depois, cautelosamente, com Faol.

— De certa forma aprendi mais nos últimos meses do que em mil anos — disse Turalyon, seguindo o olhar de Anduin. — Estive errado com relação a muitas coisas.

— Genn ainda acha que isso é má ideia.

— Ele tem razão em se preocupar. Sylvana é... escorregadia. Mas ninguém pode conhecer de verdade o coração dos outros. Precisamos tomar as melhores decisões com as informações que temos, e com nossos instintos. Genn é alimentado pela raiva e o ódio; não o tempo todo, mas frequentemente. O senhor e eu somos alimentados por outras coisas.

— Pela Luz — disse Anduin baixinho.

— Pela Luz, sim. Mas deveríamos deixar que ela nos guiasse, e não comandasse. Também temos nossa mente e nosso coração. Devemos usá-los também.

Anduin não disse nada. Tinha ouvido falar nas batalhas que Turalyon e Alleria travaram durante um milênio. Sabia que eles haviam sido devotos de um naaru chamado Xi'ra, que, segundo o que pensavam, representava o que eles mais amavam na Luz. Em vez disso, Xi'ra se revelou perigosamente severo e implacável.

— Um dia, em breve — disse Anduin, finalmente —, vou conversar com você sobre suas experiências com a Luz. Mas, por enquanto, entendo suas palavras e concordo com elas.

Turalyon assentiu.

— Vou contar o que puder, com a esperança de que isso o ajude a ser um governante como seu pai e seu avô. E vou pedir que meu filho, Arator, venha logo a Ventobravo. Vocês dois são muito parecidos.

— Pelo que eu soube, ele é melhor espadachim. — Anduin riu.

— Quase todo espadachim que eu conheço diz a mesma coisa, de modo que o senhor está em boa companhia. — Turalyon olhou para o céu. — Ainda é o fim da tarde. Quais são os seus planos?

— Vou caminhar com Genn. Pedir que ele me conte o que se lembra deste lugar. Isso vai ajudar a distrair nós dois. Depois... — Ele deu de ombros. — Não creio que eu vá dormir muito esta noite.

— Nem eu. Raramente durmo antes de uma batalha.

— Isso não é uma batalha — disse Anduin, não pela primeira vez. Turalyon o encarou gentilmente com os olhos castanhos calorosos, uma sugestão de sorriso no rosto cheio de cicatrizes.

— Amanhã, o senhor, as 41 pessoas no campo e todo mundo que estiver olhando estarão engajados numa batalha, não por propriedades ou riquezas, mas pelos corações e as mentes do futuro. Eu chamaria isso de batalha, majestade; uma digna de ser travada.

Naquela noite, tochas foram acesas nas ameias da velha bastilha, algo que as muralhas não viam em muitos anos. A luz quente, dançando, perseguia a escuridão, mas coexistia com as sombras trêmulas que ela própria criava. A noite estava estranhamente límpida e o luar era gentil com a região.

Anduin, enrolado numa capa, observava a paisagem que se estendia. A Muralha de Thoradin era apenas uma fraca mancha de pedras claras a distância. Anduin não viu nada se mexendo por lá nem no campo que se estendia entre os dois postos avançados.

Fechou os olhos um momento, respirando o ar frio e úmido.

Luz, você me guiou e me moldou durante a maior parte da minha vida. E desde que meu pai morreu acordei todo dia com o destino de dezenas de milhares de pessoas nos ombros. Você me ajudou a carregar esse fardo e fui abençoado em ter muitas pessoas sábias com quem contar. Mas isto agora é por minha conta. Parece a coisa certa a fazer. Os ossos despedaçados pelo sino estão tranquilos esta noite. Meu coração está límpido, mas minha mente...

Ele balançou a cabeça e disse em voz alta:

— Pai, você sempre pareceu ter tanta certeza! E agiu com tanta rapidez! Imagino se algum dia teve dúvidas como eu.

— Ninguém, a não ser um louco ou uma criança, é desprovido de dúvidas.

Anduin se virou, rindo um pouco, sem graça.

— Desculpe — disse a Calia. — Você chegou quando eu estava discursando.

— *Eu* peço desculpas por me intrometer. Achei que você poderia querer companhia.

Ele pensou em recusar a oferta, depois disse:

— Fique, se quiser. Mas talvez eu não seja a companhia mais agradável.

— Nem eu — admitiu ela. — Vamos ficar incômodos juntos, então.

Anduin riu. Estava começando a gostar cada vez mais de Calia. Com quase quarenta anos, ela era muito mais velha do que ele, mas parecia menos uma figura materna, como Jaina havia sido, e mais uma irmã mais velha. Seria a Luz que havia nela que o deixava tão à vontade em sua presença? Ou seria simplesmente quem ela era? Um dia ela *havia* sido uma irmã mais velha.

— Seria doloroso para você falar sobre Arthas? — perguntou ele. — Antes que as coisas... antes.

— Não. Eu amava meu irmão mais novo, mas poucas pessoas parecem entender isso. Ele nem sempre foi um monstro. E vou sempre me lembrar daquele menininho.

Um sorriso súbito cruzou suas feições.

— Você sabia que um dia ele já foi péssimo com a espada?

29

PLANALTO ARATHI
MURALHA DE THORADIN

Elza esperava que os membros da Aliança que participariam do Encontro tivessem feito uma viagem agradável. Era muito mais longa para eles do que para os Renegados. O Planalto Arathi ficava comparativamente perto, a apenas um voo curto de morcego.

Claro, um voo curto num morcego ainda era empolgante, já que ela quase nunca viajava a qualquer lugar além de Brill, para visitar amigos. Mal podia acreditar que esse dia havia chegado finalmente, que esse encontro iria acontecer, enquanto seu morcego pousava e ela descia no capim macio do lugar chamado de Ruína de Galen.

Era um nome adequado, já que o príncipe humano Galen Matatroll, antigo herdeiro do reino outrora grandioso de Stromgarde, fora morto ali anos antes, pelos Renegados. Os boticários da Lady Sylvana o haviam trazido das garras da morte, e durante um tempo ele servira a ela. Depois se rebelou, levando seus homens e declarando que não devia aliança a ninguém além de si mesmo e que devolveria Stromgarde à sua antiga glória.

A Bastilha de Stromgarde ficava ao sul; dava para vê-la dali. Ainda estava em ruínas, e Galen tinha se arruinado duas vezes — uma como humano e uma como Renegado. *Esse é o destino dos que desafiam a Rainha Banshee*, pensou Elza.

Um treinador Renegado pegou as rédeas e deu um grande inseto morto ao morcego, que o mastigou feliz enquanto era levado para longe.

Pasqual estava esperando por ela, os lábios verde-acinzentados curvados num sorriso. Nos braços, segurava um urso de pelúcia gasto e velho.

— Que bom que você veio — disse ele —, mesmo não tendo ninguém à sua espera.

— Claro que eu tinha de vir. Precisava ver você se encontrar com aquela filha da qual vive falando. — Ela assentiu para o brinquedo. — Você precisa se lembrar de que Philia já é uma garota crescida. Talvez seja meio velha para esse ursinho. Um bocado de anos se passaram.

Ele riu.

— Eu sei, eu sei. É que estou feliz demais porque ela quis me ver. — Ele indicou o bichinho de pelúcia. — O Marronzinho aqui foi o primeiro brinquedo que eu dei quando ela nasceu. Ela ficou com medo de esquecê-lo na viagem para Ventobravo, por isso o deixou para trás. É... uma das poucas coisas que tenho da minha vida antiga. E queria compartilhar isso com ela.

Elza sorriu para o amigo, deixando que o prazer e a ansiedade dele fossem um pouco dela, também. Olhou em volta, contente. Ainda que muitos no conselho tivessem sido rejeitados na primeira — e às vezes na segunda e na terceira — tentativa de contatar os vivos, cada membro por fim havia encontrado alguém que concordara em vir. Seria um dia memorável.

— Ela ainda não chegou — continuou Pasqual. — Imagino se ficou em dúvida quanto a vir.

— Não vejo por que ela confirmaria a vinda e depois mudaria de ideia.

Enquanto olhava ao redor, Elza notou que Annie Lansing estava com um cesto de sachês, flores e echarpes, deixando que os membros do conselho escolhessem. Annie, que não tinha maxilar, no momento estava com uma bela echarpe verde enrolada na parte inferior do rosto.

— Ah, que legal o que Annie está fazendo! — exclamou Elza. — Vai ser difícil para nossos entes queridos ver o que nos aconteceu. Uma echarpe ou um sachê vai ajudar.

Alguns Renegados tinham sobrevivido melhor do que outros ao tempo passado com a morte; um pequeno disfarce na decomposição ajudaria os membros da Aliança a enxergar além do corpo, que havia suportado tanta coisa, de modo a se concentrar na pessoa.

— É uma boa ideia! — O rosto de Pasqual não estava desfigurado demais, e uma escolha muito cuidadosa de calça e paletó cobria os ossos expostos. Mas ele sabia que, para os vivos, seu cheiro talvez não fosse lá muito agradável. — Acho que vou pegar um sachê.

— É melhor se apressar, eles parecem muito populares! — Elza sorriu enquanto Pasqual, segurando o Marronzinho, ia rapidamente na direção de Annie, cercada de Renegados.

Elza voltou a atenção para as ameias da grande muralha e a linha de arqueiras em cima. Quando uma delas se virou, Elza levou um susto ao perceber que aquelas mulheres fortes, ágeis e ainda belas mesmo na morte-vida, só podiam ser a elite de patrulheiras sombrias de Sylvana. Elas permaneciam imóveis como se esculpidas em pedra, as aljavas cheias de flechas, os arcos numa das mãos. Apenas as capas e os cabelos compridos se moviam com a brisa.

Nathanos Arauto da Peste também estava em cima da muralha, falando baixo com elas. Ele encarou Elza e assentiu para ela, que assentiu de volta.

— Lá está ela! — gritou alguém, e Elza se virou.

A Dama Sombria vinha chegando.

Sylvana montava um morcego, o cabelo de um dourado quase branco e os olhos vermelhos reluzentes identificando-a de modo tão inconfundível quanto sua postura. O morcego pousou e Sylvana saltou graciosamente. Nenhum movimento rígido de osso ou pele frouxa. Seu rosto era liso, com malares altos, e os movimentos eram ágeis como quando ela ainda respirava. Elza teve um sentimento avassalador de gratidão porque a líder deles estava ali para apoiá-los, mesmo tendo preocupações.

O olhar vermelho-fogo varreu o pequeno grupo e pousou em Elza.

— Ah, Primeira Governadora — disse Sylvana. — Que bom vê-la novamente. Imagino que ninguém tenha esquecido os procedimentos que eu delineei para o encontro.

Esquecido? Elza tinha tudo gravado na mente e fizera questão de que todo mundo também tivesse. Ninguém queria que algum problema colocasse em risco possíveis encontros futuros.

Sylvana se virou e apontou para as figuras na muralha.

— Alguns lembretes, só para garantir. Essas arqueiras estão aqui para proteger vocês. Anduin tem o mesmo número nas ameias da Bastilha de Stromgarde. Vocês já conhecem o Arcebispo Alonso Faol. Ele e outra sacerdotisa acompanharão os humanos da Aliança até o local do encontro, que será na metade do caminho entre as fortalezas. Os dois irão se movimentar entre vocês para facilitar as conversas. E para monitorá-las.

Seu olhar percorreu os conselheiros reunidos.

— Quando encontrarem suas contrapartidas da Aliança, vocês não falarão de nada além de sua história passada com elas. Não vão falar de sua existência comigo na Cidade Baixa. Eles também não falarão da vida atual que levam. Faol e a outra sacerdotisa concordaram que, se encontrarem alguém, Renegado ou humano, falando esse tipo de coisa, ou qualquer coisa que cheire a traição ou desrespeito para com o outro lado, esses grupos serão alertados. Se houver uma segunda vez, eles serão escoltados para fora do campo. Tratem o arcebispo e a sacerdotisa com cortesia e respeito. O amanhecer está quase chegando. Assim que o dia nascer, se estivermos preparados, eu tocarei a trombeta uma vez e vocês podem ir para o campo. Terão até o crepúsculo. Se por algum motivo eu considerar necessário interromper a reunião, tocarei a trombeta de novo três vezes e içarei o estandarte dos Renegados. Se isso acontecer, voltem *imediatamente*.

Elza queria saber até que ponto "imediatamente" era imediato. Sem dúvida, se a pessoa quisesse expressar uma última palavra de carinho ou talvez até abraçar um membro da Aliança suficientemente corajoso, isso não era um ato de traição. Mas ninguém questionava a Dama Sombria.

— Quando a reunião terminar, a trombeta alertará vocês de que é hora de voltar para casa — terminou Sylvana. — Está claro?

Todos iriam obedecer, especialmente nessa situação, em que uma má conduta ou um simples desentendimento de um dos dois lados poderia significar o reinício de uma guerra que... bom, ninguém precisava disso agora.

Assim, Elza ficou em silêncio. Quando a trombeta soasse, seu pessoal se despediria e voltaria imediatamente. Isso estava claro e não admitia discordância.

Houve o som fraco de cascos no capim quando um dos patrulheiros sombrios de Sylvana levou um cavalo ossudo até a Dama Sombria. Ela assentiu e pegou as rédeas, depois voltou o olhar para os súditos.

— Agora vou me encontrar com o jovem rei humano. Faço isso por vocês. Porque vocês são Renegados. Não demorarei. E depois vocês podem encontrar os humanos que foram parte de sua vida passada. Vocês verão se ainda têm lugar em sua existência atual.

Ela fez uma pausa, e quando falou de novo, Elza pensou ter ouvido fiapos de arrependimento nas palavras.

— Vocês devem se preparar para uma grande frustração. Ainda que possam tentar, os vivos não podem nos entender de verdade. Só nós podemos. Só nós sabemos. Mas vocês pediram isso, portanto eu lhes dou. Voltarei logo.

Sem mais uma palavra ela montou na sela e virou a cabeça do cavalo esquelético.

Sozinha, sem armas, Sylvana Correventos, a Dama Sombria dos Renegados, Rainha Banshee, cavalgou para encontrar o rei de Ventobravo.

Elza nunca se sentira mais orgulhosa de ser uma Renegada.

30

PLANALTO ARATHI

Anduin já tinha visto a Lady Sylvana Correventos, claro. Todas as principais figuras políticas de Azeroth haviam se reunido no Templo do Tigre Branco para testemunhar o julgamento de Garrosh Grito Infernal. Ele suspeitava, mas não tinha certeza, de que ela estivera envolvida na trama contra a vida de Grito Infernal. Certamente não a considerava incapaz disso. Sylvana, que estava morta e no entanto "vivia", não tinha escrúpulos com relação a encerrar vidas alheias.

Na mente de Anduin não havia dúvida de que proibir que Genn o acompanhasse nesse encontro era a coisa certa. Greymane tinha se mostrado um aliado digno e valioso, sempre aberto no afeto por Anduin. Mas havia algumas situações em que ele não poderia colocá-lo. Tão perto da pessoa que Genn mais odiava no mundo. Anduin confiava em Genn e gostava dele, mas sabia que ali, a poucos passos do inimigo, Genn provavelmente atacaria. E quer Genn ou Sylvana morresse, uma guerra seria deflagrada no pior momento possível.

Anduin não precisava de Shalamayne nem da maça mais familiar, Quebramedos. Sua arma era a Luz. E, claro, Sylvana era suficientemente mortal sem um arco. Ela só precisava abrir a boca e soltar um grito, e ele morreria.

Enquanto montava Reverência, seu cavalo branco, seguindo pela estrada de terra macia em direção ao ponto de encontro, uma pequena colina no meio do caminho entre as duas fortalezas, viu uma forma minúscula se aproximando.

Sylvana montava um dos seus garanhões esqueléticos perturbadores. As narinas de Reverência se alargaram com a aproximação daquele cheiro de morte e podridão, mas, fiel ao seu nome, ele não se abalou. Era uma montaria de guerra, um animal treinado. Os cavalos comuns ficariam incomodados com o cheiro de sangue ou corpos. Evitariam pisar em outras criaturas, se possível. Não os cavalos de guerra. Na batalha, Reverência seria uma extensão de Anduin e uma arma adicional, derrubando inimigos e pisoteando-os. O cavalo era treinado para agir contra os próprios instintos.

Como eu, pensou Anduin. *Nós dois somos preparados para ir contra nossa natureza, se for necessário.*

Continuou a se aproximar da Rainha Banshee. Agora podia vê-la com mais clareza. Sylvana tinha vindo desarmada, como ele exigira que ambos fizessem. Podia ver seus olhos vermelhos reluzindo por baixo do capuz, a pele de um verde-azulado claro, nem um pouco deslocada naquela terra sombria e chuvosa, as marcas sob os olhos parecendo estranhamente manchas de lágrimas. Era linda e fatal, tão linda e fatal quanto as flores da erva tóxica Angústia de Donzela.

Emoções rolaram dentro dele diante dessa visão: apreensão, esperança. E a principal: raiva. Baine lhe contara que Vol'jin tinha ordenado a retirada; Sylvana a realizou. Mas será que Vol'jin tinha mesmo feito isso? Será que não houvera mesmo alternativa? Será que Sylvana havia traído seu pai e o deixara, junto com todo mundo naquela aeronave, para morrer? E se ela tinha feito isso... será que Anduin ao menos deveria falar sobre paz agora?

As palavras que ele havia dito tão recentemente sobre Varian Wrynn, para as pessoas reunidas no Repouso do Leão, voltaram-lhe. *Ele sabia que ninguém — nem um rei — é mais importante do que a Aliança.* Anduin também sabia. Se tudo desse certo hoje, logo a Aliança poderia estar mais segura do que nunca. Independentemente do que Sylvana tivesse feito ou deixado de fazer, Anduin tinha certeza de que este era o caminho certo. E às vezes o caminho certo era perigoso e doloroso.

Chegaram a três metros um do outro e pararam as montarias. Por um longo momento simplesmente se avaliaram. Os únicos sons eram o suspiro fraco do vento que agitava o cabelo louro e o prateado, as batidas dos cascos de Reverência e os estalos da sela enquanto o grande cavalo se mexia. Sylvana e sua montaria morta-viva estavam perfeitamente imóveis, de um jeito que não era natural.

Então, seguindo um impulso, Anduin apeou e deu alguns passos na direção de Sylvana. Ela levantou uma sobrancelha. Depois de uma pausa, imitou-o, andando quase languidamente, até que estavam separados por menos de um metro.

Anduin rompeu o silêncio:

— Chefe Guerreira. — Ele assentiu. — Obrigado por concordar com meu pedido.

— Leãozinho — respondeu ela naquela voz gutural, estranhamente ecoante, típica dos Renegados.

A palavra incomodou mais do que deveria. Aerin, o bravo anão que tinha morrido tentando salvar vidas, o chamava assim, e de modo caloroso. Anduin não gostou de Sylvana ter distorcido essa lembrança, transformando-a num insulto.

— Rei Anduin Wrynn — disse ele. — E não mais tão pequeno. Seria bom não me subestimar.

Ela deu um leve risinho.

— Você ainda é bem pequeno.

— Tenho certeza de que temos mais utilidade para o nosso tempo do que ficar aqui lançando insultos.

— Eu, não. — Ela estava gostando daquilo.

Anduin imaginou que, para Sylvana, ele parecia mesmo pequeno. Afinal de contas, através das ações na Costa Partida, por ordem dela ou não, Sylvana tinha selado a morte de Varian. O que era o filho para ela, senão um pontinho, uma pulga, uma pequena inconveniência?

— Tem sim — disse ele, não se permitindo morder a isca. — Você é a Chefe Guerreira da Horda, cujos membros lutaram corajosamente contra a Legião. E o povo mais próximo de você, os Renegados, lhe pediu algo que significa muito para ele, e você ouviu.

Ela o encarou implacavelmente. Anduin não fazia ideia se estava atingindo-a com aquelas palavras. *Provavelmente não*, pensou pesaroso. Mas não era por isso que tinha vindo nesse dia.

— Isso não é uma oferta de paz — continuou ele. — É meramente um cessar fogo por um período de doze horas.

— Foi o que você disse na carta. E eu respondi que concordava com os seus termos. Por que estamos tendo esta conversa?

— Porque eu queria vê-la pessoalmente. Quero ouvir dos seus lábios que nenhum membro da Aliança sofrerá qualquer mal.

Ela revirou os olhos.

— Sua preciosa Luz lhe diz se alguém está mentindo?

— Eu vou saber — respondeu ele simplesmente.

Não era exatamente verdade. Ele achava que saberia. *Acreditava* que saberia. Mas não tinha certeza. A Luz não era uma espada. Sempre era possível contar com uma lâmina afiada para cortar a carne, se o golpe fosse dado de um certo modo. A Luz era mais nebulosa. Ela reagia à fé, e não somente à habilidade. E, estranhamente, era por causa disso que ele confiava ainda mais nela do que em Shalamayne.

Algo passou rapidamente pelo rosto de Sylvana e sumiu. Ela levantou um pouco o queixo enquanto falava.

— Então você não confia que eu cumpra com minha palavra?

Ele deu de ombros.

— Você já se esquivou dela antes.

Ali estava a questão central. A morte de Varian. Sylvana não respondeu de imediato. Então, quase com cortesia, disse:

— Eu lhe dei minha palavra. Como Dama Sombria dos Renegados e como Chefe Guerreira da Horda. Hoje nenhum membro da Aliança sofrerá qualquer mal por parte de qualquer membro da Horda. Inclusive eu. Isso satisfaz, majestade?

Havia uma ênfase extra na última palavra. Ela não estava demonstrando respeito ao usá-la. Estava usando o novo posto dele como uma faca não muito sutil entre as costelas. Porque os dois sabiam que, num mundo melhor, Varian Wrynn é que estaria falando com ela. E essa reunião seria menos esgarçada pela tensão, pelo ressentimento e pela desconfiança.

Anduin falou antes que pudesse se conter:

— Você traiu meu pai?

Sylvana se enrijeceu.

O coração de Anduin acelerou, batendo forte no peito. Não era uma pergunta que ele pretendera fazer. Mas precisava. Tinha de saber. Precisava saber se Genn Greymane tinha razão, se Sylvana havia tramado para que seu pai e o exército da Aliança morressem.

As palavras tinham saído.

Sylvana estava imóvel como pedra, o rosto inexpressivo. Seu peito não subia nem descia com a respiração. Seu coração não bombeava sangue. Mas mesmo assim ela estava chocada ao ver que o rapaz tinha coragem para confrontá-la de modo tão direto — e tão rápido.

Não havia pensado muito nos acontecimentos na Costa Partida. Houvera muitas outras coisas ocupando sua atenção e ela não era de ficar ruminando. Mas agora seus pensamentos voltaram àquele momento sangrento e caótico, como se estivesse de novo naquela elevação, com o exército da Aliança embaixo, lutando com ferocidade, enquanto a Horda dava o seu melhor no ataque.

Nós vamos resistir aqui, tinha dito às arqueiras. E tinham mesmo, disparando uma flecha depois da outra, como uma chuva mortal, sobre o inimigo odiado, alimentado pela vileza. E estava dando certo. A Legião chegou, ondas e mais ondas de monstruosidades demoníacas, cada qual mais terrível e horrenda do que a última. Mas o pessoal de Varian era bom. Assim como o seu.

O grito de surpresa e alerta havia feito com que ela girasse. Sylvana olhou, pasma, enquanto uma torrente de demônios se derramava pela abertura atrás dela. Viu Thrall, poderoso guerreiro e xamã, fundador da Horda atual, de joelhos, o corpo verde tremendo com o esforço simples de tentar se levantar. Baine estava junto dele, defendendo selvagemente o amigo. O choque a paralisou por um momento.

E então as palavras de seu Chefe Guerreiro:

Eles estão vindo por trás! Cubram o flanco!

A lança. Aquela lança medonha, penetrando no tronco de Vol'jin enquanto ele gritava a ordem. Ela deveria tê-lo matado na hora, mas

Vol'jin não estava pronto para morrer. Ainda não. Um propósito o alimentava. Ele matou seu matador e continuou a lutar, ficando cada vez mais fraco diante dos olhos dela. Antes que Sylvana percebesse, estava montada em seu cavalo, indo na direção do líder, pegando-o para tirá-lo do campo de batalha e levá-lo à segurança.

No que devia ter sido um esforço agonizante, o troll se virou e olhou para ela. Sussurrou a ordem, a voz fraca demais para que outros escutassem acima do ruído da batalha furiosa.

Não deixe a Horda morrer neste dia.

Era uma ordem direta dada por seu Chefe Guerreiro. E era a ordem certa. O esforço da Aliança lá embaixo, por mais valoroso que fosse, dependia da ajuda da Horda. Se a Horda recuasse agora, o exército de Varian cairia.

Mas se a Horda ficasse e lutasse, *os dois* exércitos cairiam.

Sylvana tinha fechado os olhos. As duas opções eram inaceitáveis, mas fez a única escolha que podia: obedeceu ao desejo do Chefe Guerreiro, que mais tarde morreria da lança envenenada e, para perplexidade de todo mundo, nomearia Sylvana Correventos como líder da Horda.

Ela levou a trombeta aos lábios e deu o toque de retirada. Não contou a ninguém sobre o pesar que tinha sentido quando, de pé na proa de sua nave, viu a fumaça verde da explosão abaixo, onde Varian tinha caído, e se perguntou se estaria olhando os momentos finais e excruciantes de um guerreiro poderoso.

Sylvana também não contaria isso a ninguém. Mas parada diante do jovem rei podia ver traços do pai nele, que haviam surgido nos últimos anos. Não apenas fisicamente, na altura maior e no porte mais musculoso, ou mesmo na linha forte do maxilar determinado. Ela enxergava Varian naquela postura.

Você traiu meu pai?

Mais tarde questionaria a própria escolha de resposta. Mas nesse momento não tinha vontade de oferecer falsidade.

— O destino de Varian Wrynn estava gravado em pedra, Leãozinho. Os números da Legião teriam garantido isso, independentemente da escolha que fiz naquele dia.

Os olhos azuis de Anduin examinaram os seus, em busca de uma mentira. Não encontraram nenhuma. Algo nele relaxou de leve. Ele assentiu.

— O que acontece aqui hoje beneficia a Horda e a Aliança. Fico satisfeito por você ter concordado em honrar esse cessar fogo. Juro a você que eu também vou honrá-lo, e nenhum membro da Horda sofrerá qualquer mal por qualquer mão da Aliança no dia de hoje. — Ele inclinou a cabeça, cumprimentando-a, enquanto espelhava as palavras dela, acrescentando: — Inclusive as minhas.

— Então não temos mais nada a dizer.

Ele balançou a cabeça dourada.

— É, não temos. E lamento isso. Talvez um dia nos encontremos de novo para falar de outras coisas que possam ajudar aos nossos povos.

Sylvana se permitiu um pequeno sorriso.

— Duvido muito.

Sem mais nenhuma palavra, ela se virou, oferecendo um alvo fácil às costas, saltou na sela de seu garanhão morto-vivo e galopou na direção de onde tinha vindo.

31

PLANALTO ARATHI
BASTILHA DE STROMGARDE

A pesar das palavras ásperas ditas pela líder da Horda ao partir, Anduin estava esperançoso. Acreditara nela... Segundo Genn, forças da Legião tinham aparecido de toda parte. Se os soldados da Horda foram surpreendidos naquela colina, e Anduin acreditava no relato de Baine de que isso acontecera, não era irrazoável supor que permanecer ali os teria condenado — *além* de condenar a Aliança.

Tinha pensado que jamais conheceria a história verdadeira, total. Mas se as coisas corressem bem hoje e em encontros futuros, talvez muitas perguntas pudessem ser respondidas. E não apenas suas.

Um escudeiro se adiantou e pegou as rédeas de Reverência enquanto o rei apeava.

— Você voltou inteiro — observou Genn.

— Não pareça tão desapontado — brincou Anduin.

— Então tudo correu bem — disse Turalyon.

Anduin ficou sério, olhando o paladino. Ele era um herói pessoal do jovem rei tanto quanto Faol. Turalyon amava uma mulher que roçava a linha entre o Vazio e a Luz, cuja irmã era aquela que ele tinha acabado de conhecer.

— É. Foi. — Ele tomou uma decisão ali mesmo. — Perguntei a ela sobre o meu pai — disse a Genn. — Ela falou que não poderia ter feito nada para salvá-lo. E eu acredito.

— Claro que ela diria isso — zombou Genn. — Anduin... — Ele balançou a cabeça. — Às vezes você é ingênuo demais. Acho que um dia desses alguma coisa vai aparecer e arrancar isso de você.

— Não sou ingênuo. É que... *pareceu* verdade.

Genn continuou com uma carranca, mas Turalyon assentiu.

— Eu entendo.

Anduin entrou entre os dois, dando um tapa no ombro de cada um.

— Vamos começar. Há pessoas ansiosas para estar com os familiares.

— Vou dizer aos sacerdotes para ficar a postos junto dos grifos — disse Turalyon.

Que eles só sejam necessários para as bênçãos, pensou Anduin, mas não disse. Em voz alta, falou apenas:

— Obrigado, Turalyon.

Avançou, olhando as dezenove pessoas que esperavam. Nos rostos havia expressões apreensivas e empolgadas. O rei entendia muito bem ambas as emoções.

— É hora — disse. — Que este seja um dia de mudança. De conexão. De esperança e espera por um dia em que reunir-se com entes queridos seja um acontecimento comum, e não histórico. Vocês serão vigiados e protegidos.

Eles já tinham sido abençoados por dois sacerdotes, mas essa bênção viria do rei. Ele levantou as mãos e invocou a Luz sobre os que estavam reunidos. De olhos fechados. Lábios curvados para cima em sorrisos suaves. Anduin pôde sentir a calma se assentar sobre os presentes. Inclusive ele próprio.

— Que a Luz esteja com vocês — disse.

Olhou primeiro para o Arcebispo Faol, que pôs a mão sobre o próprio coração parado e fez uma reverência, depois para Calia, que passara a noite distraindo-o com histórias. Ela sorriu, os olhos brilhando. Esse momento era tanto para eles quanto para os participantes ativos.

Assentiu para Turalyon, que baixou a cabeça, e acenou para Genn Greymane. A carranca do principal conselheiro de Anduin não tinha se alterado desde a chegada, mas nesse momento ele assentiu e gritou ordens.

O que restava da enorme porta dupla de madeira rangeu e estremeceu, abrindo-se. Anduin se lembrou da conversa que tivera com Turalyon. O paladino havia dito que todos estariam batalhando "não por propriedade ou riquezas, mas pelos corações e mentes do futuro".

Por um momento, o grupo ficou simplesmente parado. Então uma deles — Philia — abriu caminho entre os outros e começou a avançar ousadamente, o corpo ereto, o maxilar firme, as botas percorrendo depressa o pasto verde.

Como se fosse a deixa que os outros estiveram esperando, todos começaram a se mover, alguns mais rápido do que outros. Ninguém tinha permissão de correr, para que não confundissem pressa com perigo. No entanto, todos saíram do portão e foram em direção ao agrupamento de formas que agora deixava a Muralha de Thoradin.

Acima dos sons de conversa soou um riso feliz, parecendo gentil e estranhamente oco. Era o Arcebispo Faol. E de repente Anduin percebeu lágrimas de alegria ardendo nos olhos.

Você comanda o Exército da Luz, Turalyon, pensou o jovem rei, e seu coração se animou. *Mas este é o exército da esperança.*

A Velha Emma ficava imaginando se aquilo estava mesmo acontecendo ou se era apenas um dos seus devaneios. Decidiu que a dor nas juntas enquanto caminhava pelo capim macio, num passo muito mais rápido do que o usual, provava que era mesmo realidade. Emma trabalhava muito, todos os dias, carregando água do poço para sua casa pequena e bem arrumada, de modo que resistência não era problema. A velocidade é que era. Queria muito ser como Philia e praticamente correr para o centro do campo, mas a idade não permitiria. Disse a si mesma que Jem, Jack e Jake sem dúvida tinham aprendido a ser pacientes no tempo passado como mortos-vivos. Eles podiam esperar mais alguns instantes para vê-la.

Ela é que não queria esperar.

Alguém chegou ao seu lado, acompanhando seu passo. Ele carregava um elmo lindo e se apresentou como Osric Strang.

— Sou Emma Pedravil — disse ela. — Isso aí parece bem pesado.

Osric, um homem musculoso com barba e cabelos ruivos, gargalhou.

— Pesado o bastante para funcionar. Eu fiz isso para... a pessoa que vou ver hoje. Tomas era como um irmão para mim. Costumávamos discutir sobre quem fazia as melhores armaduras, na época em que servíamos como guardas. Ele em Lordaeron, eu em Ventobravo. Achei que ele tinha se perdido para sempre naquele dia horrível.

Osric indicou o elmo.

— Pensei que, se ele sobreviveu com o cérebro intacto ao virar Renegado, era melhor eu fazer o que pudesse para mantê-lo assim. — Ele sorriu para ela. — Quem a senhora vai ver?

— Meus filhos — respondeu Emma. Ela podia ouvir o sorriso na própria voz. — Os três. Estavam em Lordaeron quando... — Não conseguiu terminar.

Osric a fitou com simpatia profunda.

— Eu... sinto muito que a senhora os tenha perdido. Mas fico feliz por eles terem entrado para o conselho, de modo que a senhora pode vê-los de novo.

— Ah, eu também. A gente precisa se concentrar no que tem, não é?

— É mesmo. — O armeiro passou o elmo para a dobra de um dos braços e estendeu o outro para Emma. — Pode ser difícil caminhar nesse terreno. Segure-se em mim.

Que rapaz bonzinho!, pensou ela, segurando-se com gratidão. *Bem como os meus.*

O local do encontro — exatamente na metade do caminho entre a Bastilha de Stromgarde e a Muralha de Thoradin — fora preparado para o acontecimento. Havia duas mesas, uma de cada lado. Uma onde a Horda podia colocar presentes para a Aliança, e a outra onde a Aliança poderia colocar seus presentes. Osric foi até a mesa da Aliança e deixou o elmo, depois se juntou de novo a Emma. A sacerdotisa que os havia entrevistado sorriu sob o capuz para os participantes reunidos, depois pediu que fizessem uma fila virados para suas contrapartidas da Horda.

Antes o tempo estivera úmido e frio, o céu nublado. Mas agora as nuvens já minguavam e a luz do sol se infiltrava por entre elas. Enquanto todo mundo ia se posicionando, Emma passou os olhos pela fila, ansiosa, à procura dos filhos. Com uma pontada de preocupação, imaginou se ao menos conseguiria reconhecê-los. Apesar de ter já conhecido o Arcebispo Faol, não estava totalmente preparada para a aparência ruim de alguns Renegados.

Não daria mesmo para confundi-los com seres vivos, e a luz do sol não era gentil com sua aparência. Ossos se projetavam através da pele verde acinzentada. Os olhos brilhavam de modo fantasmagórico, e eles andavam encurvados e arrastando os pés.

Bom, disse a si mesma. *Minha pele está toda enrugada, e às vezes eu também fico curvada e arrasto os pés.*

Houve um longo silêncio. O Arcebispo Faol se adiantou.

— Se vocês quiserem ir embora, podem — disse naquela voz estranha, mas agradável.

A princípio ninguém se mexeu, mas então Emma viu quatro ou cinco humanos, com o rosto chocado e quase tão cinza quanto o dos Renegados, se virarem para voltar depressa à bastilha. Um dos que tinham sido rejeitados gritou para uma figura que se afastava, numa voz oca que abrigava um mundo inteiro de tristeza. Os outros ficaram parados um momento, depois se viraram e começaram a longa caminhada de volta para onde tinham vindo, de cabeça baixa. *Ah, coitados*, pensou Emma.

— Mais alguém? — perguntou Faol. Ninguém respondeu. — Excelente. Quando eu chamar o nome de vocês, por favor venham até mim. Vocês vão se juntar aos seus entes queridos e depois podem caminhar livremente pelo campo.

Em seguida desenrolou um pergaminho e leu:

— Emma Pedravil!

O coração de Emma se agitou. Ela perguntou a Osric em voz trêmula:

— Está na hora de eu vê-los? Depois de tanto tempo?

— Se você quiser — disse a sacerdotisa. — Se não quiser, pode voltar à bastilha.

Emma balançou a cabeça.

— Ah, não. Não, não. Não vou desapontá-los como aquelas pessoas. — Osric deu um tapinha na mão dela, tranquilizando-a. E Emma se afastou, empertigada, indo sem ajuda até onde Faol estava.

— Jem, Jack e Jake Pedravil — gritou o arcebispo.

Três Renegados altos saíram de sua fila, avançando com hesitação. Emma observou a aproximação. Todos haviam sido muito grandes e musculosos em vida. Rapazes fortes. Como tinham sido confiantes, como eram orgulhosos em servir a Lordaeron! Agora não passavam de pele, ossos e cabelos escorridos e embolados. Ela demorou um momento para decifrar as expressões deles.

Seus filhos, que outrora riam confiantes, pareciam... amedrontados.

Estão com mais medo aqui, na minha frente, do que num campo de batalha, percebeu ela. E então todas as diferenças entre ela e eles de súbito não importaram mais.

Começou a chorar, ao mesmo tempo em que sentia a boca se curvando num sorriso enorme.

— Meus meninos — disse. — Ah, meus meninos!

— Mamãe! — exclamou Jack, se apressando na direção dela.

— Sentimos tanto sua falta! — disse Jem.

Jake simplesmente baixou a cabeça, dominado pelo momento.

Então os três Renegados se curvaram para abraçar a mãe.

Obrigada, disse Calia à Luz enquanto olhava a matriarca da família reunida derramar lágrimas de alegria. *Obrigada por isso.*

Ouviu, sorrindo, outros nomes serem chamados. Eles avançaram, hesitantes ou em júbilo. Alguns se limitavam a balançar a cabeça e, incapazes de dar os últimos passos agora que o momento havia chegado, voltavam em silêncio, deixando seus entes queridos Renegados sozinhos, até que eles também davam meia-volta e retornavam à muralha. Calia rezou por eles: os que tinham recusado e os que haviam sido recusados. Todos estavam sofrendo. Todos precisavam da bênção da Luz.

Mas eram surpreendentemente poucos. Muitas reuniões foram cautelosas a princípio: hesitantes, desajeitadas. Mas isso também era natural.

— Philia Fintallas — leu o arcebispo. Philia estava bem na frente e já tinha visto seu pai, Pasqual. Ao ouvir seu nome, ela correu direto para ele, gritando: — Papai!

Esses dois não precisaram de estímulo nem de mediação. Apressaram-se um para o outro, parando pouco antes de se tocar, ambos com sorrisos tão grandes quanto Calia sentia seu coração.

— É *você* mesmo — disse Philia, colocando toda uma dose de significado na palavra.

Depois das primeiras reapresentações as coisas correram com muito mais facilidade e rapidez. Nem todos os encontros foram jubilosos e fáceis, mas eles estavam conversando. Renegados e humanos, conversando. Quem poderia acreditar que esse momento aconteceria? Um homem — um rei — tinha acreditado.

E se isso podia acontecer, talvez mais coisas também pudessem. Mais acontecimentos que deveriam ter existido, mas que Arthas destruíra de modo tão trágico.

Existe um novo começo, pensou. *Para todos nós.*

Faol chegou ao seu lado.

— Estes olhos viram dor demais. É maravilhoso que, depois de tudo que aconteceu, ainda possam enxergar isso.

— Você acha que haverá outro encontro? — perguntou Calia.

— Espero que sim, mas essa decisão fica nas mãos de Sylvana. Talvez até ela descubra que ainda tem coração, como essas pessoas.

— Podemos esperar.

— Podemos sim. Sempre podemos.

32

PLANALTO ARATHI
MURALHA DE THORADIN

Sylvana Correventos estava no topo da muralha antiga. Nathanos, como sempre, encontrava-se ao seu lado. O olhar dela fixava a cena se desenrolando à distância.

— Parece que tudo está acontecendo sem incidentes — disse Sylvana. — Algum motivo para acreditar que não esteja?

— Nenhum que eu tenha descoberto, minha rainha.

— Mas eu vi que alguns humanos rejeitaram a interação com aqueles a quem deram esperança. Foi cruel da parte deles.

— Foi — concordou Nathanos. E não disse mais nada.

— Eu relutei em concordar com essa reunião, mas talvez seja uma coisa boa. Agora meus Renegados começam a entender como são percebidos até mesmo pelos que um dia disseram que os amavam.

— A senhora foi sábia em permitir, minha rainha. Que eles mesmos vejam qual é a situação. Se for dolorosa, eles não desejarão repetir a experiência. Se for alegre, a senhora tem algo a usar para mantê-los obedientes. Não que houvesse muito a temer por parte desse grupo.

— Foi bom testemunhar isso. Aprendi muito.

— A senhora vai repetir a experiência?

Sylvana franziu os olhos na direção do sol.

— O dia ainda é jovem. Não terminei de observar. E não vou relaxar a vigilância. O filhote de Varian gosta de parecer absolutamente desprovido de malícia, mas ele pode ser mais astuto do que pensamos. Ele pode ter planejado um ataque contra seu próprio povo com o objetivo de nos culpar. Nesse caso seria visto como um líder forte ao declarar guerra contra nós. Como o protetor definitivo dos fracos.

— É possível, minha rainha.

Ela lhe deu um dos seus sorrisos raros e irônicos.

— Mas você acha que não.

— Com todo o respeito, isso parece mais uma estratégia que a senhora usaria.

— É. Mas não hoje. Não estamos preparados para uma guerra. — Ela olhou para as patrulheiras que tinha posicionado em cima da muralha. As aljavas estavam cheias, os arcos pendurados às costas, ao alcance das mãos.

Elas atacariam no instante em que ela mandasse.

Sylvana sorriu.

Campo no Planalto Arathi

Pasqual e Philia tinham caminhado até a mesa de troca dos Renegados. Elza os olhou, feliz, enquanto Pasqual apontava para um ursinho de pelúcia velho e puído, e lágrimas escorreram pelo rosto da jovem.

— Quero abraçar o Marronzinho — Elza a ouviu dizer. — Quero abraçar *você*, papai.

— Ah, minha pequenina não tão pequenina. — Ele riu. — O Marronzinho está proibido até que seu rei diga que ele é seguro. E, quanto a mim, minha pele não consegue suportar aqueles abraços de urso que eu lembro.

Philia enxugou o rosto.

— Posso segurar sua mão, com cuidado?

As pessoas achavam que, como a pele dos Renegados estava morta, ela era limitada na capacidade de comunicação. Nada poderia estar mais distante da verdade. Uma infinidade de expressões atravessou o rosto de Pasqual: alegria, amor, medo, esperança.

— Se você quiser, minha filha.

Os Renegados existiam em todos os estágios da morte: recém-abatidos, parcialmente podres, quase mumificados. Pasqual estava nesse último grupo, apesar de ter decidido levar um sachê no bolso, e Elza sentiu vontade de abraçar os dois enquanto ele estendia sua mão enrugada, frágil como pergaminho, e a colocava na mão viva e lisa da filha.

Elza queria se demorar perto de Pasqual e Philia, para saborear o encontro de pai e filha. Mas havia outros, que estavam sem palavras ou não sabiam como reagir, e talvez apreciassem a ajuda. Esses dois ficariam bem. Tinham vindo com amor e ternura no coração. Mas também tinham outra coisa: esperança.

— Mãe? — A voz pertencia a Jem, o mais velho dos rapazes Pedravil. Ele parecia perturbado.

Elza olhou em volta, procurando-o. Encontrou-o com Jack e Jake, fazendo um círculo em volta da mãe pequenina; então um deles deu um passo para o lado, passando os olhos nos presentes, à procura de ajuda.

Elza viu que a mãe deles, Emma, estava pálida e parecia respirar com dificuldade.

— Sacerdotisa! — gritou um deles, com a voz sepulcral tingida de medo. — Por favor, ajude-a!

A mulher com capa foi até lá rapidamente e levantou a mão. A Luz veio até ela, invocada como se viesse do próprio sol, e ela a mandou para a mãe. A mulher mais velha ofegou baixinho. Seu rosto pálido se aqueceu com um cor-de-rosa humano saudável, e ela piscou, procurando a mulher que a havia curado. Os olhares das duas se encontraram; e a sacerdotisa sorriu.

— Muito obrigada — disse Elza.

— É uma honra estar aqui — respondeu a sacerdotisa. — Desculpe, não pude deixar de notar que a senhora está sozinha. Seu encontro não correu bem? — O rosto dela estava quase todo na sombra, mas Elza viu que o sorriso era gentil.

— Ah, querida, você é tão gentil! Estou bem, só vim compartilhar da alegria do meu conselho.

A sacerdotisa ofegou baixinho e foi na direção de Elza.

— A senhora deve ser a Primeira Governadora Bento. — Ela estendeu a mão para a Renegada. — Ouvi falar sobre o Wyll. Sinto muito.

Elza começou a recuar, mas parou. Sem dúvida alguém em quem Faol confiava para ajudá-lo não ficaria horrorizada com seus membros frios e coriáceos. A sacerdotisa segurou suas mãos com muito cuidado, já sabendo, como a corajosa Philia estava descobrindo, que era preciso ser delicado no toque com os Renegados. A carne deles era frágil demais. E, no entanto, como Elza tinha observado, a maioria deles parecia carente de contato físico.

As mãos da sacerdotisa eram macias e quentes. O toque era muito agradável. Então ela soltou as mãos de Elza, mas não saiu de perto.

— Obrigada — disse Elza. — O arcebispo tem sido muito gentil conosco. Agradecemos que a senhora e ele estejam aqui conosco.

— Estou mais feliz por ter vindo do que a senhora pode imaginar — garantiu a mulher. — Queria encontrá-la para agradecer por estar tão disposta a trabalhar conosco. Saiba que o rei Anduin lamenta muito não poder agradecer pessoalmente à senhora.

Elza balançou a mão.

— Este não é um lugar seguro para um rei humano estar. Ele precisa pensar no povo. Eu tenho uma dívida para com ele que jamais poderei pagar. Ele estava com o meu Wyll quando ele faleceu, quando eu não pude estar. E vou lhe dizer, Wyll amava aqueles meninos Wrynn como se fossem filhos.

As duas ficaram juntas, olhando o evento prosseguir. Aqui e ali ouviam sons de risos. Sorriram uma para a outra.

— Isso é uma coisa boa — disse Elza. — Uma coisa muito boa.

— Sua majestade espera que, se tudo correr bem hoje, a Chefe Guerreira possa concordar com outra reunião como essa.

O sorriso de Elza se desbotou de leve.

— Não acho que isso acontecerá. Mas, afinal de contas, eu não acreditava que *esse aqui* aconteceria. Isso mostra o quanto eu sei das coisas. — Ela deu um risinho.

— Se houver um segundo Encontro — continuou a sacerdotisa —, o rei Anduin deseja se encontrar com a senhora.

— Ah, seria maravilhoso!

Elza olhou para a bastilha. Estava longe a ponto de não poder distinguir rostos, mas parecia que o jovem rei não hesitava em se permitir ser visto. Ele usava sua armadura característica, coberta por um tabardo azul com o leão dourado de Ventobravo. Os raios de luz do sol pareciam procurá-lo, para captar o brilho da armadura e dos cabelos dourados.

— A rainha Tiffin era linda. E muito bondosa — disse Elza. — Anduin tem os cabelos dela. "Um menino feito de sol", era como Wyll dizia. Quando eu ainda respirava, ninguém sabia que o menino feito de sol seria um rei da Luz!

Enquanto olhavam, outra pessoa chegou ao lado do rei de Ventobravo: um homem alto, forte, de cabelos brancos.

— Quem é aquele cavalheiro? — perguntou Elza.

Por um momento, uma sombra mais profunda passou sobre o rosto da sacerdotisa.

— É o rei Genn Greymane, de Guilnéas.

— Ah. Imagino que ele não esteja muito feliz com isso.

— Talvez não esteja — respondeu a sacerdotisa. — Mas está ao lado do seu rei, observando tudo.

Ela levantou o braço.

— Talvez a senhora não possa se encontrar com o rei Anduin, mas pode acenar para ele — disse a Elza.

Hesitando, Elza a imitou. A princípio seus movimentos eram pequenos e tímidos, mas quando Anduin os viu e devolveu o gesto, o prazer a atravessou e ela acenou mais vigorosamente. De modo pouco surpreendente, Greymane não fez o mesmo. Mas tudo bem. Ele estava ali. Talvez visse alguma coisa que o comovesse.

— Imagine só, eu, Elza Bento, acenando para um rei! — murmurou ela. E quando Anduin lhe fez uma reverência, a Primeira Governadora do Conselho Desolado deu um riso luminoso, de surpresa.

Planalto Arathi, Muralha de Thoradin

Sylvana fez questão de falar com cada um dos membros do conselho que tinham voltado para a muralha zangados e desiludidos. Estava ao mesmo tempo triste e satisfeita enquanto falava com eles.

— Eu temia que exatamente isso acontecesse. Agora vocês entendem, não é?

Eles entendiam. A fissura entre os humanos e os Renegados não poderia ser atravessada. Sylvana sentiu-se particularmente justificada quando Annie Lansing, que trabalhara para fazer sachês e echarpes para que os Renegados ficassem mais atraentes para os humanos, voltou devagar.

— Você se esforçou demais para agradá-los — disse Sylvana.

— Achei que se eles não se distraíssem com nossa aparência... com nosso cheiro... poderiam nos enxergar de verdade — respondeu Annie com tristeza. — *Me* enxergar de verdade.

— Quem era?

Houve uma pausa.

— Minha mãe.

— Amor de mãe deveria ser incondicional.

— Pelo jeito não é — disse Annie com amargura. Em seguida desenrolou a echarpe, e Sylvana olhou sem se abalar para seu rosto mutilado. — Deveríamos ter ouvido a senhora, Dama Sombria. Estávamos terrivelmente errados.

As palavras eram doces como mel. Doces como a vitória. O conselho estaria dividido, e o conflito entre os membros daria conta de destruí-lo. E Sylvana nem precisara fazer nada.

A Dama Sombria subiu a muralha com passos rápidos e ágeis e pegou sua luneta. Com sorte veria mais Renegados esclarecidos voltando ao seu lugar de direito. Onde estava a Primeira Governadora, no meio de tudo aquilo? Estaria abalada com os atritos?

Sylvana a encontrou. E toda a sua satisfação se evaporou.

Vellzinda estava tranquila e confortável ao lado da sacerdotisa com capa e capuz que Faol tinha trazido. A Primeira Governadora olhou em direção à bastilha, para alguém lá em cima. E acenou.

Depressa, Sylvana moveu a luneta. As imagens que ela revelava oscilaram loucamente até parar na figura do rei de Ventobravo.

Anduin, sorrindo, estava acenando de volta. Enquanto Sylvana olhava, com a fúria fervendo por dentro, ele pôs a mão no coração e fez uma reverência.

Uma reverência.

Para Vellzinda Bento, Primeira Governadora do Conselho Desolado.

Sylvana abriu a boca para ordenar a retirada. Mas não. Ainda não. Isso não era o suficiente para condenar Vellzinda aos olhos do conselho. Sylvana precisava agir com cuidado.

Para Nathanos, disse:

— Quero alguém vigiando Vellzinda o tempo todo. E aquela sacerdotisa também.

Campo no Planalto Arathi

Ela ri como uma menininha.

Quase como uma coisa viva.

O coração de Calia estava pleno, pleno demais. Tentou gravar esse momento na mente para lembrá-lo quando acordasse com os braços dolorosamente vazios dos pesadelos que ainda assombravam seus sonhos. Quando ouvia palavras feias pronunciadas pelos dois lados da guerra aparentemente interminável em Azeroth, entre a Horda e a Aliança. Iria se lembrar de ter estado nesse campo enquanto o menino do sol, já crescido, acenava para a mulher cujo marido havia cuidado dele durante toda a vida. Iria se lembrar desse dia, e de todas as coisas boas que ele trouxera, como o dia em que tudo começou a mudar.

— Eu trouxe uma coisa para ele dar ao Wyll, onde ele estiver enterrado.

Elza deu um tapinha no peito, tocando um anel simples, de ouro, que pendia de uma corrente no pescoço.

— Quero usá-lo até o último momento possível, depois vou colocá-lo na mesa. É minha aliança de casamento. Eu a usei até o dia em que morri... e depois também, até que não pude mais. — Ela indicou os dedos ossudos. — Fica difícil manter os anéis. Ou os dedos, por sinal. Mas eu o guardei. Agradeceria se a senhora fizesse com que ele chegasse ao rei.

A sacerdotisa olhou para a aliança e pensou em sua família. Em sua filha, que imaginava estar crescida como Philia: corajosa, leal e gentil.

Em seu marido, que tinha guardado seu segredo e a amado pelo que ela era. Em todas as pessoas de Lordaeron, que não mereciam o que acontecera com elas e haviam continuado corajosamente. Em todos que estavam no campo naquele dia, corajosos a ponto de olhar para além da feiura em busca de uma beleza interior ou, do outro lado, corajosos a ponto de superar o medo da rejeição e ver entes queridos de novo como entes queridos, não como inimigos. Em Philia, que queria abraçar o pai. Em Emma e seus filhos, reunidos nos anos finais de uma mãe. No número incontável de pessoas que, como eles, dos dois lados, ansiavam por se unir.

Em seu irmão, responsável por toda a dor e toda a perda.

Um Menethil havia feito isso.

Uma Menethil teria de consertar.

33

PLANALTO ARATHI
BASTILHA DE STROMGARDE

Durante um longo tempo Anduin ficou olhando, com um sorriso brincando nos lábios. Lembrou-se da primeira experiência que teve no Conclave, da sensação de entrar num local de segurança completa e ver raças que poderiam estar cortando as gargantas umas das outras rindo juntas, discutindo filosofias, pesquisando ou só sentadas lado a lado numa alegre coexistência.

E agora cenas semelhantes se desdobravam abaixo, mas eram cenas que poderiam ter importância ainda maior para o futuro de Azeroth. Viu Calia — que tinha se escondido numa vala durante dois dias enquanto criaturas furiosas e irracionais voavam e caçavam em bandos — mover-se entre os participantes do Encontro, falando com pequenos grupos e abençoando-os. Tinha visto o momento em que ela curou Emma, cujo encontro com os três filhos fora quase mais do que a velha senhora poderia suportar. Tinha visto Pasqual e Philia reagirem com alegria e descontração um ao outro, como se a morte não os tivesse separado.

Calia estava longe demais para que Anduin visse sua expressão, mas ela levantou o braço e acenou. Ao lado da sacerdotisa estava uma Renegada que parecia não ter um familiar da Aliança. Olhando para Calia, ela também levantou o braço e acenou para o rei de Ventobravo. Será que essa Renegada era uma das que tinham visto seus entes queridos voltar à bastilha? Ou seria a própria Primeira Governadora? Anduin perguntaria a Calia quando ela voltasse, e nesse meio-tempo não conseguiu conter um riso enquanto acenava de volta e, impulsivamente, fazia uma rápida reverência.

— Não é assim que você dá um tapinha nas próprias costas.

Anduin riu e se virou para Genn, dando um tapa no ombro dele.

— Confesso que eu gostaria de dar uns tapinhas nas costas. Mas acho que os parabéns pertencem a eles. Os que estão lá embaixo. A coragem que deve ter sido necessária para se disporem a isso... é quase impossível de avaliar.

Ele esperava uma resposta irritada. Em vez disso, Genn Greymane ficou em silêncio, como se pensasse seriamente nas palavras dele. E isso era uma vitória, pensou Anduin.

Campo no Planalto Arathi

Philia acreditara que seu pai, como estava agora, não seria muito diferente do homem que ela havia amado tanto. Enquanto conversavam e andavam pelo campo descobriu que estava certa e errada ao mesmo tempo.

A aparência de Pasqual, especialmente de perto, a havia chocado no começo. Por um breve momento, ainda que ela jamais fosse revelar isso a ele, o horror e o nojo tinham fechado sua garganta e instigado seu corpo a fugir. Mas então ele sorriu. E era o sorriso do seu pai.

Diferente... ah, sim. Indescritivelmente transformado. Mas ainda era ele. Certas coisas ele havia esquecido, e isso era doloroso para ela. Mas em muitos sentidos ele ainda era tão ele mesmo que Philia mal podia acreditar.

Num determinado ponto estavam conversando animados sobre história, um assunto que apaixonava os dois. Sem pensar, Philia disse:

— Ah, papai, o senhor deveria escrever sobre Arthas e o que aconteceu naquele dia!

Horrorizada, ela pôs a mão na boca enquanto seu pai ficava imóvel.

— Desculpe — disse. — Eu não devia ter...

— Não, tudo bem — respondeu Pasqual depressa. — Eu já pensei nisso. Um relato de primeira mão. As fontes primárias são as mais importantes, você sabe.

Philia sabia, e deu um pequeno sorriso.

— Não fiz isso porque todos que leriam já têm seu relato em primeira mão. Mas agora...

As possibilidades.

— Papai... você poderia escrever e nós poderíamos compartilhar o texto com a Aliança! Só sabemos de boatos e sussurros. O senhor poderia contar a todos nós o que aconteceu de verdade.

Ele a encarou com tristeza.

— Não acredito que nossa Dama Sombria permitirá um segundo encontro, querida.

Philia sentiu o coração despencar nos pés.

— Essa... essa é nossa única chance de nos vermos?

— Pode muito bem ser.

Ela balançou a cabeça.

— Não. Não, não vou aceitar isso. Acabei de encontrar você, papai. Não vou perdê-lo pela segunda vez. Tem de haver um modo!

Philia esperava mais negativas tristes, mas em vez disso seu pai ficou em silêncio. Seu olhar suave não estava voltado para ela, e sim para a mulher que fora identificada como líder do Conselho Desolado. Elza Bento estava com a sacerdotisa humana que fora tão gentil com os Renegados. Como se sentisse o olhar dele, a sacerdotisa virou a cabeça para Pasqual.

— Acho que talvez tenhamos encontrado a solução — murmurou Pasqual. Gentilmente pôs a mão nas costas da filha. — Venha. Eu gostaria que você conhecesse algumas pessoas.

Calia continuou olhando o campo enquanto conversava com Elza. Parecia que todos que tinham permanecido estavam tendo conversas positivas com seus entes queridos. Ouviu risos e viu sorrisos. *É assim que deveria ser. Antes as pessoas de Lordaeron não estavam livres para ser quem gostariam de ser. Nesse momento, elas são.*

Ali estava Osric, falando com seu amigo Tomas. Mais adiante, duas irmãs estavam reunidas. Havia a Velha Emma, que Calia tinha curado, parecendo ter rejuvenescido dez anos enquanto sorria para os filhos. E Pasqual e Philia vinham se juntar a eles. Conversaram por alguns instantes; Calia estava longe demais para ouvir o que diziam.

Pasqual disse algo à filha, depois foi sozinho na direção de Calia. Ela sentiu uma pontada de preocupação; ele não deveria se aproximar dela daquela forma. Ninguém deveria saber que ela e Pasqual se conheciam. Em voz alta, ele disse:

— Sacerdotisa... este Renegado pode ter sua bênção?

— Claro — respondeu ela.

Ele baixou a cabeça, sussurrando:

— Precisamos da senhora. Chegou a hora.

— O... o quê?

— A senhora verá. Fique a postos.

Calia se firmou e invocou a bênção da Luz. Ela veio, banhando-o na claridade quente, de um branco dourado. Pasqual fez uma careta; a Luz Sagrada curava os Renegados, mas não lhes era agradável. Assentindo num agradecimento, ele se virou e se juntou novamente ao grupo. Ela olhou para eles, agora alerta. Durante um tempo eles se limitaram a conversar. E então, de modo muito casual, Philia e Pasqual se afastaram dos Pedravil. Depois de um momento, a família Pedravil também começou a andar. Lenta e indiretamente, de modo a não atrair muita atenção, eles se afastavam do centro do campo, indo em direção à Bastilha de Stromgarde.

As palavras de Saa'ra voltaram para Calia tão rapidamente que ela cambaleou.

Existem coisas que você precisa fazer antes que a paz lhe seja concedida. Coisas que você precisa entender, que você precisa integrar em si mesma. Pessoas que precisam da sua ajuda. O que nós precisamos para a cura sempre virá na nossa direção, mas às vezes é difícil reconhecer. Às vezes os presentes mais lindos e importantes vêm embrulhados em dor e sangue.

Seria esse o momento em que ela vinha pensando desde que encontrara seu caminho para o Templo Eterluz e o Arcebispo Faol? Muitas coisas haviam se encaixado com perfeição: o Conselho Desolado, o nobre chamado de Anduin para esse encontro. E agora, espontaneamente, humanos e Renegados tinham dado um passo tão corajoso que Calia se sentiu inspirada e com vergonha.

É. Pasqual tinha razão

Chegava a hora.

Girou na direção de Elza, e o capuz caiu com o movimento.

— Elza, há uma coisa que você precisa saber. E rezo à Luz que me trouxe aqui, neste dia, para que você entenda. E apoie. — Ela engoliu em seco. — Me apoie.

Planalto Arathi, Muralha de Thoradin

— Há alguma coisa errada — murmurou Sylvana. — Mas não consigo identificar exatamente o que é.

A sacerdotisa dissera algo que deixou a Primeira Governadora agitada. Ninguém mais no campo pareceu notar. Estavam ocupados demais passeando com seus entes queridos.

E era isso.

— Eles estão desertando — disse Sylvana rispidamente.

Nathanos ficou alerta na mesma hora, examinando o campo com a luneta.

— Vários estão indo na direção da Bastilha de Stromgarde — confirmou ele. — Mas pode não ser intencional.

— Vamos descobrir. — Sylvana levou a trombeta aos lábios e tocou três notas longas e límpidas.

Agora vejamos quem vem quando é chamado. E quem sai correndo.

Nesse momento, uma sacerdotisa retornou, instigando seu morcego a voar o mais rápido possível. Parecia chocada e nauseada.

— Senhora! — ofegou ela. — A sacerdotisa... só reconheci quando o capuz caiu... mal posso acreditar...

— Desembuche — rosnou Sylvana, o corpo retesado como uma corda de arco.

— Senhora... é Calia Menethil!

Menethil.

O nome era carregado, denso de significados e portentos. Era o nome do monstro que a havia feito. Que tinha trucidado e destruído. Era o nome do rei que governara Lordaeron. E era o nome da filha daquele rei — sua herdeira.

E pensar que ela havia imaginado que o rei de Ventobravo era um idiota ingênuo. Ele fazia política melhor do que Sylvana poderia ter imaginado.

Anduin Wrynn tinha trazido uma usurpadora. E agora aquela garota, aquela maldita *criança* humana que deveria estar morta havia muito tempo, estava levando o povo de Sylvana para se juntar à Aliança.

— Senhora, quais são as ordens?

Planalto Arathi

Do centro do campo, Elza olhou para a rainha de Lordaeron.

— Não é possível — disse. Mas sabia que era verdade. Calia tinha tomado o cuidado de manter o rosto escondido na sombra do capuz. Mas agora o capuz havia caído e ela se virou para olhar Elza diretamente, e Elza não conseguiu desviar os olhos.

— Vocês são o meu povo e eu quero ajudá-los — implorou Calia. — Só vim observar, começar a conhecer os Renegados de Lordaeron.

— Cidade Baixa — disse Elza. — Nós vivemos na Cidade Baixa.

— Antigamente não viviam. Não terão mais de viver nas sombras. Só... por favor. Venha comigo. Pasqual, os Pedravil, todos os outros... está vendo? Estão desertando. Anduin vai abrigar e proteger todos vocês; sei que vai!

— Mas... a Dama Sombria...

Como se em resposta, a trombeta deu três toques agudos. Elza virou o rosto verde-acinzentado para a muralha e para o estandarte Renegado que fora erguido.

— Lamento, majestade — disse Elza. — Não posso trair minha rainha. Nem pela senhora. — Ela se virou e gritou. — Recuar! *Recuar!*

Planalto Arathi, Bastilha de Stromgarde

Anduin ouviu a trombeta. Pasmo, olhou para baixo, tentando ver o que tinha provocado aquilo. Pelo que podia ver, nada havia mudado de um momento...

Fechou os lábios para impedir um gemido. Sentiu uma dor súbita e profunda por dentro.

— O que há de errado, filho? — perguntou Genn incisivamente.

— É o sino — disse Velen em tom sombrio, triste. Turalyon pareceu confuso, mas o rosto de Greymane endureceu. Sabia sobre o sino. Sobre o alerta que ele representava para o jovem rei.

— A retirada — conseguiu dizer Anduin, com uma careta conforme a dor aumentava. — É perigosa.

Uma segunda dor o golpeou, diferente, porém ainda mais devastadora. Não era a dor nos ossos, provocada pelo Sino Divino, e sim a dor afiada de um sonho se despedaçando diante dos seus olhos. Com um tremor doentio viu as figuras minúsculas, que antes se mantinham em posição de sentido na Muralha de Thoradin, agora montadas em morcegos e voando para o campo.

Patrulheiros Sombrios.

— Acabou — sussurrou, apoiando-se no parapeito. — Coloquem--nos em segurança antes que seja tarde demais!

No campo lá embaixo, espalhados como marcadores na sala de mapas, havia figuras minúsculas. Algumas voltavam para a Muralha de Thoradin. Algumas voltavam para a bastilha.

E algumas continuavam no campo, como se paralisadas.

A dor não diminuía, e Anduin cerrou o maxilar enquanto olhava para a muralha. Forçou os punhos a se abrir e levantou a luneta.

Sua mente via as coisas com uma clareza estranha, rápida, e ele logo identificou o Arcebispo Faol e Calia. O primeiro estava perto da muralha, instigando seus protegidos a correr para a segurança dos portões. Mas Calia permanecia no campo, discutindo com Elza Bento. O capuz da sacerdotisa estava abaixado.

Calia... o que você está fazendo?

Calia deu as costas para a Primeira Governadora, correu alguns passos, pôs as mãos em volta da boca e gritou:

— Renegados! Sou Calia Menethil! Vão para a bastilha!

— O que essa garota está *fazendo*? — gritou Genn.

Mas Anduin não escutava. Seu olhar estava fixado nas duas mulheres no campo, uma humana, uma Renegada. E nesse momento Elza Bento caiu como uma pedra, com uma flecha de penas pretas se projetando do peito.

Calia se virou de novo para Elza, mas era tarde demais. Havia uma expressão de horror em seu rosto, mas não podia fazer nada pela Primeira Governadora assassinada. Gritou de novo:

— Para a bastilha! Corram!

Anduin se sacudiu para trás, a mente num redemoinho. Agora viu que todos, humanos e Renegados, tinham saído em disparada.

Sylvana começara uma ofensiva de um instante para o outro. Bem sob os olhos vigilantes deles.

E ele, Anduin Wrynn, havia colocado civis desarmados e inocentes direto no caminho dela. O único modo de corrigir esse erro terrível era fazer todo o possível para salvá-los, ainda que significasse começar uma guerra.

No entanto, mesmo com esse pensamento, a dor não diminuiu. Todo mundo estava gritando com ele, pedindo ordens, dizendo uma coisa enquanto outra pessoa dizia outra. Mas Anduin não conseguia ouvir ninguém. Sabia que precisava escutar o que aquele dom estranho e contraditório do Sino Divino tinha a dizer. Fechou os olhos com força e rezou em silêncio:

Luz, o que está acontecendo? O que posso fazer?

A resposta veio. Rápida, dura e brutal.

Proteger.

E lamentar.

— Não — sussurrou ele, protestando ao mesmo tempo em que aceitava as palavras. Seus olhos se abriram.

Genn estava berrando com ele.

— ... colocar nossos soldados lá e...

— ... ficar a postos para defender nosso povo... — Era Turalyon, radiante com Luz. Anduin não conseguia falar, mas assentiu para Turalyon, indicando que ele deveria prosseguir.

Morcegos voavam e mergulhavam no campo, e as criaturas montadas neles provocavam uma chuva de riscos pretos.

Cada um acertava seu alvo. E Anduin entendeu.

— Genn — disse com a voz áspera. — Genn... ela está matando-os. Está matando *todos* eles.

Sylvana Correventos tinha cumprido com a palavra. Seus patrulheiros não estavam atacando humanos.

Estavam atacando Renegados. Até os que retornavam para a muralha.

Isso é errado, pensou ele. *E estou errado ficando imóvel aqui.*

Tomou uma decisão e a dor diminuiu na mesma hora.

— Não importa o que acontecer — gritou por cima do ombro, correndo para o único grifo que restava — não ataquem os patrulheiros, a não ser que eles nos ataquem. Está claro? Preciso da palavra de vocês!

— O senhor a tem — declarou Turalyon.

Anduin se perguntou se o paladino tinha alguma ideia do que iria fazer ou se estava só sendo um bom soldado. Mas jamais poderia contar com que Genn se limitasse a obedecer sem protestar.

— O que você está planejando? — perguntou ele. — Aquele não é o seu povo, é o dela! Ela vai *matar* você, garoto!

Isso era o que Anduin iria descobrir.

34

CAMPO NO PLANALTO ARATHI

Por um momento medonho, a matança em volta de Calia Menethil se sobrepôs e se fundiu com a lembrança daqueles dois dias aterrorizantes, anos atrás, em que ela havia ficado imóvel numa vala enquanto mortos-vivos enlouquecidos espalhavam a violência a poucos metros. Ficou imobilizada e só conseguia olhar com horror enquanto os patrulheiros sombrios de Sylvana Correventos disparavam flechas e mais flechas contra os membros do Conselho Desolado.

Eles tinham vindo sem ódio contra Sylvana. Eram apenas pessoas que desejavam ver amigos e parentes que achavam estar para sempre fora do alcance. Mas sua Chefe Guerreira, sua própria Dama Sombria, aquela que os havia feito e que acima de todos deveria estar protegendo seu bem-estar, tinha ordenado que seus patrulheiros atirassem neles.

Eles nem estão armados, era o pensamento de Calia, inútil, como se essa fosse a coisa mais importante na traição horrível. Eles só haviam trazido anéis, cartas de amor e brinquedos para o campo. Não queriam nada além de gentileza e conexão.

Eu não queria que isso acontecesse, pensou. Mas isso não importava. Tampouco importava que a ideia inicial de buscar abrigo na Aliança tivesse vindo de Pasqual. Eles seriam o seu povo, se vivessem, e eram seu povo na morte-vida, também. E ela *não* fugiria para um lugar seguro feito uma covarde enquanto seu povo era trucidado por uma usurpadora ciumenta porque tinha ousado correr em direção ao que imaginava ser um abrigo.

Ela era Calia Menethil. Herdeira do trono de Lordaeron. E lutaria — e morreria — para defender seu povo. Só precisava levá-los em segurança à Bastilha de Stromgarde e manter uma barreira de Luz entre eles e as flechas que continuavam a ser disparadas.

— Para a bastilha! — gritou. — Corram!

E se apressou em fazer o possível para abrigar seu povo contra a fúria da falsa rainha.

Planalto Arathi, Muralha de Thoradin

— Minha rainha, o que a senhora está *fazendo*?

Sylvana ouviu o choque na voz normalmente calma de seu campeão. Optou por desconsiderá-la. Na superfície, o que estava acontecendo abaixo — os disparos de flechas, os gritos e rogos do Conselho Desolado enquanto provava a Última Morte — podia parecer desconcertante e perturbador.

— A única coisa que posso fazer para continuar com meu reino como ele é — disse. — Eles estavam desertando.

— Alguns corriam para cá, para a segurança.

— Sim — concordou ela. — Mas o quanto disso era medo? Até que ponto ficaram tentados, até esse momento? — Ela balançou a cabeça. — Não, Nathanos. Não posso correr o risco. Os únicos membros do Conselho Desolado em que confio são os que voltaram mais cedo, abalados e amargurados. De fato *desolados*. Todos os outros... não posso permitir que esse sentimento, essa esperança, cresça. É uma infecção pronta para se espalhar. Preciso cortá-la na raiz.

Aceitando lentamente as palavras, ele assentiu.

— A senhora está deixando os humanos irem embora.

— Não estou disposta a travar uma guerra que ainda não estou pronta para lutar.

Ela olhou para o número cada vez maior de cadáveres de Renegados imóveis no campo. Muitos tinham optado pela morte.

— Não creio que o rei menino tenha tramado isso. Foi idiota. Ele é ingênuo, mas não idiota. Não se arriscaria a uma guerra por causa de um punhado de mercadores e operários Renegados.

Sua suspeita inicial havia se evaporado depressa. Se ele tivesse pretendido essa deserção, planejaria melhor. Não. Sylvana culpava a garota Menethil, tão imprudente e falsa quanto o irmão. Ela havia enganado o rei de Ventobravo e a Chefe Guerreira da Horda.

E morreria por isso.

— Estou cansada desse jogo — disse Sylvana. — Vou matar eu mesma a usurpadora. E então os Renegados voltarão para casa, que é o lugar deles. Comigo.

E deu um sorriso frio para seu campeão.

— Um dos desejos do Conselho Desolado era não renascer de novo e de novo. Por isso eu lhes dei dois presentes hoje. Um reencontro com seus entes queridos e a morte definitiva.

Ela pegou seu arco e saltou com agilidade num morcego que esperava.

— E agora vou relegar Calia Menethil aos anais da realeza morta da história.

Campo no Planalto Arathi

Anduin rezou à Luz como nunca antes. Aquelas pessoas — tanto humanas quanto Renegadas — não tinham feito nada mais do que tentar enxergar além do antigo ódio e do medo. Tinham estendido as mãos com amor e confiança...

... confiança em mim...

... para fazer o que era certo, bom e gentil.

Enquanto instigava o grifo à maior velocidade, percebeu, com um horror nauseante e cada vez mais intenso, que chegaria tarde demais.

Adiante, Osric Strang corria ao lado do seu amigo Tomas. O jovem rei invocou a Luz, mas, antes que pudesse lançá-la sobre o Renegado em disparada, uma flecha passou cantando junto à orelha dele, cravando-se no peito ossudo de Tomas. Atravessou-o de um lado a outro, furando a coluna com uma precisão inumana.

— Não...

Anduin olhou em volta, loucamente. Ali estava Philia com o pai, Pasqual, correndo com o braço em volta dele, como se fosse ele o filho, e não ela. No entanto, as flechas dos patrulheiros sombrios eram tão implacáveis como os que as disparavam. Acertaram em cheio, e Pasqual caiu enquanto dava um passo. Philia tombou de joelhos, os braços envolvendo o corpo meio apodrecido, seus soluços despedaçando Anduin.

Não conseguiu alcançar nenhum deles a tempo. Nem mesmo um dos rapazes Pedravil, que corriam na direção da bastilha o mais rápido que suas pernas permitiam. Um deles segurava a apavorada e idosa Emma nos braços, tentando protegê-la com o próprio corpo, sem entender que ele e seus irmãos mortos-vivos é que corriam perigo, e não a mãe.

Três flechas cantaram. Três flechas alcançaram os alvos. Três corpos tombaram no chão, e a mãe bateu na terra com força, gritando os nomes deles.

Os outros Renegados nesse campo mortal estavam longe demais. Anduin soube que não poderia salvá-los. Mas poderia salvar Emma.

Fez o grifo descer e pulou das costas dele, pegando a mulher em prantos e invocando a Luz. *Ela perdeu todos, agora. Por favor, dê-lhe esperança além da cura. Seus filhos quereriam que ela vivesse.*

As pálpebras de Emma estremeceram. Ela as abriu e olhou para ele. Seus olhos estavam inchados de lágrimas.

— Todos eles — disse.

— Eu sei. E a senhora precisa viver por todos eles, já que eles não podem. — Anduin levantou-a (ela era tão leve, tão frágil!) e a colocou em cima do grifo. — Ele vai levá-la de volta em segurança.

Ela assentiu, juntando a coragem, e se agarrou com força enquanto o animal se flexionava e subia ao céu apinhado de morcegos e grifos que carregavam patrulheiros sombrios e sacerdotes. Apesar da provocação, os sacerdotes de Anduin não atacaram, e por isso o rei ficou grato.

Sylvana Correventos havia liquidado seu próprio povo. Mas tinha ordenado que não atacassem os humanos. Pelo menos até o momento. O olhar de Anduin varreu o campo. Havia mais alguns residentes de Ventobravo correndo em direção à bastilha, mas eles não atraíam disparos dos patrulheiros.

Logo, porém, um alerta começou a soar no fundo da sua mente. Se tinham terminado com a matança dos próprios companheiros e não queriam atacar os humanos que haviam participado do Encontro, por que estavam ali?

E a resposta o atingiu em cheio. Começou a examinar o campo freneticamente, à procura da única pessoa viva ou morta-viva, que poderia representar uma ameaça para Sylvana Correventos: Calia Menethil.

Ela estava correndo o mais rápido que podia. Um campo quente e dourado a envolvia: a Luz, protegendo-a do perigo. Por enquanto. Anduin lançou um encantamento sobre si mesmo enquanto corria atrás dela, tentando diminuir a distância entre os dois.

Uma sombra os sobrevoou. Anduin levantou os olhos e seu coração se agitou quando um único morcego passou voando, baixo e perto, uma intimidação e uma provocação. Vislumbrou olhos vermelhos reluzentes, e então o morcego sumiu, avançando mais depressa do que ele poderia correr na direção da rainha não coroada de Lordaeron, protegida pela Luz.

Sylvana estava perseguindo-a como um falcão a um coelho. O escudo protegeria Calia, mas não duraria para sempre, e então haveria alguns instantes em que ela estaria completamente vulnerável. Se ele pudesse alcançá-la a tempo, poderia invocar outro escudo. Mas sua decisão de mandar a velha Emma de volta à segurança em seu grifo fazia com que tivesse de contar com os próprios pés. Invocou a Luz em busca de força, velocidade e um escudo para si.

Sabia que se tornara o alvo perfeito. Que fosse. Se Sylvana quisesse guerra, que ela começasse.

No entanto, enquanto diminuía a distância, soube que não chegaria a tempo. O grito de negação deixou sua garganta áspera. O mundo em volta pareceu se despedaçar feito vidro; todos os cacos brilhantes de esperança, idealismo e júbilo, serrilhados e afiados.

A aura reluzente de proteção em volta da verdadeira rainha de Lordaeron tremeluziu e desapareceu.

Ele ficou olhando, apenas alguns metros longe demais para salvar Calia, enquanto Sylvana Correventos puxava uma flecha preta, lentamente, languidamente, saboreando o momento, e em seguida a disparava.

Fiapos de fumaça violeta se entrelaçavam em volta da arma que voava implacável para o alvo. O tempo pareceu ficar mais lento enquanto Calia, com o capuz abaixado e o cabelo louro voando, era atingida no centro das costas — a flecha atravessando o coração. Ela arqueou e caiu para a frente, batendo no chão com força, os braços e as pernas esparramados, tornando seus últimos movimentos desajeitados e desgraciosos.

Anduin invocou a Luz, mas estava longe demais, lento demais, e não houve reação.

Calia Menethil, herdeira do trono de Lordaeron, estava morta.

Agora, sem qualquer possibilidade de ajudar, de curar, ele a alcançou e se ajoelhou ao lado. De novo uma sombra caiu sobre seu corpo, além de sobre o coração. Ele levantou os olhos, devastado e furioso, e viu Sylvana Correventos dando um riso de desprezo, com outra flecha presa na corda do arco.

O ar estava cheio com o som de asas membranosas enquanto uma hoste de patrulheiros se juntava a ela. Eles também tinham flechas nos arcos, todas apontadas para ele.

Uma onda de medo o atravessou, e depois uma completa fúria incandescente. O escudo de Luz ainda reluzia ao redor dele, mas não duraria. Ele tinha uma escolha. Poderia se salvar e fugir de imediato para a bastilha, protegido pela Luz, ou poderia pegar o corpo frouxo de Calia e, vulnerável até mesmo para uma flecha comum, tirá-la do campo.

Turalyon chamou isto de campo de batalha. Eu disse que ele estava errado.

Em silêncio, Anduin pegou nos braços o corpo de Calia, ainda quente, e se levantou. Olhou os patrulheiros sombrios, sua Dama Sombria, e encarou aqueles olhos vermelhos reluzentes.

— Você não quer uma guerra — disse com calma.

— Não? — Ela puxou a corda mais ainda. Anduin ouviu a madeira do arco estalar. — Se eu matar você hoje também, terei uma dupla de membros da realeza morta: uma rainha *e* um rei.

Ele balançou a cabeça.

— Se você quisesse guerra, não estaríamos tendo essa conversa. Mas eu tenho o direito de declará-la. Você prometeu não matar ninguém do meu povo. — Ele levantou o corpo frouxo de Calia, deixando-o dizer tudo que precisava ser dito.

— Ah, mas ela não é um dos seus, é? — A voz de Sylvana tinha um tom frio, mas raivoso, e os pelos nos braços de Anduin se eriçaram.

— Ela é... era... cidadã de Lordaeron. A rainha. Você trouxe uma usurpadora para o campo, Anduin Wrynn. Seria meu direito considerar isso um gesto hostil. Quem violou o tratado primeiro?

— Ela veio como curandeira!

— E vai embora como um cadáver. Achou que eu não descobriria o que você fez?

— Juro pela Luz que agi em boa fé. Não dei ordens para o seu povo desertar. Você pode acreditar ou não. Mas, se me matar, meu povo e todos os aliados de Ventobravo irão retaliar. E farão isso sem nenhuma contenção.

Os olhos dela se estreitaram. Anduin sabia que Sylvana entendia a lição dos acontecimentos trágicos desse dia. Ela não era amada universalmente pelo povo. Ele era. Ela governava com punho de ferro. Ele governava com compaixão. Nenhum dos dois estava preparado para a guerra. Anduin fez uma oração silenciosa para que Sylvana não começasse uma.

O silêncio se estendeu.

— Eu sofro pelos que tombaram hoje — disse Anduin. — Mas eles não morreram pela minha mão. Calia Menethil de fato não era minha súdita. Quanto ao que ela achava que poderia conseguir... honestamente não sei. O que quer que fosse, ela pagou o preço. Vou levar seu corpo de volta para o Templo Eterluz e para o Conclave que ela tanto amava. Se você quiser uma guerra, pode começá-la agora.

Ele se virou, sentindo uma coceira fantasmagórica nas costas expostas enquanto começava a caminhar calmamente, sem pressa, para a Bastilha de Stromgarde. O escudo ao seu redor se esvaiu e desapareceu.

Nada aconteceu. Então ele escutou os morcegos emitindo seus sons irritantes, agudos, o som alto de asas coriáceas batendo. E em seguida eles se foram.

Não haveria guerra entre a Aliança e a Horda naquele dia.

35

PLANALTO ARATHI
BASTILHA DE STROMGARDE

Os dias seguintes foram um borrão de pesar, dor e meditação para Anduin Wrynn.

Como seria previsível, Genn estivera furioso, mas para surpresa de Anduin ele segurou a língua quando o jovem rei passou pelos portões de Stromgarde com o corpo de Calia Menethil. Faol ficou consternado, recebendo humildemente o cadáver da amiga querida dos braços de Anduin, tão perplexo quanto estivera com a atitude de Calia e tomado de remorso por não a ter previsto.

— Eu jamais a traria para cá hoje se fizesse ideia — disse ele.

— Eu sei — concordou Anduin. — Leve-a para casa. E eu farei o mesmo com meu povo. Irei ao templo assim que puder.

Ficou arrasado ao ver as pessoas, antes tão cheias de esperança, agora em choque e devastadas, embarcando nos navios que os haviam levado ao Planalto Arathi e seus fantasmas. Até os que não tinham se separado em bons termos de seus companheiros Renegados estavam abalados. Em geral, Anduin conseguia encontrar as palavras certas na hora certa, mas agora não encontrou nenhuma.

O que poderia dizer a eles? Como poderia reconfortá-los? Não havia uma saída fácil e óbvia, por isso ele se retirou para sua cabine, imerso em orações, em busca de orientação.

Ela veio na forma de uma batida à porta e do surgimento de um velho amigo.

— Não quero incomodar — disse Velen.

Anduin deu um sorriso cansado.

— Você jamais incomodaria — respondeu, convidando o draenei a entrar.

Ofereceu algo para comer, mas Velen recusou educadamente.

— Não vou ficar muito tempo. Mas achei que devesse vir. Agora você é rei, não o jovem que eu orientei apenas alguns anos atrás no *Exodar*, mas sempre estarei disponível se você quiser o pouco de sabedoria que a Luz achar que eu devo lhe dar.

Sem dúvida Velen achava que a lembrança do tempo que Anduin havia passado entre os draenei seria reconfortante. Mas Anduin só conseguia pensar no quanto sentia saudade daqueles dias. Daquela paz. E antes que percebesse, começou a falar.

— Eu me sinto impotente, Velen. Prometi ao meu povo um reencontro com os entes queridos. Em vez disso, eles os viram ser trucidados. Quero reconfortá-los, mas não tenho palavras. Sinto saudade do tempo que passei aprendendo com você. Sinto saudade do *Exodar*. Sinto falta de O'ros.

Velen deu um sorriso triste.

— Todos sentimos. Mas não podemos retornar a tempos mais felizes. Só podemos viver no presente, e nesse momento o presente é doloroso. Mas temos um modo de estar com um naaru. Somos sacerdotes, Anduin, mas não podemos curar os outros se não estivermos firmes e calmos dentro de nós mesmos. Vá ao Templo Eterluz. Compartilhe seu sofrimento com Faol e, ao fazer isso, ajudem um ao outro. Fale com Saa'ra. Veja o que ele tem a lhe dizer. Há tempo. Então você pode encontrar seu povo no cais e, se a Luz permitir, saberá o que dizer para ajudar os corações feridos.

Anduin sorriu.

— Nunca serei tão sábio quanto você, velho amigo.

Velen deu um risinho e balançou a cabeça, pesaroso.

— Minha única sabedoria é entender que não sou sábio.

TEMPLO ETERLUZ

Quando entrou no templo, Anduin viu imediatamente que alguma coisa estava acontecendo. Parecia que todo mundo tinha se reunido em volta da entrada da câmara de Saa'ra, marcada por sua claridade constante. Franzindo a testa, Anduin se apressou na direção do grupo, passando através de sacerdotes de pé ou ajoelhados, em silêncio, reverentes. Adiante pôde ver a forma lilás radiante de Saa'ra e, apesar do sofrimento e da confusão, sentiu no espírito o toque reconfortante do naaru.

O corpo de Calia Menethil pairava à frente de Saa'ra. Ela estava deitada no ar como se dormisse, as mãos cruzadas no peito. O cabelo louro reluzia quase tanto quanto o próprio naaru, caindo suave, o manto branco e dourado envolvendo o corpo magro.

Faol estava ajoelhado diante da entidade cristalina, a cabeça baixa em oração. A Alta-sacerdotisa Ishanah chegou ao lado de Anduin e disse baixinho:

— Algo está acontecendo com Calia. A carne dela não começou a se decompor. Faol está com ela desde que a trouxe para cá. — A draenei se virou, olhando para Anduin, enquanto falava. — Saa'ra disse a ele para esperar *você*, meu jovem rei.

Um tremor desceu pela coluna de Anduin e ele engoliu em seco. Respirou fundo e foi na direção do arcebispo.

— Estou aqui, eminência — disse ele baixinho. — O que gostaria que eu fizesse?

Faol virou o rosto para Anduin.

— Não sei bem. Mas Saa'ra insistiu que o senhor fizesse parte disto.

E então Saa'ra, que estivera em silêncio, falou na mente deles:

Calia vinha me procurar quando os sonhos do passado eram difíceis demais de suportar. Eu a alertei para ter paciência. Havia coisas que ela precisava fazer antes que os sonhos terminassem, coisas que ela precisava entender. Pessoas que precisariam da ajuda dela.

E insisti nessa verdade aparentemente estranha: às vezes os presentes mais lindos e importantes vêm embrulhados em dor e sangue.

A verdade dessas palavras acertou o coração de Anduin. Havia presentes que ninguém queria, que fariam qualquer coisa para não receber. Mas eram mesmo como Saa'ra havia dito: lindos e importantes.

Agora não haverá mais dessas batalhas para ela. Calia Menethil será libertada das dores dos vivos, dos pesadelos que rasgavam seu coração.

Ela sabia que os que estavam naquele campo eram seu povo. E aceitou a responsabilidade ao dar a vida para tentar salvá-los. Não humanos, como eram quando ela era jovem, e sim Renegados, como eram naquele momento.

Claro e escuro. Sacerdote Renegado e sacerdote humano. Juntos vocês irão trazê-la de volta como a Luz e ela própria desejariam que ela fosse.

A boca de Anduin ficou seca e ele tremeu. Olhou para Faol, mas o sacerdote apenas assentiu. Sem palavras, os dois foram para perto de Calia, que pairava no ar, e cada um pegou uma das mãos pequenas e pálidas.

Trazê-la de volta como a Luz e ela própria desejariam que fosse, dissera Saa'ra. Anduin não sabia o que o naaru quisera dizer com essas palavras e suspeitava que Faol também não.

Mas de algum modo ele soube que Calia sabia.

Sentiu a Luz chegar, quente e trazendo calma. Ela invadiu seu corpo, aliviando o espírito e a mente tumultuada. Era uma sensação familiar, mas havia algo diferente. Em geral ele experimentava o poder da Luz fluindo pelo corpo como um rio. Mas agora parecia que todo um oceano o utilizava como recipiente. Anduin sentiu um rápido lampejo de medo. Será que conseguiria conter e direcionar uma coisa tão poderosa?

Previu que se sentiria esmagado, esticado até o limite, mas a maré de Luz que o varria o revigorava ao mesmo tempo que pedia que ele permanecesse totalmente presente, que desse tudo de si para a tarefa adiante.

Sim, disse em seu coração. *Farei isso.*

A Luz o cercou com sua quentura, correu em volta do corpo ainda completamente intacto da rainha de Lordaeron e rodopiou ao redor do arcebispo Renegado. Anduin a sentiu crescer como uma onda, então criar uma crista e se partir, esvaziando-o, sem deixá-lo exaurido.

A mão fria apertou a sua.

Anduin ofegou quando Calia abriu os olhos. Eles reluziam num branco suave, não no amarelo fantasmagórico dos Renegados. Um sorriso curvou um rosto que não tinha cor de vida. Lentamente o corpo se inclinou da horizontal para a vertical e seus pés se acomodaram no chão de pedra.

Calia Menethil estava morta, mas vivia. Não era uma morta-viva desprovida de mente, mas também não era Renegada. Fora trazida por um humano e um Renegado usando o poder da Luz, banhada no resplendor de um naaru.

— Calia — disse Faol com voz trêmula. — Bem-vinda de volta, querida. Eu não ousava esperar que você retornasse para nós!

— Certa vez alguém me disse que a esperança é o que a gente tem quando todo o resto falha — disse Calia. Sua voz ecoava, sepulcral, mas, como a de Faol, era quente e gentil. Seu olhar branco foi até Anduin. Ela sorriu com suavidade. — Onde há esperança, abre-se espaço para a cura, para todas as coisas possíveis. E para algumas que não são.

Anduin ficou olhando enquanto todo mundo reagia a... o quê? À ressurreição de Calia? Não, ela ainda estava morta. Ao presente das sombras? Isso também não seria exato, porque era a Luz que estivera presente hoje. Não havia nada de sombrio naquela mulher morta-viva.

No entanto, depois de pouco tempo ela se virou para Anduin e lhe deu um sorriso pesaroso.

— Obrigada por ajudar o arcebispo a me trazer de volta.

— A Luz não precisava da minha ajuda.

— Bom, então obrigada por não me abandonar no campo.

— Eu não poderia fazer isso. — Ele franziu a testa e perguntou baixinho: — Esse era o seu plano o tempo todo? Usar meu trabalho no Encontro como chance de reivindicar seu trono?

Uma tristeza percorreu o rosto pálido dela.

— Não. Não mesmo. Venha sentar-se comigo.

Encontraram uma pequena mesa e todos lhes deram privacidade.

— Desde que conheci o Arcebispo Faol acreditei que um dia, se tivesse chance, poderia mostrar que, mesmo não sendo Renegada, conseguiria tratá-los como meu povo e governá-los bem. Meu irmão tinha tentado destruí-los. Eu queria ajudá-los.

— Então, quando ficou sabendo do Encontro, quis participar.

Ela assentiu.

— É. Queria conhecer mais Renegados que não fossem sacerdotes. Queria ver como eles reagiriam ao encontro com os familiares. Mas era só isso que eu pretendia com o Encontro. Juro.

— Acredito — disse ele, vendo-a relaxar visivelmente.

— Não mereço isso, mas obrigada.

Ele cruzou as mãos sobre a mesa e lhe deu um olhar penetrante.

— E o que a fez mudar de ideia?

— Pasqual Fintallas se aproximou de mim e disse que eles... que eles precisavam de mim agora. Que a hora tinha chegado. A princípio eu não soube o que ele queria dizer, mas então percebi. Eles iam desertar. Eu tinha uma escolha: apoiá-los, revelar quem eu era e levá-los para a segurança ou repudiá-los e fazer com que fossem mortos. — Ela desviou os olhos. — Mas fiz com que fossem mortos de qualquer modo.

— Você também quase começou uma guerra — disse Anduin, em tom severo. — Você poderia ser responsável pela morte de centenas de milhares de pessoas. Entende isso?

Ela pareceu mortificada.

— Sei. Nunca me ensinaram a governar, Anduin, porque ninguém esperava que eu fosse governar algum dia. Nunca estudei política nem estratégia. Assim, quando cheguei lá...

— Você só seguiu seu coração — disse Anduin, com a raiva se transformando em tristeza. — Entendo. Mas um governante nem sempre tem esse luxo.

— É. Ainda não estou pronta para governar. Mas gostaria de servir ao povo de Lordaeron. Eles são meu povo, e agora sou como eles. Parece... certo. — Ela sorriu. — Vou aprender. E, com o arcebispo, vou aprender a ser... isso. Ser morta-viva, mas caminhar na Luz.

Deveria ser angustiante. Deveria ser medonho. Mas quando Calia Menethil, transformada, mas ainda ela própria, olhou para o rei de Ventobravo, tudo em que Anduin pôde pensar foi nas palavras do naaru: Calia estava para sempre livre dos pesadelos que a assombravam.

E ele ficou satisfeito.

Era o único consolo num dos dias mais tristes que já tivera.

EPÍLOGO

PLANALTO ARATHI

Velen tinha aconselhado Anduin a ir ao Templo Eterluz, falar com Saa'ra e ouvir o que o naaru dissesse. Depois Velen sugeriu que Anduin poderia encontrar seu povo no cais e, "se a Luz permitisse, saberá o que dizer para ajudar os corações feridos".

O draenei estivera certo.

Quando os navios chegaram ao porto de Ventobravo, Anduin estava ali para recebê-los, mas não para dar as boas-vindas. Estava ali para levá-los de volta ao Planalto Arathi.

Levou com eles escultores de lápides e cavadores de sepulturas. O povo de Lordaeron — da Cidade Baixa — não seria deixado para apodrecer, esquecido num campo verde e úmido. Anduin convidara os que desejavam retornar a ficar no navio; os outros poderiam ir para casa.

A maioria ficou.

Agora andava entre eles, observados sem ser perturbados pelos Renegados que vigiavam a Ruína de Galen perto da Muralha de Thoradin. Enquanto identificavam, diziam palavras de lembrança e enterravam os que tinham tido a coragem de ousar ir além do preconceito e do medo. Anduin ouviu os humanos contarem histórias sobre os caídos, enquanto os Renegados, enfim, eram postos no descanso final.

Velen podia desconsiderar os elogios sobre a própria sabedoria, mas Anduin sabia que não era verdade. Aquilo era cura. Era respeito. Depois de enterrarem Jem, Jack e Jake — Anduin achou que jamais esqueceria os nomes —, Emma desmoronou. Philia estava lá, passando um braço em volta dela para ajudá-la, com olhos também vermelhos de chorar.

— Agora eles se foram, todos eles — disse Emma. — Estou completamente sozinha.

— Não está, não — insistiu Philia. — Vamos ajudar uma à outra.

Genn tinha voltado ao Planalto Arathi com Anduin. Ainda não tivera chance de conversar com o rapaz e não deixaria que ele voltasse sem acompanhá-lo. Agora ouvia Philia e Emma reconfortarem uma à outra e viu Anduin, obviamente comovido, se afastar alguns passos.

Genn chegou ao lado dele.

— Eu sabia que os gatos são silenciosos; mas vocês, lobos, são quase tão furtivos quanto — disse Anduin.

Genn deu de ombros.

— Sabemos nos mover de acordo com a tarefa.

— É o que venho descobrindo... de novo e de novo.

— Passei a conhecer você muito bem nos últimos anos — disse Genn, ignorando a cutucada. — Eu o vi crescer, uma tarefa mais difícil do que deveria para você. Mas parece que nada é fácil neste mundo.

— É. — Os olhos azuis de Anduin giraram, observando o campo. — Nem mesmo manter a paz por um único dia.

— A essa altura você já deveria saber que a paz é uma das coisas mais difíceis de manter neste ou em qualquer outro mundo, meu garoto — disse Genn, não sem gentileza.

Anduin balançou a cabeça com tristeza e incredulidade.

— Não consigo afastar as imagens dos membros do Conselho Desolado correndo o mais rápido que podiam para o que achavam que seria um futuro com seus entes queridos. Eu me sinto responsável. Por eles. E por eles — disse indicando os vivos que ainda se moviam pelo campo.

— Sylvana matou o povo dela, Anduin. Não você.

— Racionalmente, claro, eu sei disso. Mas não importa. Pelo menos não nos meus ossos. Nem aqui. — Anduin pôs a mão no peito por um momento, depois a deixou cair. — Os que tombaram neste campo morreram porque o rei Anduin Wrynn, de Ventobravo, prometeu que eles estariam em segurança ao se reunir com seus entes queridos. E morreram por causa dessa promessa. Por minha causa.

A amargura na voz dele era como ácido. Genn, que nunca o ouvira falar assim, ficou em silêncio. Depois de um tempo, Anduin disse:

— Você veio me dar um sermão, é claro. Vá em frente. Eu mereço cada palavra.

Genn se enrijeceu e coçou a barba por um momento, com o olhar no horizonte.

— Na verdade, eu vim pedir desculpas.

Anduin girou a cabeça, sem se dar ao trabalho de esconder o choque.

— Desculpas? Por quê? Tudo que você fez foi me alertar contra isso.

— Você disse para eu olhar. Por isso olhei. E ouvi, também. — Ele apontou para um dos ouvidos. — Lobos têm audição excelente. Eu assisti às interações. Vi lágrimas. Ouvi risos. Vi o medo dar lugar à alegria.

Ele manteve o olhar nas pessoas de Ventobravo que homenageavam seus mortos, enquanto continuava a falar.

— Vi outras coisas, também. Vi um guarda de Ventobravo vir para este campo. Ele falou com uma Renegada, sua mulher ou irmã, talvez. Mas por fim balançou a cabeça e se afastou dela, voltando para a bastilha.

Anduin franziu a testa, perplexo, mas permaneceu quieto.

— A Renegada baixou a cabeça e ficou parada um momento. Só... ficou parada. E então, muito devagar, voltou para a Muralha de Thoradin.

Agora Genn se virou para o rei.

— Não houve violência. Nem... raiva, nem ódio. Nem mesmo palavras duras, pelo jeito. E ainda que aqueles encontros felizes tenham sido notáveis, extraordinários, achei que esse foi mais importante ainda. Porque, se humanos e Renegados podiam se encontrar com tanta emoção envolvida, e discordar, sentir aversão ou mesmo repulsa um pelo outro... e simplesmente se afastar...

Greymane balançou a cabeça.

— Tudo que vi por parte dos Renegados foi traição, mentira e desejo de acabar com a vida. — *Vi meu filho morrer nos meus braços, dando a vida para salvar a minha*, pensou, mas não disse. — Vi monstruosidades horrendas, trôpegas, baixarem sobre seres vivos, sem outro desejo além de apagar a luz da vida. *Nunca* tinha visto o que vi hoje. Nunca pensei que veria.

Anduin ficou escutando.

— Acredito na Luz — declarou Genn. — Eu a vi, me beneficiei dela, por isso preciso acreditar. Mas na verdade nunca a *senti*. Não pude senti-la em Faol. Só via o que enxergava como uma paródia repulsiva: um velho amigo morto, animado como uma espécie de piada. Dizendo coisas que não poderiam ser verdade.

Genn fez uma pequena pausa.

— E então ele disse uma coisa que *era* verdade. Verdade demais. Aquilo cortou como uma faca e eu não consegui suportar.

Genn respirou fundo.

— Mas ele estava certo. *Você* estava certo. Ainda acho que o que foi feito com os Renegados contra a vontade deles foi horrível. Mas agora está claro que alguns não ficaram abalados com isso. Alguns ainda são as pessoas que eram antes. De modo que eu estava errado e peço desculpas.

Anduin assentiu. Um sorriso fugaz atravessou seu rosto e desapareceu. Estava claro que ele continuava com o peso da culpa e, teimosamente, não queria abrir mão da dor. Ainda não.

— Você estava certo com relação a Sylvana — disse Anduin, com aquela amargura fria se demorando na voz. — A Luz sabe como eu gostaria de ter dado ouvidos a você.

— Eu não estava certo com relação a ela, também. — Genn espantou Anduin pela segunda vez em poucos minutos. — Não totalmente. Sabia que ela não poderia deixar que isso passasse sem fazer alguma coisa. Achei que ela fosse *nos* atacar, não que fosse atacar o próprio povo.

Anduin se encolheu e se virou para o outro lado.

— Ela pode tê-los matado, mas eu prometi salvo-conduto ao Conselho Desolado. Essas mortes estão na minha consciência. Vão me assombrar.

— Não vão, não. Porque você manteve o seu lado do trato. Ninguém percebeu como Sylvana Correventos lidaria tão mal com coisas que não fossem a obediência completa e absoluta. Se você me perguntar, o Conselho Desolado assinou a própria sentença de morte simplesmente ao existir como um corpo governante. Ela faria algo em relação a eles, mais cedo ou mais tarde. Os fantasmas deles, se é que os Renegados têm fantasmas, não assombrarão você, meu garoto. Você fez uma coisa maravilhosa por eles.

Agora Anduin se virou para Greymane, olhando-o nos olhos.

— Responda o seguinte: isso bastaria para você, Genn? Ver seu filho mais uma vez e pagar por esse encontro com sua vida?

A pergunta era totalmente inesperada, e por um momento Genn ficou perplexo. Uma dor antiga o atravessou e ele trincou o maxilar. Não queria responder, mas havia algo no rosto do jovem que não permitiria a recusa.

— Sim — disse finalmente. — Sim. Bastaria.

E era verdade.

Anduin respirou fundo, com um tremor, e assentiu para Genn.

— Mesmo assim é uma tragédia e prejudicou qualquer chance de paz. Destruiu a perspectiva de trabalhar junto com a Horda para curar o mundo. A azerita continuará a ameaçar o equilíbrio de poder. E fez mal à Aliança também. Sylvana usou um momento que poderia ser um verdadeiro ponto de virada como chance para eliminar pessoas que ela considerava inimigas. E fez isso de modo tão fácil, fez tão *bem*, que nem posso censurá-la. Ela não faltou com a palavra. Calia era uma possível usurpadora. Não posso pedir que Ventobravo entre em guerra porque a Chefe Guerreira da Horda optou por executar indivíduos que ela agora vai pintar como traidores. De modo que ela se livra. Venceu. Eliminou a oposição, matou a herdeira legítima de Lordaeron e fez isso tudo enquanto parecia uma líder nobre ao não atacar a Aliança nem provocar uma guerra.

Genn não disse nada. Não precisava. Só ficou ao lado de Anduin e deixou o jovem rei pensar sozinho.

Os minutos passaram. Então, finalmente, Anduin disse:

— Nunca, *jamais*, deixarei de ter esperança de paz. — Sua voz embargou com a emoção. — Vi muita coisa boa em muitas pessoas para considerar que todas são más e merecedoras de massacre. E também *nunca* vou parar de acreditar que as pessoas possam mudar. Mas agora sei que fui como um fazendeiro esperando fazer a colheita num campo envenenado. Simplesmente não é possível.

Greymane ficou tenso. O rapaz queria chegar a algum lugar.

— As pessoas podem mudar — repetiu Anduin. — Mas algumas pessoas nunca, *nunca* desejarão isso. Sylvana Correventos é uma delas.

Respirou fundo. A tristeza e a austeridade o fizeram parecer mais velho. Genn tinha visto expressões semelhantes no rosto de pessoas que recebiam uma tarefa insuportável.

Quando o rapaz falou, Genn ficou feliz com as palavras, mas entristecido com a necessidade que Anduin tinha de dizê-las.

— Eu acredito — disse Anduin Llane Wrynn — que Sylvana Correventos esteja completamente perdida.

AGRADECIMENTOS

Este é o primeiro romance da Blizzard que comecei e terminei como empregada formal. Minha experiência com a possibilidade de fazer qualquer pergunta e ser instantaneamente respondida, ao participar de reuniões que determinavam o futuro distante de Azeroth, e estar cercada pela energia da criação e seus criadores espantosamente talentosos permeia este livro.

Muito obrigada às pessoas notáveis com quem trabalho regularmente e que ajudam a fazer com que "ir para o trabalho" se pareça mais com "voltar para casa": Lydia Bottegoni, Robert Brooks, Matt Burns, Sean Copeland, Steve Danuser, Cate Gary, Terran Gregory, George Krstic, Christi Kugler, Brianne Loftis, Timothy Loughran, Marc Messenger, Allison Monahan, Byron Parnell, Justin Parker, Sarah Peed, Andrew Robinson, Derek Rosenberg, Ralph Sanchez e Robert Simpson.

Este livro foi composto na tipografia
Minion Pro, em corpo 11,5/15,5, e impresso em
papel off-white no Sistema Cameron da
Divisão Gráfica da Distribuidora Record.